U0645930

做南丁格尔这样的人

ZUO NANDINGGEER ZHEYANG DE REN

杜丽群和她的
艾滋病医护团队

DULIQUN HE TA DE AIZIBING YIHU TUANDUI

谭小萍 著

GUANGXI NORMAL UNIVERSITY PRESS
广西师范大学出版社
·桂林·

图书在版编目（CIP）数据

做南丁格尔这样的人：杜丽群和她的艾滋病医护团
队 / 谭小萍著. --桂林：广西师范大学出版社，2021.7
　ISBN 978-7-5598-3784-4

　Ⅰ．①做… Ⅱ．①谭… Ⅲ．①报告文学－中国－当代
Ⅳ．①I25

　中国版本图书馆 CIP 数据核字（2021）第 075980 号

广西师范大学出版社出版发行

（ 广西桂林市五里店路 9 号　邮政编码：541004 ）
　网址：http://www.bbtpress.com
出版人：黄轩庄
全国新华书店经销
广西广大印务有限责任公司印刷
（ 桂林市临桂区秧塘工业园西城大道北侧广西师范大学出版社
集团有限公司创意产业园内　邮政编码：541199）
开本：880 mm × 1 240 mm　1/32
印张：9.625　　　插页：3　　字数：200 千
2021 年 7 月第 1 版　　2021 年 7 月第 1 次印刷
定价：46.00 元

如发现印装质量问题，影响阅读，请与出版社发行部门联系调换。

杜丽群获国家卫生部颁发的"白求恩奖章"

获得"南丁格尔奖"的杜丽群与护士姐妹

杜丽群对年轻护士言传身教

《绝地阳光》作者与杜丽群

杜丽群在"扎根基层，爱的奉献"杜丽群、李前锋（中国最美乡村医生）先进事迹情景报告会上

杜丽群给新入职的护士培训

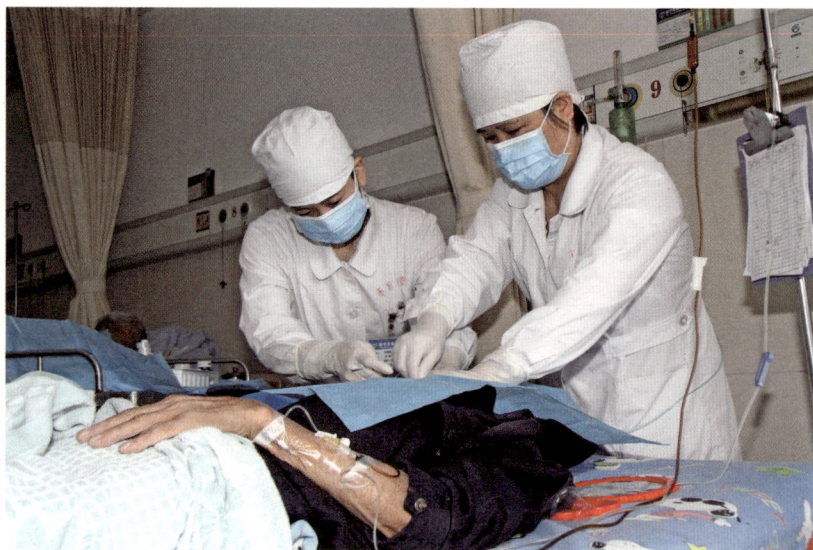

杜丽群为患者做深静脉穿刺

杜丽群在为患者配药

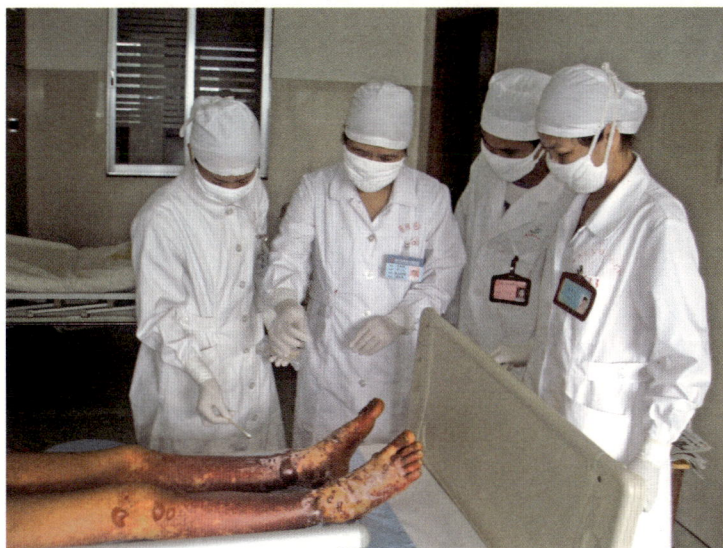

杜丽群（左二）为艾滋病患者清理溃烂的皮肤

杜丽群一家三口

做人就做南丁格尔这样的人

故事引子

看了这个标题，或许有人要问了，南丁格尔是谁？是不是个人物？是个被人崇尚和学习的人物对不对？"做人就做南丁格尔这样的人"，这话谁说的？

南丁格尔是谁，得从一场战争说起，那场战争叫克里米亚战争。

据史料，这场由俄国、英国、法国、土耳其和撒丁王国（19世纪意大利境内唯一独立的王国，而后在其基础上实现了意大利统一）共同参与的战争爆发于19世纪中叶。战争中，英军士兵超高的死亡率引起了英国政府极大的忧虑，而一名普通的英国护士对此更是忧虑重重，这名护士便是南丁格尔。她想，战争如此残酷，造成的损失又如此巨大，祖国到了最危急的时刻，我能做些什么？能为战场上英勇战斗的士兵做些什么？我是否有胆量、有勇气冲上前线，尽一名护士应尽的责任？

听说她要上前线，父母急得嘴上都起了泡，说战场就是战场，不是什么好玩的地方，闭起眼睛都能看见血肉横飞的场面，太危险了，去了也许就回不来了，我们不同意你去！

去，还是不去？她是经过一番激烈的思想斗争的。最终她还是置父母的劝阻于不顾，上了前线。她不是单枪匹马去的，而是苦口婆心，动员了38名护士结伴同行。

战场上，护士们冒着被流弹击中的危险，为受伤的英军士兵提供人道主义救助和正规的医疗护理。在野战医院，在一个个阴云密布的夜里，南丁格尔手执风灯，在病床与病床之间巡视查看，给伤病员送水送药，被伤病员称为"提灯天使"。

"做人就做南丁格尔这样的人"这句话，是杜丽群说的。

历史的脚步很快来到21世纪，出生于中国南方小镇的护士杜丽群，小日子原本过得好好的，工作顺利，家庭也很幸福，却不顾家人的反对和社会歧视的目光，主动请缨，到医院新成立的艾滋病科当护士长，并且十几年如一日，坚守这片生命的"禁区"。在这个鲜有人关注的角落，在这片死亡阴影笼罩之地，这位身高只有一米五三的壮族女子，这位优秀的共产党员，始终坚持中国共产党的党性原则，始终把艾滋病患者摆在第一位，用仁爱之心，用人类最可贵的悲悯情怀，为这个特殊的群体献出特别的爱，为生命站岗。

她率领一支最初不到10个人，后来逐渐发展壮大为六七十人的优秀的医疗护理团队，以南丁格尔为榜样，精心护理那些备受疾病折磨的艾滋病患者。因为工作成绩特别优异，她所在医院——南宁市第四人民医院的艾滋病科从原来一个遮遮掩掩的科室，变成医院的一个亮点，一个重点科室、品牌科室；成为南宁市的医学特色专科；成为广西及国家艾滋病临床医生培训基地；承担广西尤其是桂东南及桂西一带艾滋病患者的救治任务；承担多项国家CDC、自治区和南宁市艾滋病防治方面的科研项目；先后被评为医院护理先进小组，医院先进集体，南宁市先进集体，南宁市党建示范科室，南宁市、自治区乃至全国防治艾滋病先进集体。

寒来暑往，岁月如歌。

屈指一数，到2019年，杜丽群已经在艾滋病护理这个既平凡又极不平凡的岗位默默奉献了14个年头。14年来，杜丽群参与指导并且亲自护理艾滋病患者，使艾滋病病毒抑制率达到97.87%；患者服药依从性达到97%；门诊抗病毒治疗患者死亡密度为0.63%/100人·年（每百人年死亡0.63人），远低于国家标准。

这14年时间里，在巨大的工作压力和精神压力之下，她几乎每晚都睡不好觉，眼睁睁看天花板到天亮，还患上了高血压，而且提前闭了经。后来有人问起，她这个老实人就说了句大实话：都不知道自己是怎么熬过那14年的。

早在2011年12月，四医院党委便贯彻落实南宁市委、市政府加快构建区域性国际城市和广西"首善之区"，深入开展创先争优活动精神，作出向她学习的决定。

2012年1月，南宁市卫生局党委号召卫生系统全体干部职工向她学习。

2月，南宁市委、市政府发出通知，号召全市人民学习她扎根基层、爱岗敬业、执着坚守的工作态度；自强不息、勇于奉献、创新进取的大无畏精神。时任市委书记陈武亲自批示，要把她作为2012年南宁市重大先进典型来宣传。南宁电视台、南宁电台、《南宁日报》、《南宁晚报》、南宁新闻网等媒体对她进行多角度、全方位的采访报道。从3月26日开始，南宁市民坐在电视机前，就能见到她战斗在抗艾一线的忙碌身影；收音机里，几乎每天都传出她亲切柔和好听的声音；报刊上，介绍她的文章一篇接一篇。她在艾滋病科这个隐秘岗位所做的一切，她的先进事迹，南宁人逐渐熟悉；她的名字，南宁人说起来唇齿生香。

为表彰她在艾滋病护理领域作出的贡献，2012年12月，国家人力资源和社会保障部、卫生部等多部委联合下发通知，将我国卫生系统模范个人的最高荣誉——"白求恩奖章"授予她，使她成为

"白求恩奖章"设立21年来广西首个获此殊荣的医务工作者。

2013年9月，自治区党委下发《中共广西壮族自治区委员会关于开展向杜丽群同志学习活动的决定》（桂委〔2013〕446号），称她是自治区开展创先争优活动中涌现出来的先进典型，是新时期共产党员的优秀代表，是密切联系群众、服务群众的时代楷模。号召全区人民学习她爱岗敬业、恪尽职守的高尚情操；学习她勇于探索、刻苦钻研的创新精神；学习她服务群众、无私奉献的崇高追求。

2015年9月，她终于获得国际上的承认，获得"南丁格尔奖"，这是全世界护理工作者的最高荣誉。这一荣誉的获得，使她成为全世界护士学习的榜样。

今天，我们就来讲讲这个新时代"提灯天使"的故事吧。

一个山村女孩，一个普通护士，一个艾滋病科护士长，一个南丁格尔似的平民英雄的故事，一个奋斗者的故事……

目　录

怜恤人的人有福了，因为怜恤，她脸上的微笑、慈爱的灵魂与肩上的责任相融相生，堪称最美。

——题记

第一章

乡里乡绅

龙跃华香坡

　　地处中国西南边陲的广西南宁，一条邕江，把这个首府城市一分为二，分为江南、江北两大片区。江南片有个并不十分出名的小镇——江西镇，这个镇的前身是老口公社，后更名为江西公社、江西乡、江西镇。

　　江西镇不出名，但这个镇的同新村华香坡，在方圆数公里却声名赫赫，无人不知无人不晓。之所以有名，是因为这里的风光太美了，远远望过去，它就像一条看似静卧不动，却随时准备着腾空而跃的祥龙。如果哪天天气特别好，一束束明媚阳光打到民居的屋顶上，更像一条绵延数里、金鳞金翼的龙了。

　　华香坡有个古老的传说，说是某年某月的某一天，坡上一户死了人，这户欲讨个吉利，便在夜深人静的时候，偷偷摸摸把逝者抬上山，葬在了龙头的位置。却没料到被他这一弄，坡上水不流了，狗不吠了，黎明时雄鸡也集体趴窝，不"喔喔"打鸣了。众人纳了闷了，华香坡向来百事顺遂，万事大吉，怎么忽然变成这样了呢？难道是谁惹怒了天老爷，方才遭此报应？后来有人上山

　　　　　　　　　　　　做南丁格尔这样的人

打麻雀，打死的雀儿落在龙头上，打雀人乐哈哈地跑去捡，那户干的缺德事这才败露。这还了得，简直犯了天条了！众人怒不可遏，操起锄、镐和铁锹，涌到龙头，三下五除二，把坟平了。自打平了坟，坡上水又流了，狗又吠了，雄鸡又给人们报起了晓。

这个传说告诉我们：世间发生的有些事，或许是由某种未知的力量预先安排，人力是无法与之抗争，使其发生改变的。

沿着龙头往龙的尾部走，几乎来到最尾处，有户人家姓杜。杜家虽未占据祥龙之首，日子却比别家过得好，你问怎么好？田比别人多，地比别人多，房屋比别家建得高大、宽敞，这还不算好？杜家有地二三十亩，因此土改划成分时，被划为"地主"。杜家的三间青砖大瓦房，是除了田地以外一项最能耀祖光宗的产业。走进屋里，地面不见一丝浮土，铺的全是地板砖。房屋两进，一进门头雕着花，二进门头题了个"福"字，下有"三多九如"字样。"如"是壮话，为汉语中"余"的谐音。"三多九如"即是"三多九余"的意思。老子《道德经》有云："一生二，二生三，三生万物。""三"泛指多数、多次；而"九"属老阳，是最大的一个阳数，是九个一位数当中最大的数，表明"极多""最多"。从方方面面看，在江西镇华香坡一带，这户家境殷实无疑了。

一面珍藏的党旗

木有根，水有源，若要追溯杜家的源头，杜丽群的爷爷是绕不过去的一个人物。

让我们把镜头移向华香坡芳草萋萋的后山，我们看到这里有座与众不同的坟茔，与众不同处，在于墓碑上刻的这一行字：抗战预备大队大队长杜敬椿之墓。

回溯杜家一百多年的历史，经过几代人的努力，到了杜敬椿这代，除了在本地拥有极为丰厚的田产与房产，还在镇上和南宁盘下了数个铺面。又因为他读过几年书，算个文化人，那年村里设馆办私塾，学董便找上门来，邀他出山，担任村里的塾师。当时他想，若在平常日子，自家的几十亩地由家里的壮劳力打理，还是能应付过去的。到了农忙季节，也请有应时的短工，帮着抢收抢种。再说那几个铺面，不也请了不少的伙计，在帮忙打理么，自己是完全可以脱开身，接过学董递来的聘书的。这么着，他便成了一名受人敬重的私塾先生。

在课堂上，杜敬椿穿着长袍马褂，教孩子们识方块字，识到一千个字左右，大约能把一本书看下来了，这才让他们诵读《三字经》、《百家姓》、《千字文》、"四书五经"，等等。

抗日战争爆发后，许多行当被迫歇了业关了张，私塾也动员学生回家，躲避战乱。国家陷入危难之境，东北等敌占区的热血青年纷纷报名参军，与入侵之敌决一死战。内陆等大后方则成立抗战预备队，为前线提供粮食、武器及候补兵源等。杜敬椿爱国志向坚定，也成为抗战预备队的一员。又因为他在预备队表现良好，写战前动员文稿、画抗战海报等是把好手，加上身手灵敏，比武操练也毫不逊色于人，大家都很服他，一致推举他为抗战预备大队的大队长。

经过14年浴血奋战，抗日战争以中国人民的最后胜利、日本军国主义投降而告终。抗战烽烟散去之后，杜敬椿又回到学堂，重执二尺教鞭，教书育人。

他在抗战预备大队除了担任大队长，还有无其他职务，政治面貌如何，他本人始终三缄其口，不与外人宣讲，甚至在家人面前提也不提。直到他寿终正寝，家人砸开床底一只紧锁着的木头箱子，这才发现里面藏有一面党旗——一面中国共产党的党旗，另有党证、党员花名册等物件。

看到这面尘封多年的旗帜，家人这才恍然大悟，明白了许多过去没弄明白的东西，原来杜家这位最受敬重的前辈，老早就已加入了共产党，只是嘴上不说而已。

1965：一个女娃呱呱坠地

1965年5月的一天，天气晴好，华香坡上石榴花朵朵盛开，就像天边燃烧的红霞。恰当其时，杜家一个女娃呱呱坠地，这娃就是杜丽群。

杜丽群不是家里唯一的孩子，她上有哥姐，下有弟妹，排行老四。

她出生的时候，因为前面已有三个孩子，这又是个女娃，早晚要嫁出去的，因此父母并未给她太多的关注。也正是这个缘故，让这个长着一张圆脸盘、一双泛着柔和光泽眼睛的杜家四丫，享受着衣食无忧生活的同时，遇到问题总会自己想办法解决。想要得到什么，都会拿出自己的本事，去努力争取。

她倔强、向上的性格由此塑造。

6岁的时候四丫已完全具备学习的能力，父母便托熟人让她提前上了学，到离家很近的华香小学上一年级。四年级的时候，转到规模更大的同新小学念高小，初中也在同新小学念（同新小学设有高小和初中）。这娃太努力了，学习上从来没有服过输，从小学

做南丁格尔这样的人

到初中，她的成绩都是班上女生的第一名。中考时，全班只有两个女生考上江西中学念高中，她是其中之一，而且分数比另一个女生高。

就是在江西中学，她遇到了心仪的男生农建华。后来，他成了她的丈夫。

农建华的家离杜丽群家不远，杜丽群考上江西中学时，他也上了同一所学校，并且和杜丽群分在同一个班。因为学习成绩好，两人都当上了班里的学习委员。一个男委员，一个女委员，常在一起商量学习上的事，有了更多沟通交流的机会。两人相比较，农建华成绩更好一些。杜丽群羡慕极了，羡慕之余，不免生出一点儿女生特有的嫉妒。她暗下决心，要赶超这个长得很帅，成绩好得不像话的男同学。高考前的冲刺，她晚上看书到深夜，明明睡下了，感觉心里不踏实，还有一些东西没有背下来，爬起来又接着背，久而久之，便落下了神经衰弱的毛病。后来，她几乎夜夜失眠，好不容易睡着了，又频频做噩梦，起床后不但精力没有恢复，反而比睡前更困倦、更疲乏了。以至于到后来感觉全身不适，反应迟钝，头晕头痛，记忆力严重不集中，结果学习成绩非但没有提高，反而直线下降。

这样下去怎么办？还能考上大学吗？杜丽群做梦都想成为一名大学生，梦想能否成真呢？

事实是，一年后的高考，千军万马过独木桥，杜丽群果然差了十几分没上大专线，而农建华却顺利考取了大专。那年月，并没有返校复读一年来年再考这一说，因此，无论她怎么不服气，也只好死了上大学的心，报一个自己喜欢而且能够实现人生理想的中专了。

长大后，我要当护士

"善良"这两个字，似乎是女生与生俱来的天性，而善良天性在杜丽群的身上表现尤为突出。

她的发小跟我说，那时杜丽群还小，被她喊作三公的一个远房亲戚去世了。他家没有儿子，只生了两个女儿，到了婚嫁的年龄，两个女儿先后都嫁了出去。因为嫁得远，有时几年也回不了一趟家，只剩下三婆一个人，在空荡荡的老屋里孤独地生活。三婆年纪大了，并且患有不止一种老年病，腰酸背痛，两只眼睛也患上了严重的白内障，什么都看不清楚，有时还把张三误认为李四。三婆想念女儿，就整天坐在屋门前的小矮凳上，睁着白蒙蒙的眼睛盼啊盼啊，盼着两个女儿回来，喊她一声妈，问她一天有没有三顿饭吃，吃的是什么，晚上睡觉香不香，却总也盼不到女儿回家。杜丽群看在眼里，难受在心里，就常去三婆家陪她说话，帮她捶腰捶背。看见灶屋和院子脏了，就拿扫帚帮着打扫。从自己家里出来时，还会带些咬得动的软糯吃食，给三婆吃。

其实不用谁说，自己是怎样的一种性格，杜丽群了解得比谁都清楚。见人可怜，无依无靠，她总要伸手帮上一把，帮人就像帮自己那么自觉、自然，这不正是护士必备的优秀品格和素质吗？

因此高考分数出来后，填志愿时，她便根据自己的性格特点，把南宁地区卫生学校（现南宁市卫生学校）填在了第一志愿栏。

南宁地区卫生学校设在南宁市宾阳县黎塘镇，距离南宁一百多公里。这所中专吸引了许多像杜丽群那样朴实善良、富有爱心的年轻女孩就读。

那年月，上中专也不是那么容易，不是想上就能上的，在整个同新村，只有杜丽群一人上了中专，日后从事护理职业的，也只有她一个人。

从考上卫校那天开始，杜丽群的命运就此改变，漫长而艰辛的护理生涯从此拉开帷幕。

杜丽群的职业方向确定了，毕业后从事护理工作已成定局，失眠理应好转了，可是没有，反而比过去更严重了。

失眠，医学上被称作"睡眠障碍"，可继发于躯体因素、环境因素、神经精神疾病等。这睡眠障碍，是因精神紧张、焦虑恐惧、担心睡不着引起的原发性失眠症。症状特点为入睡难、睡眠浅、易惊醒、早醒、多梦。

俗话说"不觅仙方觅睡方"，可见睡眠对人的身体起着多么重要的作用。每天盼着睡个好觉，一般人不难做到，在杜丽群这里竟成了一种奢望。她每天从噩梦中醒来，身心更加感到疲乏，以至于整个白天，她都在迷迷糊糊的状态中往下沉溺，沉溺……这种状态严重影响到了她的学习、生活以及同学间的交往。

她绝望了，绝望到极点时，甚至一度想到轻生，想到一个没人的地方，结束自己的生命。

那段日子，是她生命中的"至暗"时刻。

暑假的时候，同学们都兴高采烈回了家，杜丽群也顶着昏沉沉的脑袋踏上回家的路。此时正赶上一年中的农忙季节，农事不等人，家家户户都在和时间赛跑，要把地里的粮食抢回来，颗粒归仓。杜丽群的家经过一次次运动，家里的田产已严重缩水，没那么多地了，农忙也无须聘请短工了。杜丽群回到家里一看，父母正在火辣辣太阳的炙烤下，汗甩八瓣收稻谷。

这时父母只有40来岁，岁数并不很大，但他们黑黄干枯的头发里面，已夹杂了不少银白色的发丝。割稻谷时，他们的腰弯成了九十度，远看像两张弓，又像两只煮过的虾。背上汗透的衣服湿了又干，干了又湿，犹如用盐碱织成的蜘蛛网。她难受极了，快要哭出声时，却发现自己吃吃地笑了，是苦笑，僵硬的笑，心酸的笑。这笑的内核是深深的怜悯和心疼，以及对自己那颗懦弱的心的无尽忏悔。

她悔呀，为什么会想到结束自己的生命，为什么会有如此愚蠢的想法呢？父母辛辛苦苦把自己养大，容易吗？轻生是软弱无能的表现，是对自己、对家人、对社会极大的不负责任。千不该，万不该，不该有这样的想法啊。她不断责备着自己，一个人连死都不怕，还怕活吗？！她暗下决心，她告诫自己，要做一个生活的强者，活下去，勇敢地活下去，战胜自我，超越自我，活出一个有出息的自己，来报答亲人，报答父母！

法国作家福楼拜说过，人的一生中，最光辉的一天并非是功成名就的那天，而是从悲叹与绝望中产生对人生的挑战，以勇敢迈向意志的那一天。

她以超乎常人的勇气和毅力，投入到刻苦的学习当中。

第二章

从卫校到传染病医院

南丁格尔其人其事

一般人或许不知道南丁格尔，但学医疗护理的人，没有谁不知道的，因为从你跨入卫校的大门，老师就会不停地给你讲南丁格尔，让你不仅牢牢记住了南丁格尔这个名字，还熟知她的励志故事、生平事迹。

1820年，南丁格尔出生于意大利佛罗伦萨一个英国上流社会家庭。她的父亲毕业于剑桥大学，不仅具有数学方面的天分，而且精通英、法、德、意四国语言，在古典文学方面也有着很高的造诣，他还擅长音乐、绘画，精于自然科学、哲学和历史；南丁格尔的母亲也生在英国望族家庭，但不以望族身份自居，常常关注社会底层，因而驰名乡里。南丁格尔出生后，父母便着重培养她文学艺术方面的兴趣，希望她日后在上流社会圈子如虎添翼、如鱼得水。到了青春期，南丁格尔已表现得很有主见，在择业问题上有着自己独到的想法和见解，她在日记里这样写道：

摆在我面前的路有三条：一是成为文学家；二是结婚当

家庭主妇；三是当护士。

而她更倾向于走第三条路，当一名护士，救贫病交加的人于痛苦煎熬之中。

不用说，她的选择遭到了父母的一致反对，不当文学家就罢了，还不结婚，那怎么行呢？女人到了该结婚的年纪，就应该把婚结了，老实待在家里，做个相夫教子的家庭主妇。去当护士？更不行了，那是一项卑微低贱的工作，是社会地位极其低下之人所从事的行当，女儿去做这么一份工，与贵族身份严重不符，这么做，是有损上流社会家庭名誉的。但南丁格尔才不管呢，认准了一条道，便义无反顾，勇往直前。

她不顾父母的反对，把行李塞进一个小皮箱，启程去了德国。在那里，她废寝忘食地学习护理知识和实际操作，掌握了护理技能后返回伦敦，做了一名护士。1853年她在伦敦一所慈善医院上班，此时的她已晋升为这个医院的护士长了。

1854年克里米亚战争爆发，英国军队的死亡率高得让人咋舌，这是很反常的一件事，是不应该发生的一件事，她发誓要找到造成这一反常现象的原因。当她查阅大量资料后得知，这些士兵真正死在战场上的并不多，主要受战场外的疾病感染，以及受伤后没有得到及时有效的护理，伤情加重致死。于是她致信英军高层，建议开设野战医院，为伤病员提供规范标准的医疗护理，降低英军的死亡率。

野战医院建成后，她率领38名志同道合的护士，告别繁华的伦敦大都市，向战火纷飞的前线进发。

　　读卫校时杜丽群心里总在想，南丁格尔意志如此坚定，心地如此善良，是近代医疗护理的开山鼻祖，是世界级护理专家和护理教育的奠基人，护士们为有这么一位出类拔萃的护理前辈而感到骄傲、自豪，但家里人还不知道南丁格尔这么个人，也不明白自己为何会越来越喜欢、越来越执着于护理这项事业，所以，南丁格尔的生平事迹，要抽点儿时间，给家里的人好好讲讲。

　　说到讲故事，这件事在杜家是有传承的。

　　杜丽群后来跟我说："记得小时候，每到冬天，我父母都要上山砍捻子根回来，晚上给家人烧火塘抵御寒冷。尽管在我们南方，最冷的时候气温也不比北方低，但感觉比北方要冷很多，那种浸入骨髓的'湿冷'，比北方皮肤开裂的'干冷'还要难受。南方山里的冬天，气温往往比城里低个三四度，最冷的时候牙齿总是忍不住要打架，如果没有火塘，如果不烤火御寒，都不知道怎样熬过那么漫长的一个冬季。"

　　当塞到火塘里的捻子根完全燃烧后，就只剩下红彤彤的一堆火炭了，柴火的烟味也已消散殆尽，这时候，正是一家人围坐在一起，边烤火边听父亲讲故事的时候。

　　杜丽群的父亲曾远去桂林读过书，他遗传了自己父亲的聪明才智，有文化，字也写得好，不论毛笔字还是钢笔字，都写得刚劲有力，龙飞凤舞。春节快到的时候，隔壁邻舍都排长队，求他给写副对联，写好铺在地上晾一晾，赶在大年三十将横批贴在门头正中央，上下联则贴在门扇的两侧，表示"福照家门，万事亨通"。那些爱好戏剧的发烧友，觉得自个儿的字不怎么拿得出手，也叫父亲帮忙抄戏谱，在一双双手里传着练唱。不过在杜丽群看来，父亲最擅长的还是讲故事。父亲能把一个故事的每个章节、每个细节讲得形象生动，并适时制造一些悬念，埋下伏笔，让你听得不过瘾，明天还想听。

如今杜丽群长大了，遗传了父亲不开口便罢，开口便滔滔不绝、一泻千里的好口才。她最想讲的，就是心中的偶像南丁格尔。

读卫校的时候，她总是盼着放寒假，只要回家，只要一家人坐在火塘边，她就会给家里人讲南丁格尔。

华香坡四面环山，在山里天总是黑得很早。早早吃过晚饭，一家人便围着火塘坐下，杜丽群就揉一下睡眠不足显得有些浮肿的眼睛，按时开讲。

"上回我们讲到哪儿了？对哦，讲到南丁格尔领着38个护士姐妹，到达克里米亚的时候，是1854年的10月，现在我们接着往下讲。一开始，那些士兵因为伤口疼痛难忍，还有对于现状极度的不满意，粗鲁地大声喊叫，把怒气一股脑地撒在护士的身上。但南丁格尔和护士们一点也不计较，只当作没看见，没听见，她们用善良，用隐忍，用精湛的、效果明显的护理技术，成功压住了伤病员的怒气，使他们恶劣暴躁的态度逐渐转变。到后来，他们不再大声骂娘了，也不用护士催了又催，自觉按时按量吃药了，而且安安静静，配合护士打针了。"

四丫接下来的讲述，让人看到了一幅催人泪下的画面：每到夜晚，夜深人静的时候，也是病号最痛苦难熬的时候，南丁格尔就提上她的那盏风灯，逐床查看，伤病员的被子盖好没有，处理过的伤口是不是结痂了，病情是不是有了好转。灯光把她单薄瘦削的身影放大，拉长，投映在墙上，美得让人想哭，又觉得暖暖的。伤病员甚至都忘了伤病在身，忘了战争给他们心理带来的创痛，一个个挣扎着爬起来，去亲吻墙上那个移动的背影。

"提灯天使"的称谓，开始像风一样从战地向着外界传扬。

四丫说："那盏风灯光线虽然很微弱，不比我们火塘里的火炭烧得那么旺，但在那个特殊的年代，在残酷血腥的战争岁月里，更有一种温暖人心、催人奋进的强大的精神力量。"

南丁格尔和姐妹们仅在克里米亚工作半年，效果就出来了，英军伤病员的死亡率从先前的40%降到了2.2%，这是多么令人鼓舞的一件事情啊。

南丁格尔身上的阶段性历史使命，至此宣告完成。

战争结束后的1860年，南丁格尔拿着政府奖励给她的一笔奖金，去完成她的另一项使命——创建世界上第一所正规的护士学校，传授医疗护理知识，造福更多患者。

1907年，因为她对大英帝国作出的卓越贡献，英国国王给她颁发荣誉勋章，使她成为英国历史上第一位获得此项荣誉的妇女。

而每年的国际护士节5月12日，是南丁格尔的生日，这个节日正是为了纪念这位医疗护理界的杰出女性而设立。

1912年，第九届国际红十字代表大会通过决议，设立南丁格尔奖。

从此，护士的地位得到前所未有的提高，再也没人敢说护士职业是卑微低贱的职业了。护士，成了最受人尊敬和爱戴的一个群体，成了许多年轻女子择业的首选。许多女孩中学毕业后，征得父母的同意，报考自己喜爱的卫生学校，学习医疗护理。温柔、美丽、善良、乐于奉献的"白衣天使"，也成了很多男士择偶的最佳人选。许多单身男士遇到单身女士，听说女方是一名护士，无不加大追求力度，不追到手不罢休。后来，社会上更是出现一种新气象，许多男生摒弃男生不当护士的陈腐观念，昂首挺胸走进卫校，毕业后到医院应聘，当一名令人生羡的男护士。

南丁格尔，成为护士的标杆性人物。

南丁格尔精神，成了护士精神的代名词。

载入护理史册的一则"誓言"

在南宁地区卫生学校，杜丽群所在年级共有4个班：民族医士班、妇幼医士班、护士9班和护士10班。杜丽群被分配在护士9班。杜丽群跟人说，卫校三年，曾有三位老师做过9班的班主任，其中付幼兰老师给她的印象最为深刻。

每次上课，付老师总是对同学们讲，南丁格尔是天底下最好的护士，她在100多年前创下的"南丁格尔誓言"，是专门为护士行业立下的誓约，这个誓约我们做护士的要始终坚守，任何情况下都不能违反——

　　余谨以至诚，
　　于上帝及会众面前宣誓：
　　终身纯洁，忠贞职守。
　　勿为有损之事，
　　勿取服或故用有害之药。
　　尽力提高护理之标准，
　　谨守病人家务及秘密。
　　竭诚协助医生之诊治，
　　务谋病者之福利。
　　谨誓！

　　付老师不仅向同学们灌输南丁格尔护理理念，还讲人情世故。她给她的学生讲，怎样在复杂多变的社会环境中立身处世，怎样调整自己的心态，保持乐观的态度，奔着问题去，迎着困难上。付老师说："你们在今后的学习、工作和生活中，肯定会遇到很多困难，这很正常，如果没有困难需要克服，人活着还有什么意义呢？出现困难的时候，只要不退缩，不害怕，勇敢面对，就没有什么克服不了的。"

　　付老师善于言传，更注重身教。毕业实习的时候，她便返回卫校附属医院，主动要求到附院的传染科当护士长，用意非常明显，就是给她的学生树立榜样，因为她知道，榜样的力量是无穷的。当时在南宁地区卫生学校附属医院，有一个现象不容忽视，就是谁都不愿意留在传染科工作，因为那地方实在太危险了，收治的都是烈性传染病患者，是否会被传染，啥时候被传染，谁也说不准。没人愿意在传染科工作，医院的总护士长只好硬性指派，每名护士必须轮流在传染科工作半年，以确保传染科的护士不缺员，护理工作不会受到影响而停摆。

那时候，卫校附院的传染科也和其他综合医院的传染科一样，设在医院的最深处，最靠近太平间的偏僻角落里，想想都让人觉得瘆得慌。加上进入实习阶段，看到传染科的老师做事总是小心翼翼，万分谨慎，开门、关门不动手，而是用脚踢；给病人打完针，都要泡很长时间的来苏消毒液，算起来，泡手消毒的时间比做工的时间还要长。又看见那些被派到传染科工作的护士，半年期一到，不少人都像逃过一劫似的，赶紧离开传染科，不愿意多耽搁一分钟。目睹这种情形，同学都张大了嘴巴，惊愕之余，心也跟着慌起来。

可是看看付幼兰老师怎么做吧，她每天忙完手头的工作，总要挤出时间去和病人聊天，向病人嘘寒问暖。她十分清楚，与"药治"相比，"心治"更重要，效果更好。病人原本都无精打采，一副了无生趣的样子，可是一见到付老师，他们脸上的阴霾顿时消失得无影无踪，变得有说有笑起来。

付老师以身作则、爱岗敬业的工作态度，给同学们上了最好的一课。她说的每句话，做的每件事，她的学生都听到了，看到了。杜丽群更是把付老师的所作所为与"南丁格尔誓言"有机结合，加上自己的感悟，写成心得体会，有时间便拿出来看，勉励自己向南丁格尔看齐，向付幼兰老师看齐，毕业后做个好护士。

理想很丰满，现实很骨感

时间过得真快，1984年7月，杜丽群完成中专的学业，要离开卫生学校，走向社会，走上工作岗位了。那时，无论大学毕业还是中专毕业，都由国家分配，分配你去哪儿你就去哪儿，没有价钱可讲，也没有如今"毕业就是失业"的情况发生。

杜丽群将要入职的单位，是南宁市第四人民医院。这时有人问她："你到传染病医院工作，不怕吗？"她说："不怕，是真的不怕。"她的回答这般有底气，是付幼兰老师的榜样力量在起作用，得益于"南丁格尔誓言"的鞭策和鼓励。

她带上毕业证书，要去四医院报到了。

和杜丽群一起分到四医院的，还有护士10班的韦彩云同学。

姐俩结伴，乘火车到达南宁后，在行李托运部领了行李，叫了辆三轮小货车。

司机向她们伸出了手："每人付2元钱。"

这么贵！杜丽群心里忽然犯起了怵——难道四医院离市区很远吗？不远怎么要2元钱那么多？从黎塘到南宁的火车票，全票也就1.5元，学生票半价，0.75元，现在从火车站到四医院每人要收2元，肯定很远了。

小货车拉着姐俩，从火车站经朝阳路再转民主路，一直往前走。一路上，她们看着道路两旁的楼房和路灯，起初还感觉像城市，过了展览馆便开始看见连片的菜地，再往前走，又见到了鱼塘。

司机开始踩油门，爬上一道坡。这坡第一是陡，第二是窄，第三是长，像一条拖着尾巴的长蛇。好不容易上到坡顶，几片菜地和鱼塘的边上，便是四医院的所在地了。

货车在一栋二层的小楼跟前停下。

院领导迎了上来，高兴地说，欢迎二位，欢迎二位，欢迎你们加入四医院的大家庭！

而此时总务科的领导正为一件事烦恼着呢，什么事？原来忘了给二位新员工预留宿舍。

经过一阵紧急商量，最后决定把她俩安顿在一栋平房的一个小房间。这个房间对面是一片菜地，后背是医院的污水池，左右两面也是菜地和鱼塘。俊男靓女扎堆的广西京剧团，也离她们的住所不远。

每天凌晨三四点钟，四处还是黑麻麻的，她俩还在睡觉，早起的菜农便到地里收菜了。他们手不停，嘴也丝毫没有闲着，即便是用正常音量说话，在凌晨雾水打湿的空气里，也像开起了高分贝的喇叭。五六点，京剧团的演员也开始咿咿啊啊，放开喉咙练起了声。说实话，这样的生活环境并不怎么令人满意。

当时，四医院的工作用房只有三栋二层的楼房，其中一栋安排有门诊、放射科和检验科；另外两栋是传染病患者的住院部，收治肝病和其他常见传染病的患者。另有两三栋平房，一栋收治结核病住院患者，其余就是总务和后勤等工作用房了。

四医院的基础设施建设，与杜丽群想象中的城市医院相距甚远。

当时四医院处在南宁市的哪个方位，为什么要把医院盖在这里，杜丽群是不清楚的。时间长了才知道，医院东面是长岗岭，西面是望州岭，北是燕子岭，东北是虎椟岭，岭岭相连。岭，实际就是高坡。坡连着坡，坡高路陡，给人们的出行带来极大的不便，所以如果没什么要紧事，市民一般都不往这边走。

一切都清楚了，四医院之所以把院址选在这里，是由它的传染病医院定位决定的，离市区远点儿，对人民群众的影响就少一点儿，对，就是这个意思。

医院的选址没有问题，但自己是不是来错地方了呢？是不是投错了行？毕业后被"发配"到这片边远荒凉之地，中专三年苦读，学到的知识还用不用得上？美好的愿望什么时候才能够实现？今生今世，自己还有没有施展才华的那一天？

不过，最后她还是信了一句话：既来之，则安之。既然来了，就什么也不要想，安心工作一段时间再说吧。

到四医院后，她在肝科、结核科等各待了一段时间，看到不少同事因为惧怕传染病，害怕被传染，纷纷找熟人，托关系，想方设法调离四医院，她反而觉得这么做有点儿不对头，有点儿欠妥，加上生活环境和工作环境已逐渐适应，而且对那些可怜的传染病患者产生了一份发自内心的同情，有了一份推卸不掉的责任，终于决定留下来，好好做一些事。

1999年杜丽群因为工作态度端正，手脚勤快，升任肝科的副护士长。两年后职务又得到晋升，转到医院效益最好的结核科，任结核三科的护士长。她想，自己在肝科、结核科工作还是比较顺利的，与科主任、医生、护士合作也很愉快，业务方面也已得心应手，如果在结核科一直待下去，直到退休，也算功德圆满了，也就心满意足了。

年光似鸟翩翩过，世事如棋局局新。可是谁会料到仅仅4年之后，一项重大的历史使命从天而降，落到了这个善良而又文弱的小女子身上？

二度进京培训

　　杜丽群到北京参加艾滋病知识培训，是她在肝科当副护士长之时。

　　那时她和黄绍标医生一起受四医院的委派，到北京参加艾滋病防治"卫九"项目的学习培训。当时两人都认为，此次培训只是了解艾滋病的有关知识，至于本院大规模收治艾滋病患者的情况，估计十年八年也不一定有。

　　她翻开培训手册，看见一则艾滋病小贴士：

　　艾滋病也叫"获得性免疫缺陷综合征"（AIDS），艾滋病中的免疫缺陷病毒（HIV）能大量吞噬、破坏人体的免疫系统，使机体逐渐丧失防卫能力，不能抵抗外界各种病原体的侵害，患上一般健康人不容易患的感染性疾病和肿瘤，最终导致死亡。艾滋病感染初期，身体会出现类似感冒或血清病一样的症状，然后进入少则几年、多则十几年的无症状感染期（潜伏期），继而发展为获得性免疫缺陷综合征前期，最后因各种严重机会性感染和恶性肿瘤，成为获得性免疫缺陷综合征。艾滋病与运动神经元症（渐冻人症）、癌症、白血病、类风湿一起，被列入世界卫生组织认定的五大绝症。艾滋病目前还没有办法预防，也没办法治愈，死亡率高达100%。它的传播途径主要有三个：血液传播、性传播、母婴传播。自从1981年非洲发现首例艾滋病以来，这个病就以复制的方式在全球快速蔓延，严重影响了人们的身心健康，影响了社会治安的稳定，影响了社会经济的发展。

此时，非洲一些国家的艾滋病形势已相当严峻，而北京佑安医院早已未雨绸缪，于1996年便成立了感染科，专门用来收治艾滋病患者。虽然当时还无法对病患进行卓有成效的救治，但针对艾滋病患者开设的"爱心家园"，充分发挥临床、教学及科研优势，搭建了优质的医疗服务平台、科研创新平台、国际交流平台、社会志愿者服务平台、艾滋病知识培训基地及感染者分享平台。与相关政府部门、社会团体、研究机构和各大媒体建立了良好的合作关系。在艾滋病治疗与护理、预防与倡导、交流与行为改变、能力建设与合作等方面进行了有益的探索，其先进的人文护理理念与规范化的工作模式，深深印在了杜丽群的脑海中。

回到南宁那段日子，每天吃过晚饭，杜丽群和四医院护理部主任许萱荷（原南宁地区卫生学校附属医院内科护士长）散步，便常常提起"爱心家园"的护理理念与工作模式。她觉得，往后如果四医院开设艾滋病科，一定要虚心向佑安医院学习，吸取人家成功的经验，才能事半功倍，把事情办好。

该来的还是来了。

2001年，已有不少疑似或已确诊的艾滋病患者住进四医院。疑似患者是出现其他并发症，如肝病或肺结核等住进医院的。对于有些已经确诊的患者，按照医院当时的条件，也没什么好的办法对他们进行有效的救治，因此不少患者和患者家属认为，既然没办法治，那还赖在医院做什么？回家等死算了，免得浪费时间，浪费钱。说真的，那时员工们对医院接收艾滋病患者是有想法的，如今患者和患者家属主动要求出院，说不好听一点，是正中他们的下怀。

到了2002年，艾滋病患者更多了。这时，上级部门开始要求四医院作为定点医院，无条件收治艾滋病患者。

听到这个消息，医院员工的抵触情绪终于爆发，认为一旦大规模收治艾滋病患者，肯定影响罹患其他疾病的人来医院就诊，进而影响医院的生计。从经济效益方面考虑，还是不收为好（这是摆上台面的理由，上不了台面的理由是两个字：害怕）。但院领导认为，如果不收，从情理上怎么也说不过去，作为传染病医院，收治艾滋病患者是职责所在，总不能为了多赚那点儿钱，把自己应该承担的责任推得一干二净吧？于是，院领导作出决定，不但对艾滋病患者应收尽收，还要派人到先进医院学习，加强艾滋病防治方面的技术力量，为开设艾滋病专科做准备。

基于艾滋病患者放弃治疗的现象相当普遍，回归社会之后，他们无意中又将病毒向外扩散，那么，像非洲那样艾滋病大范围流行的状况会不会在我国发生呢？类似问题一直盘踞在杜丽群的脑海里，使这个有着一颗仁义慈爱之心的女子满怀忧虑和愁烦。不过，此时佑安医院的"爱心家园"马上从脑海里跳了出来，她想，这也许就是抑制艾滋病扩散最有效的尝试之一吧。想到这里，使命感和责任感油然而生，于是，在2002年的那个秋天，她向医院毛遂自荐，要求再度进京，到佑安医院进修艾滋病护理。

此时各医院的竞争格外激烈，诚然，在广西首府南宁，艾滋病患者除了四医院有条件收治，其他医院并不具备收治的条件，但罹患结核病、肝病等疾病的人则不同，许多医院都有能力收治，并且都在利用各自的优势，把病人拉到自己的医院就诊，以提高本院的经济效益。因此，四医院其他科的病人少了，肝科的病人同样明显减少。有病房空余出来了，院领导马上决定，把艾滋病住院患者安排在肝科。

这么一来，便出现了肝科的医生和护士既要为肝病患者服务，又要抽出人手为艾滋病患者服务的异常忙碌的情况。

也正因为如此，设置独立的艾滋病科，专门收治罹患艾滋病的患者，被提上了医院的议事日程。

第三章

艾滋病真的来了

因为无知，所以恐惧

四医院筹备开设艾滋病科，用时近3年。

筹备开设一个科室，需要差不多3年的时间，这是怎样艰难漫长的一个过程啊。

那些日子，对于筹备小组的成员来说，真是度日如年，甚至让人愁白了头，有第一任艾滋病科主任黄绍标的白发为证。筹备之初，40多岁的黄绍标还是满头黑发，浓密地堆在浑圆的脑袋上，后来白了不少，稀疏不少。

一次采访中，我问黄绍标主任，是不是开科筹备太难了，把黑发愁成了白发？黄绍标脸上多肉，鼻头也是肉嘟嘟的，一看就是个憨厚老实的汉子。他摸摸鼻头，笑了笑，不说是，也不说不是。

我问他："到底难在哪里？愁在何处？"

他终于开了口："难在人们对这个病极度的恐慌，极度的害怕。"

"人们，请具体说说是哪些人吧。"

"有社会上的人，甚至还有我们穿白大褂的医护人员。按理说，医护人员懂医学，懂得一般接触是不会传染艾滋病的，不怕才是，但在艾滋病面前，无论社会上的人还是懂行的医务工作者，都有一种莫名的恐惧。消除这种恐惧，需要很长的一个过程。"

"这个过程有多长？"

"应该有10年吧。"

提起开科往事，黄绍标无限感慨，从胸腔里发出一声重重的叹息。他告诉我，其实四医院的医护人员对艾滋病的这种害怕，这种恐惧，最早可以追溯到20世纪90年代。1990年，广西发现首例外埠艾滋病病例，病人是从非洲来的，是广西一所大学的留学生。上级主管部门指定，由南宁市唯一的一所传染病医院——四医院负责收治这名病人。

听说艾滋病病人要来四医院住院，医院里像马蜂窝被一竿子捅开，嗡嗡嘤嘤的议论不绝于耳。

"听说我们医院要收治一个很特殊的病人？"

"什么病人啊，这么神秘？难道是艾滋病？"

"艾滋病是吗？就是国外发现的绝症？这个病传染率、死亡率都是很高的呢！我们医院绝不能收这种病人进来，不能收，太危险了！"

"我们是小医院，还没有接收这种病人的条件和技术，还是不收为好。"

"外国都没办法治的传染病我们能治？凭什么收啊？不收，千万不能收！千万不能收啊！会传染给我们大家的！"

上级主管部门说，你们是传染病医院，你们不收，谁收？

四医院说，谁收都行，反正我们不敢收。

上级主管部门继续做工作，困难当头，你们有条件要接收和医治这名特殊的病人，没有条件创造条件也要接收和医治这名特殊的病人，这关系到医院的荣誉和发展。还是先收下来，等他办完一应回国手续，再让他回他的国家好了。

于是，那个艾滋病患者便住进了四医院。

在护理这名患者的医护人员印象中，这人的口腔黏膜白花花一片，像瘟鸡拉出来的白屎那样让人恶心，没有什么比这更令人恐怖的了。这是艾滋病引起的继发性霉菌感染所致，当一个人免疫力下降，霉菌就会在体内大量繁殖，破坏整个免疫系统，口腔就是艾滋病病毒最先出现症状的部位之一。

对于艾滋病，四医院的许多医护人员听说过，却没见过，都想看看得了艾滋病的人到底长啥样。想去，又不敢去，为什么？怕被传染。当年杜丽群还是一名护士，也好奇，也有从众心理，也想去看看，最后还是因为害怕，没去成。

尽管四医院派出最好的医生和护士，但这名患者因为病情严重，已发展到不可逆转的地步，最终还是去世了。虽然生命将要结束，但医护人员把他的痛苦降到了最低，他是带着尊严离开的。他的亲人和朋友对四医院表示了由衷的感谢，他们说，中国的医护人员已经尽了最大的努力，履行了救死扶伤的崇高职责，太感谢了。

当社会上许多人觉得艾滋病离自己很远的时候，1996年，广西开始出现零星的艾滋病病毒本土感染者。那年，恰好第26届奥运会在美国亚特兰大举办，有人在奥运百年纪念公园扔了一颗炸弹，消息传到黄绍标的耳朵里，于是他就想，那声巨响不正与广西发现首例本土艾滋病病毒感染者的爆炸性新闻遥相呼应？也正是从那时开始，如同打开了潘多拉魔盒，魔鬼跑出来了，用不以人们意志为转移的力量和速度向人类进犯，危害我们正常的生活。

广西艾滋病病毒感染者和患者开始逐年递增，四医院的肝科、结核科等，都陆续住进了确诊的艾滋病病人，各科专门腾出一两个房间，给这类病人住。

正如前文所述，后来为了方便管理，又把这些人集中在了肝科。

"这么做，难道肝科的医护人员乐意？"我问黄绍标。

"不乐意，医生不乐意，护士不乐意，保洁员不乐意，那些肝病患者也是一千个有意见，一万个不情愿。他们说，把艾滋病患者放在我们这里与我们同住，我们被传染的概率不就大了？放在哪里也不要放在我们这里呀，不要放他们进来。院领导的话却斩钉截铁：'有意见归有意见，不情愿也得情愿，从目前情况看，没有别的更好的解决办法了，就这样吧。'"

黄绍标继续说："如此一来，艾滋病患者就全部集中在了肝科，专门腾出一层楼，给这类病人住。派刘燕芬、陆宁、林利宁三名医生，给这些人做些基础性的治疗。刘燕芬的爱人也是肝科的医生，他和科里的其他医生只负责肝病病人的治疗，艾滋病病人不归他们管。刘燕芬年资较低（从事医生行业的年限较短），每到深夜，护士不敢进病房给艾滋病病人打点滴，她便低声下气求她们：不用怕的，进去吧，如果实在害怕，我陪你一起进去。那时肝科的医生压力普遍大，很多人想走，调到其他医院或其他科室，我就鼓励他们坚持，我跟他们说，道路是曲折的，前途是光明的，熬过这段难熬的日子，一切都会好起来。"

"可不可以这么说，这就是艾滋病科的雏形?"

"其实就是了。我再告诉你，那时有人实在是荒唐得不行。肝科的锅炉不是坏了嘛，保洁员拎着暖瓶到别的科室去打开水，别科的人竟然把锅炉房锁起来，还用厌恶的口吻说，你们整天给艾滋病患者打扫房间，身上沾满了艾滋病的病菌，摸了我们这边的水龙头，不就把病菌传染给我们了吗？这事今天看来十分荒唐，但在当时确实发生过。"

长话短说，时间来到2002年，这时住进四医院的艾滋病患者更多了，不分科对肝科的病人和医护人员影响确实很大，一是这里的医护人员就这么几个人，忙不过来；二是如果消毒不严格，的确有交叉感染的危险。因此医院果断作出决定，把艾滋病患者从肝科分出去，单独开设一个科——感染科，对艾滋病患者进行规范化管理。

经过了解我才知道，四医院的感染科，其实就是艾滋病科，所收治的病人，主要以艾滋病患者为主。在这里，为了方便读者阅读，我们还是叫回艾滋病科吧。

"2002年，我们筹备开设艾滋病科，却招不到人，没人愿意来。俗话说：'竖起招兵旗，自有吃粮人。'但我们招兵买马的旗帜竖起很长时间了，居然没有吃粮人来应征入伍。"说到这里黄绍标又长出了一口气。

开设艾滋病科，最急需的是人手。医生、护士、保洁员这三种人，一种都不能少。

有人私下议论开了："作为医生、护士和保洁员，苦点儿、累点儿、脏点儿都不要紧，天天跟艾滋病人打交道，走得那么近，被传染怎么办？得艾滋病比得癌症更可怕，生不如死，谁愿去谁去，反正打死我也不去。"

"艾滋病是'世纪瘟疫'，目前谁也没有办法医治，我不想做探路者和冒险者，因为我还年轻。"

"得艾滋病等于被判死刑，我们救不了被判死刑的人。"

许多人纷纷找各种理由和借口，说一千道一万，就是不愿去艾滋病科工作。

这件事，让院领导十分头疼。

虽然院领导也是医生出身，但行政工作就够忙的了，总不能兼职去治疗和护理那些艾滋病患者吧？于是专门召开职工大会，道理说了一火车，什么要以国家利益、集体利益、人民利益为重，顾全大局啦，要有奉献精神啦，要实行人道主义救助啦，要有职业操守啦……说来说去，无非是动员大家加入艾滋病科大家庭，为防艾抗艾贡献自己的一份力量。但开明的领导话锋一转，说艾滋病是特级传染病，本着自觉自愿的原则，谁愿去谁报名，我们绝不强迫大家，强扭的瓜不甜，强按牛头不喝水。

最后院领导宣布，由黄绍标同志担任艾滋病科筹备小组的组长。

为何艾滋病科筹备小组的组长让黄绍标担纲？别人不一定清楚，黄绍标自己却心知肚明。那年，他不是和杜丽群去了趟北京，参加艾滋病防治"卫九"项目学习培训么？后来，在北京召开的全国第一次艾滋病、性病防治大会，广西也只派他一个人去参加，会议结束，四医院医务科的廖科长便同他商量，以后凡是这种会我们都让你去开，医院成立艾滋病科也由你来牵头做，你看行吗？可不可以？黄绍标憨憨一笑，行，当然可以。

由此看来，艾滋病科的筹备和组建便成了黄绍标的"专利"了。

可是要办成一件事，单枪匹马绝对不行，"一人拾柴火不旺，众人拾柴火焰高"，大家心往一处想，劲往一块儿使，才能收到预想的效果。

可是除了黄绍标，还有人愿来艾滋病科吗？

四十不惑：小女子有大担当

"我愿意！"

关键时刻，一个小女子站了出来。

这女子就是杜丽群。

有一首流行歌曲，歌名就叫《我愿意》。歌中唱道：我愿意为你，我愿意为你忘记我姓名……我愿意为你被放逐天际……这是一首爱情歌曲，大意是为了心爱的人可以忘掉自己，愿意被放逐到遥远的天际，是情人间一种纯粹的爱，忘我的爱。

杜丽群说出"我愿意"这三个字，心里也有爱，是对医疗护理事业的爱，对艾滋病患者群体深切的同情和怜悯，是仁爱、博爱、大爱的高尚情怀。因为这种爱，她愿意舍弃很多东西，愿意被放逐到艾滋病科这样的"天际"。

"我愿意"这三个字，有着温暖的色彩，代表着无私、无畏和奉献精神。在很多人眼里，艾滋病科犹如一片沼泽地，陷进去就永远拔不出来，是黑暗绝望的地带，有着类似于太平间的恐怖阴冷。但是杜丽群的一句"我愿意"，顿时犹如三月阳光洒在这片绝地，暖意融融；如同黑夜里的灯火，给前行者正确的指引。

杜丽群站出来，人们并不感到意外。

1984年，杜丽群来四医院报到时，刚满19岁，圆圆的娃娃脸，一张耐看的小嘴巴，未曾开口三分笑，有说不尽的甜美，说不尽的青葱稚气，很是招人喜爱。

前面说过，来四医院报到后，她先在结核科工作，又调到肝科，后来因为工作需要，又返回结核科。经过不懈的努力，她从小护士逐渐成长为一名业务娴熟、既有领导才干又受人敬重的护士长。

在医院效益最好的结核科当护士长，羡煞多少年龄相近、职务相当的同事啊。她也曾经这么想，以后哪儿也不去，在结核科待到退休得了。

谁知公布艾滋病科筹备之后的某天，杜丽群突然找到结核科的副主任林艳荣："林主任，我想跟医院提个要求。"

林主任非常诧异，这个阿杜（在四医院，与杜丽群年纪相仿的同事，包括院长、书记都叫她阿杜，小护士叫她杜护长，病人则叫她杜大姐）一贯吃苦耐劳，似乎只知道默默做工，从未向医院提过任何要求，今儿个是怎么了，居然要向医院提要求了。

林主任问她："你有什么要求？"

"我想去北京佑安医院进修艾滋病护理。"

林艳荣眼睛本来就大，这时两只眼睛更是瞪得铜铃一般大："这是怎么一回事，阿杜？在结核科，你的业务已经很熟悉了，团队带得也很出色，为什么你要去进修艾滋病护理？难道……难道你想去艾滋病科？"

杜丽群点点头。

林主任不忘提醒她："我跟你说，阿杜，艾滋病护理不是你想象的那么简单，可能会有很多毛骨悚然的事情发生哩，大家都很害怕，难道你就不怕？难道家里同意你去？这个事你最好想想清楚。"

"我早就想好了，我是党员，还记得入党誓词里'随时准备为党和人民牺牲一切'这句话吗？我觉得这时候是兑现入党誓词的时候了。现在你看，无论是病人、家属还是医院的医护人员，对艾滋病有多恐惧！多抗拒！如果我们党员都不敢去做这份工作，谁还敢去做呢？如果关键时刻我们不挺身而出，还算什么党员？这个党入来干什么？"

如果说做出这个职业生涯的重大决定杜丽群没有经历内心的反抗和痛苦挣扎，那也不尽然，一方面，她觉得艾滋病作为传染性极强的一个新发病种，医院没有受过专业培训、能担此重任的人才，即使赴汤蹈火自己也不应该退到一边去；另一方面，这种病是"死亡之症"，听到都让人害怕，更别说去护理这样的病人了，护理的过程也许要付出生命的代价，如果跟家里商量，他们肯定会阻拦，不让去。到底去，还是不去？她面临着与南丁格尔"究竟是上前线还是不上前线"同样的抉择。徘徊良久，犹豫良久，最后崇高的信仰还是打败了畏惧心理，职业追求战胜了个人利益，她决定暂时瞒着家人，先去北京进修，回来就挑起艾滋病护理这副担子。

不过林艳荣的提醒还是让她汗毛直竖，倒吸了一口冷气，好一会儿才缓过劲来。她咽了口唾沫说："怕是怕，谁不怕呢？这又不是一般的病，但这份工总要有人去做呀，你不做我不做他不做，谁去护理那些可怜绝望的艾滋病人？说实话，面对国内外严峻的艾滋病形势，作为临床一线的一名党员，我真的有种危机感和责任感。我认为冲上艾滋病防治第一线，是自己的责任，是对自己进行'党性'教育最好的一次机会。从护士角度说，在这样危难的时刻，我们更应该记住南丁格尔，记住入职的时候自己是怎样穿上这身护士服、头戴燕尾帽，庄严宣读'南丁格尔誓言'的。至于家里我想暂时隐瞒事情真相，以后有机会再说。"

"好，有境界，有志气。你去北京进修的事，我跟院领导说说，应该没有问题，但我建议你还是慎重考虑，然后再做决定。"

"考虑好了，已经决定了，快去帮我说吧。"

院领导同意了杜丽群的要求。

于是，2002年9月，杜丽群坐上火车，到北京进修艾滋病护理。

在北京进修期间，杜丽群如饥似渴地学习艾滋病护理技能，学习医患沟通技巧，参加人文医学专题讲座等。通过半年进修，最大程度开拓了自己的眼界，认清了四医院与国内高级别医院在专业技术上存在的差距，明确了今后工作的方向。

次年3月，杜丽群学成归来，还在结核科当她的护士长。

此时艾滋病科正在紧锣密鼓地筹备，院领导找了好几个他们认为能担此重任的护士长谈话，动之以情，晓之以理，劝她们出任艾滋病科的护士长。但时间一天天过去，愿意还是不愿意，始终没人给出确切的答复。

没有护士长，艾滋病科就开不起来，就像没有领班，酒楼、饭店开不起来是同样的道理。

杜丽群觉得有些委屈，院领导找那么多人谈话，为何偏偏漏掉了自己？她私下想，自己不仅到北京参加过艾滋病培训，最近又二度进京，进修了艾滋病护理，在四医院，这方面的知识自己比别人丰富许多，又在护士长岗位干了这么多年，管理上也是经验丰富，时任护理部主任许萱荷也说过，以后医院成立艾滋病科，自己是护士长的最佳人选。许萱荷是自己的学长、老师和顶头上司，她的话应该是没有错的。

是啊，我是最佳人选，但为什么不让我去艾滋病科？是院领导对我不信任，怕我没有这个能力，达不到艾滋病科护士长的要求，还是别的什么原因？事到如今，我是主动请缨，还是静观其变？如果主动请缨，院领导会同意吗？如果袖手旁观，艾滋病科很可能就找不到护士长。这份工如果没有人来做，后续工作就难开展了。

怎么办？怎么办？！怎么办？！！

思虑良久，盘桓良久，最后杜丽群还是决定站出来，恳求院领导调她到艾滋病科，挑起艾滋病科护士长这副千钧重担。

她最终下决心站出来，源于一起突发事件。

2013年5月，在四医院举办的第三届"道德讲堂"上，杜丽群告诉大家，正是那起事件的突然发生，坚定了她去艾滋病科的决心。

那是一名常住结核科的患者，一直把他当肺结核来治，却久治不愈，忽然一天查出他是HIV阳性。

之前，四医院从未在结核科患者中查出过HIV阳性，这是四医院建院史上的第一例。

气氛立马紧张起来。

更吓人的事在后头。

一天傍晚，下班刚回到家的杜丽群，忽然接到值班护士的紧急来电："杜护长，不知道是怎么一回事，16号病房房门锁得死死的，怎么也叫不开，还有烟从门缝冒出来！快来！"

杜丽群马上赶到。

长长的走廊里，弥漫着一股浓烈刺鼻的烟味。

她叫来几个壮汉，砸开房门，眼前一幕让众人目瞪口呆——

只见一把钞票在熊熊燃烧，钞票攥在一个病人的手里，地上是一堆没有燃尽的纸灰。

"张叔！你糊涂了！烧钱？"杜丽群禁不住叫了起来。

再看艾滋病患者老张，他面无血色，眼神呆滞，嘴里不停嘀咕着："烧掉，烧掉，全部烧掉；你拿去，拿去……"

他拖着缓慢沉重的脚步，一步步地往前挪，挪到床前突然一屁股坐下，呆若木鸡。

"张叔，张叔，是我，我是杜大姐，你真糊涂呀！"

杜丽群快步走到老张跟前。

见是杜丽群，老张的眼珠动了动，似乎不敢相信："杜大姐？"他站了起来："真是杜大姐吗？杜大姐，你来了！"突然，他一把抓住杜丽群的手，像是抓住了一根救命稻草，放声大哭："杜大姐呀，我是罪人呀！我该死！一个要死的人了，还要钱做什么？钱……死人要来有什么用？我是罪人，我对不起家里，我对不起……我就是死了，也是臭狗屎！杜大姐，你要救我，救救我呀……"

病人的哀号在病房里回荡，猛烈撞击着天花板，撞击着地面，撞击着病房里所有的一切，撞击着杜丽群的心。但老张这么做是不对的，引发火灾怎么办？事实上已经有人在打火警电话119了。

杜丽群扶他坐下，并厉声批评道："你太自私了，张叔！你想死，也不能放火让大家一起陪你去死啊！如果你这样死了，谁也不会原谅你的!"

老张越哭声音越大:"我对不起父母,对不起家人,对不起你们,我死了也是瘟神!救我呀,杜大姐。"

"我来就是为了救你,但你这样自暴自弃谁也救不了你!你不想死才能救你!"

老张醒悟过来了:"我不死了,我不想死啊,杜大姐,我不想离开家人啊。"

"这就对了,得了这种病,关键是要坚强,敢于面对,配合治疗,不要放弃,不要灰心,这样才有希望,知道吗?"杜丽群口气缓和了下来。

"知道了,我知道了,杜大姐。"老张感激地说。

这件事深深触动了杜丽群。

一向性情稳重、说话慢条斯理、属于慢性子的杜丽群,此刻一反常态,一分钟也待不下去了,她立刻找到院领导,提高嗓门说:"艾滋病科不是找护士长吗?艾滋病患者不是没人护理吗?我愿意护理他们,让我去吧!"

这是真的吗?院领导想,我们找人谈话,反复动员,左等右盼,硬是不见有人站出来受命于危难之际,如今半路杀出个杜丽群,难道是真的?我们怎么把她给忽略了呢?院领导有点不敢相信自己的耳朵,担心这个阿杜只是一时心血来潮,过几天就会反悔,甩手不干了,于是问道:"阿杜,你想好了吗?是不是真的愿意去艾滋病科?"

杜丽群态度坚决:"想好了,我就是要去艾滋病科。"

院领导这时才长舒了一口气，然后与她热烈握手，嘴里不停说道："很好很好，阿杜呀，你愿去没人愿去的艾滋病科，简直是太好了，太好了。让我们说什么好呢？谢谢！谢谢你为我们纾了困，解了围！"

这就应了一句话：踏破铁鞋无觅处，得来全不费工夫。

四医院艾滋病科的历史记载着这么几个重要人物——

为艾滋病科筹建、成立和发展竭尽全力的艾滋病科主任黄绍标。

第一个主动请缨，到艾滋病科工作的护士长杜丽群。

第一个自愿到艾滋病科的医生刘燕芬。

第一个自愿到艾滋病科的护士陈益芹。

第一个自愿到艾滋病科的保洁员游阿姨。

那天，是游阿姨主动找的杜丽群："杜护长，我不是医生，也不是护士，我只是保洁员一个，你们要不要？"

杜丽群高兴地说："当然要啊，要！欢迎游阿姨。"

此后，艾滋病科又陆续来了李雪琴、谢治满和秦英梅三名医生。三人当中有两人来自肝科，一人是轮科的医生。

艾滋病科需要更多的护士，病人病情的护理和心理上的安抚疏导，全靠她们了。可是，自愿报名的只有陈益芹一个人，人数远远不够。对了，肝科不是收治过不少艾滋病患者吗？那里的护士有艾滋病的护理经验，为何不去肝科找呢？杜丽群和黄绍标一商量，决定直奔肝科，动员那里的护士到艾滋病科工作。本以为可以在肝科多找几个护士的，结果却让他们大失所望，磨破嘴皮，只有杨碧娟同意前来效力。

杜丽群在结核科待的时间最长，最熟悉那里的情况，经她回去做工作，护士黄金萍和黄连飘同意来。

除了她们，杜丽群又从别科找来了三个人，都是轮科的时候与她共过事，见她人品好，体恤下属，为下属说话，决定跟她过来的。

以上数人，加上两个刚从卫校毕业，愿意到艾滋病科接受锻炼的年轻人，勉强凑成了一支八九个人的护士队伍。

南宁市第四人民医院艾滋病科挂牌成立，是2005年6月7日上午8时。

5、6、7、8的数字排列，好记，看一遍，或者听一遍就能记住。末尾的数字"8"，其实就是发，但这个"发"不是发财的发，而是发展的发。因为护理艾滋病患者不是做生意，而是人道主义救助和援助，医院认为"8"这个数字是吉祥的，会起到一些心理暗示作用。无论对患者，还是对医护人员，开科有个吉祥数字，总是好的吧？

艾滋病科开科以后，黄绍标被任命为艾滋病科主任，杜丽群被任命为艾滋病科的护士长。

后来形势所迫，艾滋病科又相继开设了二病区和三病区，黄绍标升格为艾滋病科大科主任，杜丽群升格为艾滋病科大科的护士长。

俗话说：万事开头难。

俗话又说：头三脚难踢。

黄绍标是艾滋病科主任，也是广西最早涉足艾滋病防治的专家之一（另一位是唐志荣，后来英年早逝，于2012年9月27日倒在防艾抗艾一线，去世时年仅48岁），经常国内国外跑，参加有关艾滋病方面的学术交流，探讨艾滋病治疗的各种方式方法。因此，艾滋病科的区域划分、物资准备、人员培训、计划制订、编制常规护理制度及消毒隔离手册等，只能由杜丽群一个人扛。

当时，分管艾滋病科的副院长汤卓对杜丽群说："阿杜，目前艾滋病护理在广西甚至在全国都是一个比较新的领域，你们在做的过程中，可能会遇到许多意想不到的困难和问题，但只要咬牙坚持，找到克服、解决这些困难和问题的办法，就一定能取得成功。你们的经验必定会给我国的防艾抗艾事业提供有益的借鉴。"

这是鼓励，同时也是鞭策。

于是杜丽群忙开了。不是一般的忙，而是相当忙。自从到四医院工作，从来没有这么忙过。忙得吃饭都没味道，走路也是一溜小跑，有时上厕所都没有时间，晚上睡觉脑子里还想着事。

这年，她恰好40岁。

古人云："四十不惑。"她觉得，自己不偏不倚，恰恰在不惑之年挑起艾滋病科护士长这副担子，是相当有仪式感的一件事情。也应该说，是人生长河中最重要、最最重要的一件事情了。

她为患者操碎了心

艾滋病科开科的时候，住院的病人并不多，预设的40多个床位并没有住满，只住了一半。可是不记得从哪天开始，病人一下多了起来，最多的时候连走廊都摆满了病床。还不算，每天还有不少电话从外面打进来，急切问道："你们那里还有床位没有？我们想住进去。"

此时入住艾滋病科的病人，分属内科、外科、儿科、妇科等，各科病人交叉混杂，同住在一层楼，非常不便于医护人员的治疗和护理。比如有的小孩怕打针，看见护士拿着针筒过来就哇哇大哭，需要你去哄；有的孕妇马上要生了，一刻也不能耽搁，要送去产科生产，生完再给她接回来；合并外科疾病的病人，做完手术也要接回艾滋病科这边来；门诊输液室、抽血室的医护人员怕被传染，不愿给艾滋病患者抽血、输液，这类工作人家不愿意做，又不能不做，艾滋病科的医护人员只好自己做；等等。

此时的艾滋病科，住院病人已达到60多个，到门诊初诊的病人也有三四十个，百来号人，能把十几个医生护士忙得团团转。

按规定，医护人员是下午六点下班，但往往走不了，因为常常有以下情况发生：快下班的时候忽然有病人到艾滋病科门诊看病或者办理住院手续；病人病情突然恶化或者去世；病人想不开做出轻生的举动……凡此种种，不到晚上八九点，这里的医护人员（尤其是护理人员）基本回不了家。

主任黄绍标和护士长杜丽群，明知道这么做违反劳动法，但也没办法。实在没办法的时候，只好向护理部诉苦、求情，求护理部给艾滋病科增加人手。护理部考虑到艾滋病科的难处，就说好吧，我们从别的科室调几个人过去，支援你们。可是这些人才来三五天，又都溜了回去，说是这里的工作环境和工作强度他们无法适应，不愿干了。

旧的问题没解决，新的问题又相继出现。

住进艾滋病科的病人，大多病情危重，免疫功能受损，特别容易发生肺结核、卡氏肺孢子菌肺炎、马尔尼菲青霉病、隐球菌脑膜炎等机会性感染。有的还合并梅毒、乙肝、丙肝等，而且还兼有心、肺、脑等器官的病变。为抵抗多种病原体混合感染，这些病人每人每天需静脉输液2~3次。频繁使用头皮针静脉穿刺，会出现许多不该出现的问题。

有问题出现，就有解决问题的办法。

这办法是杜丽群想出来的。

一次常规抢救，杜丽群看见麻醉师给病人使用深静脉输液留置管，心头登时一亮，连忙向麻醉师打探，这项技术能不能用在艾滋病患者日常的输液上面呀？麻醉师想了一会儿，说："应该可以。”

所谓深静脉输液留置管，就是经过深静脉穿刺，把输液导管置入患者体内，置入后便不用每天往病人身上扎针，只管输液进留置管就可以了。这真是一个好办法，一来可减少长期输液病人反复穿刺的痛苦，预防穿刺并发症的发生；二来深静脉输液留置管比一般输液管粗，黏稠的营养液可以在其中畅通无阻，保证营养的供给；三来可以保持血管畅通，给紧急抢救提供方便；四来留置管可以在病人体内留存数月，大大减少病人使用医用耗材的费用；五来护士操作次数减少，职业暴露的危险相应也少；六来工作效率大大提高。

在这之前，四医院艾滋病科的临床护理，从未使用过深静脉输液留置管，只在手术麻醉时，由训练有素的麻醉师使用。

听说深静脉输液留置管"应该可以"在艾滋病科临床护理使用，杜丽群脸上笑开了花，马上把麻醉师请到艾滋病科，现场示范，效果确实不同一般。

常到艾滋病科给患者做深静脉穿刺的麻醉师，是麻醉科的主任覃绍坚。

这个覃绍坚可不简单，2008年，他凭借着《HIV感染者硬模外麻醉行剖宫产对细胞免疫功能影响的研究》，入选南宁市第五批新世纪学术和技术带头人。他手下只有4名医生，人手不够，本应退居二线做指挥员，不得不亲自参加一线值班。他每天工作超过13个小时，没有休息日，加班补助也很少。尽管如此他还是体谅医院，体谅院长吴锋耀，因为他们的院长不是不想给一线员工多点儿补助，而是当时外省的传染病医院收治一名艾滋病患者政府补贴五六千，四医院却没有，院长想多给补助也没办法。在这个问题上吴院长觉得对不起他的员工："我们的医护人员工资低，没多少补助，工作又很辛苦，特别是艾滋病科、麻醉科和手术室的医护人员，他们的付出太多太多，回报又太少太少，我尊敬他们，理解他们，所以只要我有时间，就多去看望他们，尽我的一份心意，也只能这样了。"

懂点儿医学常识的人都知道，麻醉是手术的第一道关卡，也是幕后英雄。手术时，外科医生只需专心致志做好手术就行了，病人的麻醉和生命体征监控，包括血压、呼吸、体温、脉搏的监控，全部由麻醉师负责，不然怎么说麻醉师辛苦呢？上班时麻醉师基本不能在麻醉科里待着，他们不是在手术现场，就是在普通门诊和病房做无痛胃、肠镜麻醉，在妇产科做无痛人流、无痛分娩麻醉等。忙起来饭也吃不上，覃绍坚因此患上了胃溃疡。长年累月低头操作，还落下了严重的颈椎病。2011年，他连续三个月头晕目眩，到中医院针灸、拔火罐均不管用，找推拿专家推拿，才好受点儿。

现在经杜丽群的提议，麻醉科的医生又增加了一项业务，就是专门针对艾滋病患者的深静脉穿刺。这么一来，麻醉师更忙了，恨不能像闹海的哪吒，生出三头六臂来应付。

杜丽群暗自想，麻醉师负担那么重，我们就不能减轻他们的负担，偷师学艺，回来自己操作？

那些外表看着温和驯服的人，内心往往倔强无比。杜丽群就是这么个人，别看笑容总是挂在她的脸上，倔起来也相当倔，认准一条道，九牛都拉不回头。

她开始利用休息时间往麻醉师工作的地方跑，看麻醉师是怎样给病人做深静脉穿刺的，看深静脉穿刺的整个流程。开始觉得有点儿难，需要在病人局部麻醉的状态下，把留置管推到静脉10~15厘米的深度。此项操作不仅考技术，还考胆量。光胆大还不行，还要心细，否则根本无法完成。在手术现场，她耐心听取麻醉师的讲解："都说深静脉穿刺难做，其实也不难，首先你得熟悉穿刺部位的静脉解剖和行走方向，找准位置果断进针，看见回血马上固定针头，沿侧孔插入有长度标记的无损伤导丝，然后拔出穿刺针，把导管伸进去……"

杜丽群认为仅听麻醉师讲解，看麻醉师操作远远不够，还要找有关深静脉穿刺的书来看，理论与实践相结合才行。有时看理论书到很晚，入睡前在黑暗中还做着推留置管入静脉的动作，就好比学车的人，晚上躺在床上也不安分，还要用手空转方向盘一样。

"阿杜看我们做深静脉穿刺，也就看了三四次，第五次就要求我们放手给她做，可见她为病人服务的心有多急切。"2013年我采访覃绍坚，他跟我说了这么一番话。

"成功了吗?"我问。

"成功了。回到艾滋病科，她就自己动手给病人做深静脉穿刺，还没听说有哪次不成功的。如果手术难度特别大，才叫我们过去。其实我们去也只是在旁边给她壮壮胆，手术还是她来做。

有时候我们看着都悬，以为不成了，没想到最后还是给她做成了，简直令人难以置信。"

也是那年的采访，艾滋病科的护士杨碧娟告诉我："那时在我们艾滋病科，深静脉穿刺只有杜护长一个人做，不但能做，成功率还百分百，你不服都不行呢。"

还有件事让杨碧娟记忆犹新。

那是艾滋病科成立的第二年，来了位特殊的病人，是半夜来的。一般来说，患艾滋病的人都不选择白天入院，而是在夜深人静的时候住到医院来，不怕别的，只怕碰到熟人。

给这位患者输液时，值班的小护士觉得很棘手，什么原因？患者是个"瘾君子"。

吸食毒品有口吸、鼻吸、注射等多种方式，这些方式一步步升级。最初为口鼻吸入，渐渐地，毒瘾越来越大，口鼻吸入已不能满足吸毒者的需要，便发展到注射吸毒，就是往肌肉、皮下和静脉注射毒品。往胳膊上注射的动作，被称之为"拉小提琴"，发展到"拉小提琴"的地步，就是深度吸毒了。除了这些，还有人用一种对身体造成更大伤害、更具危险性的颈动脉、股静脉注射，俗称"开天窗"的方式来吸毒。用这种方式吸毒的人，其实离死神不远了。

这名"瘾君子"长年注射毒品，静脉血管已经阻塞，可下针的地方已基本找不到了。小护士无计可施，只好在半夜一点半的时候向杜护长求援。

杜丽群一骨碌从床上弹了起来。

不到一刻钟，她就出现在了艾滋病房（杜丽群家住四医院宿舍）。

她给患者施行的是颈深静脉穿刺。

"现在我来给你打麻药，打的时候会有点儿胀，有点儿难受，但你放心，一会儿就没事了。你忍忍哦。"杜丽群一边轻声安慰患者，一边熟练地进行操作。

穿刺过程动作麻利、熟练，进针后针管马上见到回流血，血色暗红，说明穿刺成功。

"好了吗？"局部麻醉状态下病人的头脑还是清醒的，但他只知道这位护士大姐在给自己扎针，却不知道做到了哪一步，工作是不是已经完成。

"你不要着急，我们马上就好。"

杜丽群接过小护士递过来的纱布和胶布，将留置管封牢、固定。

从消毒、扎针到封管，整个过程用时也就一两分钟。杨碧娟认为，如果没有强大的内心，没有熟练的穿刺经验和技术，一项高难度的活儿在一两分钟内完成，是无论如何做不到的。

此事发生后杜丽群想，这样下去是不行的，需要做深静脉穿刺的患者那么多，自己纵有六臂三头也是忙不过来的，唯一办法是做好这方面的培训，让更多护士掌握这门技术，方能纾难解困，造福患者。

打那以后，艾滋病科护理人员每周一次的业务学习，除了交流护患之间的沟通技巧等，就是由杜丽群给护士们做深静脉穿刺培训。培训的时候，杜丽群详细讲解如何找准穿刺三角区；如何辨别穿刺部位的静脉走向，避免误穿动脉。如果操作失误误穿到了动脉，那也不用慌，马上拔出穿刺针，用手按压穿刺点5分钟以上，用此方法予以补救。

经杜丽群认真的传、帮、带，后来在艾滋病科，谢彩英、黄翠英、陈益芹、朱凤梅、黄连飘、农术玉等护士也能熟练掌握深静脉穿刺这门技术了。

艺高人胆大，尝试深静脉穿刺成功的杜丽群，此时又把眼睛盯在了能给患者省钱的药剂和输液器具上。

艾滋病抗病毒药一般由国家免费提供，患者不必自掏腰包，但治疗艾滋病引起的机会性感染和并发症，便需要自费了，而且花销还不少，平均每人每个疗程一万元左右。对于经济较为宽裕的家庭来说，一万元不算什么，但这个家庭如果经济上捉襟见肘，支付这笔费用就相当吃力了。看到有些病人即使卖掉房子，卖掉耕牛，卖掉家里一切值钱的东西，四处举债也在咬牙坚持治疗，杜丽群的心颤抖了，他们的求生欲望多强啊，负担又那么重，我是艾滋病科的护士长，应该多想办法，解决他们现实存在的困难。

过去她很少给药剂师乃坚业打电话，现在不同了，时不时会打个电话过去问乃坚业："最近你们那儿都进了些什么药啊？便宜不便宜？效果好不好？"

接电话时乃坚业总是这么说她："你这个人真是的！我问你，阿杜，你是药剂师呢还是医生呢？尽打听这些做什么嘛，又不是你的管辖范围。"

　　　　　　　　　　　做南丁格尔这样的人

杜丽群回他道："虽然我不是药剂师，也不是医生，但如果知道哪些药又便宜治疗效果又好，可以推荐给病人用啊。为病人省点儿钱，减轻他们经济上的负担，那不是好事吗？"

两性霉素 B 是多烯类抗真菌药，易氧化，输液的时候，要用避光的黑色针管才能保证药效。这黑色避光针管蛮贵，每根 15 元，且为一次性使用，用过便扔进了垃圾桶。杜丽群扳着指头为病人算了一笔账，如果每个病人每天输液一次（其实很多病人不止一次），一个月仅避光输液针管的费用就将近 500 元，还不包括其他费用。杜丽群觉得这笔账算下来，会让许多经济困难的家庭大大吃不消。

这回她不打电话了，而是亲自跑到药剂科，向药剂师当面了解易氧化药物的用药原理。回来又拿出避光输液针管和普通的透明输液针管做比较，反复揣摩，最终得出一个结论：在普通透明输液针管的外面裹上一层黑色塑料袋，或许能达到与避光输液针管相同的效果。

到底"能"还是"不能"，要用实践来证明。

试验了一次，两次，三次……证明她的思路是对的，效果很理想。

她笑得眼睛弯成了月牙。

普通针管才多少钱一根？ 0.8 元。这 0.8 元的廉价针管，为患者省下了不少费用，解决了很大问题。

患艾滋病的人因为胃肠功能减弱，经常腹痛腹泻，造成体重下降。除此以外，他们还特别容易发热，动不动就发高烧。为此，杜丽群主动找到护理部主任韦彩云，说咱姐俩共同合作，搞两个课题好不好？一个是"营养支持疗法对艾滋病患者生活质量的影响"；另一个是"艾滋病病毒服药依从性管理模式的研究"。韦彩云说好啊好啊，我们马上搞起来。

这两个课题完成后，获得广西卫生厅的立项，并被鉴定为国内领先水平和国内先进水平。

操心是看不见的。一颗心不大，却被分割成千万块，每一块都系着牵挂、责任和怜悯，重重地坠在那里，实在承受不住的时候，掉在地上，发出细微的响声，只有自己听得到，也许一些细心的患者能感受到。

她全心全意为患者服务，为患者排忧解难，她的职业精神，她对艾滋病人的体恤与关爱，有口皆碑。

那时很多报社记者去四医院采访，他们看见病人就问："杜大姐对你们咋样？好不好哇？"

病人都抢着回答："是说杜大姐吗？嗨，那真是好得没法儿说呢，先前我们一个个都瘦得皮包着骨头，走路都没得什么力气。为什么瘦？缺少营养呀。为了给我们增加营养，让我们胖起来，有力气战胜艾滋病，每个星期的一、三、五，杜大姐都交代志愿者熬骨头汤，拿来病房给我们喝。一个星期喝三次，一个月下来，我们就有十几次骨头汤喝了。为了我们的身体尽快恢复，杜大姐呀，把心都操碎了。"

善意的谎言

到艾滋病科后，随着压力一天天加大，杜丽群失眠的毛病又犯了，像冬眠蛰伏的蛇苏醒了，要来咬她，要把她整个吞噬。她整宿整宿睡不着觉，第二天脑袋重得抬不起来，太阳穴像是要爆炸，整个人就像脱了水，那个难受啊！本来她可以请几天病假，在家休息的，但她不能这么做，因为还有很多工作等着她去做，只好硬撑着。

那个周日，她实在撑不住了，不能像往常那样，即便是休息日也不能在家待，也要往病房跑了。她头痛得厉害，同时还伴有剧烈的眩晕。闭着眼睛也不行，睁开眼睛更加可怕，眼前的一切会顺着一个方向打转。农建华马上拿来血压计，一量吓一跳：血压竟高达170／110mmHg！

她一屁股跌坐在地。

农建华更是急得跳脚："怎么搞的，血压高得这么吓人？"他把降压药递到妻子手里，又给她斟了杯温开水。

见妻子把药吃了，脸色好些了，便趁机耍起了男人的小脾气："说吧，这段时间你到底是怎么了？过去家里总是整齐干净，现在你看看，邋遢成了什么样？地不扫，脏衣服也是到处乱扔。还有，过去你只要休息，手机总是关机，如今倒好，手机24小时不关，像随时等着接电话似的。吃饭到一半也有电话打过来，晚上睡觉也不安稳，深更半夜经常铃声大作，不但惊着你，我也跟着遭殃。不管白天还是黑夜，你接了电话就往外面跑，吃不成吃，睡也不成睡，这到底是怎么一回事？莫非真像别人告诉我的，你去了艾滋病科？今天不当面说出来，我跟你没完！"

丈夫一阵连珠炮，把杜丽群轰得够呛，起初泪水还在眼窝里含着，后来就如同水库开闸，洪峰决堤而下。本来还想继续瞒着，现在看来瞒不住了，不说也得说了，这才将主动请缨，去艾滋病科的事和盘托出。

"嗯，艾滋病科那边不是新开张嘛，缺少人手，没有人愿意去，我是党员，所以就带头报了名。"说完闭上眼睛，用手揉起了太阳穴。

"原来真的是这样。"农建华心里仿佛打翻了五味瓶，又是气恼又是心疼。气的是自己跟妻子也算青梅竹马，结婚以后从未红过脸，凡事也是有商有量，从不隐瞒，可是这回妻子竟然不声不响，不透露半点口风，就逞能逞强，瞒着家里去了艾滋病科，护理那些可怕的艾滋病患者，让他和女儿在众人面前抬不起头，确实让人难以接受。疼的是眼前这个女人心地永远那么善良，不仅对病人好，对同事好，对自己、女儿、双方老人更是深情款款，同学们羡慕嫉妒，总是挤着眼睛对他说："农建华，你小子娶得杜丽群做老婆，福分不浅呐。"

如今首要任务，是劝妻子回心转意。

"老杜，不是说自觉自愿吗？你既然可以去艾滋病科，也可以离开艾滋病科的嘛，赶紧着，给医院打个报告，离开艾滋病科，就算是我求你。"农建华差点没给妻子跪下。

"我也求你了，不要让我离开那里。你想想，我是那里的护士长，要是我离开那里，那些病人怎么办？跟我到艾滋病科的那些护士怎么办？所以无论如何我也不能走，我不能扔下病人不管，扔下护士不管。"

农建华的口气硬了起来："就你行，就你能干，难道没有你地球就不转了？四医院少了你就倒闭了？艾滋病科就关门了？我就不信！"

"话不是这么说的，这是我的职业啊。再说他们真的需要我，离不开我，我不能在这个关键时刻当逃兵。"

农建华虎起了一张脸："难道我不需要你？你女儿就不需要你？你天天碰艾滋病人，身上都是病菌，回来又碰我，我有心理障碍，我怕被传染，我怕变成艾滋病候选人。如果不离开艾滋病科，我们就分床睡！"看来农建华真的生气了，态度比任何时候都强硬。

"分就分，谁怕谁啊！"杜丽群同样强硬，她嘟起了嘴巴。

嘴巴硬，心却软，刚转过身，她又禁不住泪眼婆娑。

见妻子哭，农建华顿时觉得自己的态度有些不像话。

好心肠的男人最见不得自己心疼的女人掉眼泪，更何况在这件事情上，农建华觉得自己是有私心的，这个私心就是不想让自己最亲近的人去做艾滋病护理这份危险的工作，如果别人想做，让他们做好了。但是从人道主义救助考虑，从医护人员的职业操守着眼，就是自己不对了，妻子的选择是正确的。

农建华的态度有了明显好转，边给妻子揉太阳穴，边轻声说："不哭了不哭了，不分，不分。但身体是革命的本钱，工作要做，也要注意身体呀。身体都没有了，拿什么来工作呢？你说对不对？"

杜丽群这才破涕为笑。

此时杜丽群才明白，丈夫是爱她的，也是深明大义、识大体、顾大局的。今天只是一时糊涂，才说出那样气人的话来。

其实她和丈夫农建华，谁也离不开谁。

温暖的红丝带

2012年底，因为杜丽群在艾滋病护理工作中成绩特别优异，获得了全国卫生系统模范个人的最高奖励——"白求恩奖章"。一时间媒体记者蜂拥而至，对她进行了大量的采访报道，通过报道，很多人知道了南宁有个四医院，四医院有个杜丽群。

次年秋天，铺天盖地的宣传攻势告一段落，是作家出发的时候了。我带上照相机、录音笔和采访本，来到四医院，进行了近一个月的蹲点采访。

南宁市第四人民医院，门牌为南宁市长堽二里1号。

过去由于这里地处偏僻，路不好走，市里的人不到迫不得已都不到这边来。城市扩容后这里不偏了，兼之附近的民主铁道口改建铁路立交桥，列车从在地面跑改为在空中飞驰，铁道闸拆除，这里比过去热闹多了。但生活在这里的人乡音不改，讲的还是他们惯常讲的桂南平话。桂南平话与南宁白话差不多，只是带点儿"土"味，外地人不一定听得懂，南宁人能听个八九不离十。

站在四医院门前，我发现它的大门并不大，只是在两根立柱上面架了道飞檐，上面写了"南宁市第四人民医院"九个字。设计挺简单的，却有一股凌空高耸、正气凛然之势迎面扑过来。

我围着医院转了一圈，哪里还有半点菜地鱼塘相连相接的影子？

此时的四医院，占地面积140亩，进门是片开阔地，中心地带高高竖起的一块广告牌，是习近平主席夫人、预防艾滋病形象大使彭丽媛视察四医院的大幅图片，一旁是时任南宁市委书记陈武为"南宁市十大先锋人物"杜丽群颁奖的照片。

正对着大门，左边是医院门诊和医院综合大楼；右边是医院行政办公楼、食堂、生活区和停车场；左后方是住院部；右后方最靠近围墙处，有幢绿树掩映的白色四层楼房，就是四医院的艾滋病科大楼。楼外一排简易平房，是艾滋病科门诊。

四医院成立于1961年，截至我到访的2013年，已有52年光辉的历史。它是南宁市唯一一所集医疗、教学、科研、预防保健为一体的，以治疗艾滋病、结核病、肝病为主的国家三级乙等传染病专科医院。当时共有在职员工701名，专业技术人员641名，其中高级职称74名，中级职称193名。设有艾滋病科（3个病区）、结核科（4个病区）、传染科肝炎病区（2个病区），还有外科、内儿科、妇产科、麻醉科、重症医学科和血液净化科等14个临床科室。编制病床550张。有检验科、放射科、药剂科、病理科和功能检查科等13个医技科室。重点学科是艾滋病科、结核科、肝科、重症医学科和检验科。此外还有社区卫生服务中心1个、社区卫生服务站1个。

建院52年来，四医院为南宁市和广西的传染病防治作出了巨大贡献。在抗击传染性非典型肺炎、人感染高致病性禽流感、甲型H1N1流感、手足口病等法定传染病及新发传染病战役中，四医院成绩斐然。特别在艾滋病防治持久战中，作为广西最大的重症艾滋病救治中心，四医院从零起步，建立了艾滋病内科、艾滋病外科、艾滋病合并感染科等，并朝着艾滋病肝科、艾滋病妇产科等特殊学科发展，建立了一整套行之有效的医疗护理规程，为保护脆弱人群、易感染人群，切断传染链及做好艾滋病医疗护理奠定了坚实的基础，积累了宝贵的经验，受到了世界卫生组织和国家卫生部的高度赞扬，被授予世界银行贷款／英国赠款／日本无偿援助中国结核病控制项目定点医院，国家卫生部艾滋病临床培训基地，广西北部湾经济区传染病防控重点建设单位，卫生部、CDC（疾病预防控制中心）"十一五"重大科技专项科研课题研究成员单位，卫生部、CDC"十二五"重大科技专项科研课题研究成员单位，广西艾滋病临床治疗中心（南宁）。

此时广西艾滋病临床治疗中心大楼已开工建设，这是一幢高12层、建筑面积22751平方米的艾滋病医治综合大楼，建成使用后，四医院将成为自治区级艾滋病预防、咨询服务、检查确诊、临床治疗、临终关怀、心理关怀、教学、科研、交流学习培训为一体的临床治疗中心，将对广西艾滋病防治、管理、科研、教学起到至关重要的作用。2015年，艾滋病临床治疗中心大楼投入使用，艾滋病科从旧楼搬迁到了新楼，诊疗环境及患者的就医体验得到很大的改善，这是后话了。

著名作家潘琦为四医院写下激情四溢的院歌，歌名叫《我们为生命站岗》——

> 南国绿城 洒满阳光
>
> 青翠燕岭 歌声飞扬
>
> 神圣的白衣战士沐浴朝阳
>
> 我们为亲人生命站岗
>
> 尼啰尼啰尼啰 尼啰尼啰尼啰
>
> 我们为亲人生命站岗
>
> 日以继夜 劳累繁忙
>
> 防艾防痨 救死扶伤
>
> 圣洁双手托起 托起生命希望
>
> ······

四医院旧的艾滋病科大楼，乍一看与其他住院大楼没什么两样，本质却有很大的不同。因为它的一层是为非典、禽流感、甲型H1N1流感、手足口病以及后来在全球蔓延、危及人类生命及治理体系的新冠肺炎等传染病准备的。这都是些对人类造成极大威胁的烈性传染病（疫病），而疫病发生、发展的过程被称为"疫情"。疫情发生时，被感染的人需要在这里进行严格的隔离，并且在政府的主导之下，投入人力、财力、物力，对感染者进行人道主义救治。

如果没有疫情，这层暂时放空。

二、三、四层便是艾滋病科的住院部了。

这栋楼的南面有步行梯和一部电梯，可直达此楼的二、三、四层。各楼层的"清洁区"亦安排在南面。"清洁区"有医生休息室，护士休息室，医生、主任、护士长办公室，还有配药室、更衣室和护士工作站。往北走可到达"半污染区"，放置有桌椅板凳，方便患者、患者家属与医护人员沟通、交流。再往北就是需要加强防控的"污染区"了。

所谓"污染区"，其实就是艾滋病房。

最北面也有步行梯和一部电梯，那是专门给艾滋病患者和患者家属使用的。

我乘坐南面那部电梯，上到艾滋病科大楼的三楼，拜访令我景仰的杜丽群护士长。

在此之前，我心里颇有一些忐忑，自己从事报告文学创作多年，见的人不算少，跟一些名人也有过接触，说实话，有些人自我感觉良好，角色意识强，采访这样的人你会感觉很累。那么杜丽群是怎样的呢？她现在是名人了，采访她的人络绎不绝，身上还肩负着带领团队对艾滋病人进行全方位、人性化护理的重任，她会不会摆名人架子？有没有时间接受我的采访？会不会耐心回答我的提问？

我的担心显然是多余的。

第一次见她，给我印象最深的就是她的那张"杜氏招牌笑脸"，让你看不出她的心有多累，身体有多疲惫，只要她张开嘴，对你微微一笑，生活就在你的面前铺开一幅美好的画卷。未曾说话，她那双略显浮肿的眼睛便会发出一种光，像老友重逢，让你倍感亲切和温暖。她全身散发一种渗透力极强的温暖，类似于深秋时节的阳光，打在你的身上，照进你的心底。

我的心头不由得一热。

见面时，她没有主动伸手与我相握，这个心情是可以理解的。她一年三百六十五天，天天与艾滋病人接触，内心肯定有种隐藏很深的顾虑，她怕别人嫌弃，认为她身上带有致命病菌，一不小心就会传染给人，其实艾滋病握手是不会传染的，这是我从书本上了解到的常识。

我决定主动伸出手来，打消她的顾虑。见我伸手，她也把手伸了过来，不好意思地笑着，露出一排珍珠般整齐的牙齿。她这一笑，我发现她牙龈出血，于是递过去几包金银花。

她伸手接过，说："谢谢你，想得真周到。"

我说："不用谢。根据我的经验，一个人工作太紧张、压力太大、休息不够的时候，虚火上升，牙龈就会出血，所以平时我的身边总是备有一些金银花。"

我想，爱笑的人总是好说话、好打交道的。既然如此，我就不怕麻烦她了。

我俩相对而坐，我的第一个问题问得有点儿"宏观"。

"说来惭愧，杜护长，我对艾滋病只了解很少一点儿皮毛，就眼下来讲，全球艾滋病形势怎样？我国形势又是怎样一种情况？

"根据联合国艾滋病规划署公布的《2013年全球艾滋病疫情报告》，2012年，全球新增艾滋病病毒感染者230万，形势依然严峻。就我们国家来说，根据卫生部公布的数据，截至2013年9月30日，全国共报告艾滋病病毒感染者和患者约43.4万例，当年1~9月新发现艾滋病病毒感染者和患者约7万例，其中性传播比例占到89.9%。如今很多艾滋病病毒感染者已陆续进入发病期，死亡人数将有很大的增加。"初次接触，感觉杜丽群不是那种在哪里都口若悬河的人，但话题切入她所熟悉的领域，话便多了起来。

"广西怎样？情况严不严重？"

"广西是艾滋病的高发地区，排在全国第二位，云南排第一。截至2012年底，广西累计报告艾滋病病毒感染者和患者68725例，其中死亡22317例，存活46408例。广西艾滋病疫情的特点：一是新报告艾滋病病毒感染者和患者人数有所下降；二是异性性传播成为我区主要的传播途径，所占比例逐年增高；三是农村病例、老年病例报告人数逐年增长。未来十年，广西将成为中国抗击艾滋病的主战场！"

看得出来，往常杜丽群是不用这种语气说话的，此次说出来，她自己都吓一跳。

我的心不由得一阵抽紧，觉得胸口堵得慌，便起身走到窗前，推开窗扇。窗户洞开，一股冷风袭了进来，我浑身一哆嗦，赶紧裹紧了身上的风衣。

转回身时，我看见杜丽群面色冷峻，嘴角紧抿着，像是换了个人。

我重新坐下，听杜丽群给我讲四医院的艾滋病科，讲她每天都在护理的艾滋病人。

她缓缓向我道来，我们这个科室是个特殊的科室，说它特殊，是这里的病人和普通病人有着根本性的区别，他们不仅要面对死亡率高的危险，还要面对来自社会、家庭对艾滋病患者的歧视和疏远。正因为这样，他们比普通患者更加敏感、羞愧、沮丧、狂躁、绝望，稍微不如意他们就暴跳如雷，恐吓、辱骂对他们进行治疗和护理的医生护士。如果近距离观察，你会发现通过性传播染上艾滋病的人，他们的心会被悔恨和罪恶感噬咬，黑色情绪会让他们紧紧锁住眉头，一天到晚把脸拉得老长，他们恨自己，恨周围的人，甚至把整个世界都恨透了。那些吸毒染上艾滋病的人，心里更是被一块巨大的石头压得透不过气，恨自己做了错事，对不起亲人，尤其对不起生自己、养自己的父母。羞愧、悔恨和自责纠结成团，越理越乱，比患艾滋病本身还要痛苦千倍万倍。以上种种情况加上长期、反复的机会性感染和自身免疫力的不断下降，让他们身心疲惫，万念俱灰。他们整天拿眼泪来洗脸，或者长吁短叹，或者捶胸顿足，或者寻事斗殴，灵魂和肉体片刻都得不到安宁。到了忍无可忍的程度，他们就抗拒治疗，拒绝别人的好意，觉得生无可恋，只求速死，一了百了。

人是环境的产物，有什么样的环境就有什么样的心理，环境直接影响患者的心理，影响医护人员的心理，影响治疗效果和护理效果。杜丽群说，她意识到了这一点，便倡议所在的艾滋病科与国际艾滋病联盟合作，共同创建"红丝带中心"和"温馨病房"，从环境改善到人文关怀升级入手，为患者和医护人员营造轻松的就医环境和护理环境。

说到"红丝带"，有必要介绍一下它的特殊含义及由来。

20世纪80年代初，艾滋病开始向无辜的人群发起猛烈进攻，面对着100%的死亡率，人们惊恐万状的同时，也为因艾滋病去世的人感到痛心，感到无比的惋惜。与此同时，美国一些艺术家突发奇想，认为用飘动的红丝带来悼念那些死于艾滋病的人，能使他们的灵魂脱离苦难，得到超度。于是，在随后召开的世界艾滋病大会上，人们把一条长长的红丝带抛向空中，落下来时，再把它剪成一段段，挽成"心"的形状，郑重地别在胸前。1991年美国著名的话剧、音乐剧"托尼奖"颁奖典礼，工作人员将数千个心形红丝带分发到现场明星和观众手中。也正是从那时候开始，红丝带迅速在全世界流传开了，并且有了更广泛的象征意义：象征着人们对生命的敬畏和热爱，对艾滋病病毒感染者和患者深切的同情，同时激励更多善良的人，用"心"参与到艾滋病防治这场持久战当中。

再说四医院艾滋病科的"红丝带中心"，这里可以说是设备齐全，应有尽有，不仅有微波炉给患者热饭菜，有象棋供患者娱乐，还提供电视机、DVD给患者欣赏，有书籍、报纸给患者阅读。患者在治疗之余来到这里，看书、聊天、看电视、下象棋，赶走寂寞，忘掉疾病给他们带来的痛苦。

"温馨病房"是杜丽群发动心灵手巧的护士布置起来的。她们用鲜花、拼图和艾滋病小提示，把艾滋病科门诊、病房、办公室和护士站装扮得温馨好看。身处这样的环境，医护人员心情好了；患者在这里看病治疗，也感觉到了家的温暖。

时间：初春的一个下午。

地点：四医院艾滋病科"红丝带中心"。

此时这间明亮宽敞的房间已坐满了人，一场卡拉OK比赛正在热身，准备开唱。

"我好久都没有唱歌了。"

"得了这种病谁还有心情唱歌？我根本想不到我还能活到现在，还能唱歌哦。"

"我也是，太激动了，太兴奋了。"

"我都不知道唱什么歌好，让我想想。"

护士黄金萍说："大家请安静，请安静，找位置坐好了。在歌唱比赛开始之前，我们掌声欢迎杜护长讲话。"

掌声过后杜丽群喜笑颜开地说："谢谢大家。快要过年了，因为特殊的原因，今年你们不能回家和家人团圆了。所以呀，我们在年前准备一项活动——才艺表演，也就是卡拉OK比赛，大家聚在一起，迎接新年的到来，大家说好不好？"

"好！"掌声，欢呼声……

杜丽群提高了声音："我宣布，'红丝带中心'卡拉 OK 比赛，现在开始！"

一个年轻女孩率先走上舞台，唱起了《草原上升起不落的太阳》：

蓝蓝的天上白云飘

白云下面马儿跑

挥动鞭儿向四方

百鸟齐飞翔

……

持续不断的掌声和尖叫声，在室内回荡，飘出了窗外。

一对年轻情侣唱的是《好人一生平安》：

有过多少往事

仿佛就在昨天

有过多少朋友

仿佛还在身边

也曾心意沉沉

相逢是苦是甜

如今举杯祝愿

好人一生平安

……

观众席里，掌声夹杂着抽泣声。

老陆和他的妻子清唱《多谢了》：

多谢了

多谢四方众乡亲

我家没有好茶饭哎

只有山歌敬亲人

敬亲人

……

此时病人哪里还像病人？一个个面色红润，精神状态绝对
OK，你方唱罢我登场，一展美妙歌喉。

这时，一位自称"麦霸"的患者跳到台上。"麦霸"不是想当
就能当的，你说你是"麦霸"，你会唱什么歌？民族歌曲、通俗歌
曲、原生态山歌……什么歌都难不倒你，才能说是"麦霸"。这位
是名副其实的"麦霸"了，他真的什么歌都会唱，他唱了一曲又一
曲，就算别人怎么抢，也抢不走他手里的麦克风。

踢球的人，有啦啦队鼓动，就会踢得更起劲；唱歌的人，有
啦啦队的掌声，就会唱得更欢实。

啦啦队的队员，个挨个地坐在观众席里，他们履行啦啦队职

责，把手都拍红了，声音喊得都嘶哑了。啦啦队方阵由医生、护士、志愿者、患者和患者家属组成。

歌声中，掌声中，笑声与喝彩声中，比赛圆满结束，评委当场评出优秀奖、三等奖、二等奖和一等奖，由杜护长给获奖者颁奖。

合影留念。

大家手挽着手，合唱一曲《红丝带之歌》——

　　　　一颗颗爱心深情似海
　　　　一双双大手送来关怀
　　　　一条条闪光的红丝带
　　　　紧系着人间最美的爱
　　　　……

也是在"红丝带中心"，时间是那年的除夕夜。

杜丽群和八九个患者、患者家属围着饭桌坐下，准备吃一顿特殊的年夜饭。

满满的一桌菜，菜式花样繁多，芋头扣肉、白斩鸡、柠檬鸭、糖醋鱼……充分刺激了大家的味蕾。

俗话说"守寡容易守菜难"，可是守着一桌好菜，大家竟然你看着我我看着你，没有一个肯动筷子。

他们在等什么？在等杜大姐"剪彩"。

他们怕什么？怕杜大姐不愿和他们同夹一盘菜！

杜丽群仿佛猜出了大伙的心思，她扬了扬眉毛，露齿一笑说："哎，今天是大年三十，是阖家团圆的日子，虽然你们暂时不能回家和家人团聚，但这里就是你们的家，我们就是你们的亲人！来，既然是亲人，我们就大家一起吃。快吃，快吃啊，凉了就不好吃了。"

这时大伙都把目光集中到她的脸上，患者老王抢先说："还是你先吃吧。杜大姐，你和护士照顾我们这么辛苦，等你和护士吃好了，回家和家人团圆了，我们再吃。"

"为什么要这样啊？这样多不好啊。算了，如果你们不吃，我也不吃。"杜丽群佯装生气，"这个年我们不过了。"

见杜大姐"生气"，老王这才拿起筷子，夹一箸菜放进嘴里。见有人带头，大家这才动起了筷子。

杜丽群高兴了，她边吃边说："其实艾滋病除了血液传播、性传播、母婴传播这三个传染途径，握手、拥抱、打喷嚏、一般性接吻、共用电话、共用厕所、一起在泳池游泳、一起吃饭都是不会传染的。今天我和你们同夹一盘菜，明天你们的家人、朋友同样可以。"说得在场的人不住点头。

"红丝带中心"的活动不仅局限于室内，还组织患者、患者家属、志愿者和医护人员，到防城港金滩，在一马平川的沙滩上打气排球，在热带树的树荫下烧烤，在浅海冲浪、游泳。活动中大家高兴得像家庭聚会，像故友重逢。

"我最大的心愿就是看见你们和正常人一样登上舞台，唱你们喜欢唱的歌；投身到大自然，轻松自在地玩耍。以后这样的活动我们还会组织，多组织，你们一定要踊跃参加哦。"杜大姐的话太中听了，大家听见了，也记住了。

第四章

地狱之门

一只剥了皮的青蛙

那是一个仲夏之夜，天黑得像墨似的，小友住进了艾滋病科病房。他是因艾滋病合并严重的皮肤病住进来的。

第二天例行的晨会，值班护士汇报说："大家还记不记得小友？在这里住过两次院的那个小友啊，对啊对啊，就是他，昨天晚上他又进来了。以前都是自己来，这次病情更严重了，是家里人把他抬进来的。"

杜丽群问："家属呢？他的家属怎么说？"

值班护士："当时他的母亲拉我过一边，悄悄问我，你们看他还有没有希望，如果没有就……正说着呢，小友可能意识到妈妈不想要他了，就绝望地喊：'你们不要管我，也别救我！让我去死，让我死吧！这么难受，简直生不如死啊！'"

"好，散会我过去看看。"杜丽群说。

杜丽群不看则已，一看差点晕倒。这小友果然病得不轻，几乎都没有人样了，红彤彤的身上布满大大小小的水疱，背上的疱疱更是连成了片，而且很多已经溃破糜烂，大热天里老远就能闻到阵阵恶臭，催人呕吐。

杜丽群走近小友，对他说："你动一动啊，小友。"

不说还好，一说小友就火了："动什么动，一动疱疱就破，渗脓渗血，更痛。"

杜丽群说："那你就这么一直躺着，到时候皮肤和床单粘在一起，想分都分不开，病怎么好得了？"

小友吼得房顶都要塌了："我本来就不该来医院，我本来就是一堆垃圾，臭气熏天，人见人躲。我活着已经没什么意义了，我本来就没指望治好，你们干脆不要救我，让我去死！"

哀莫大于心死。

小友的母亲早就不想理他了，见此情形，更是把头摇成了拨浪鼓："唉，真是造孽啊，这么多年了，病情总是反反复复，入院出院，出了医院又住进医院。杜大姐啊，小友就交给你们了，我先走了，再不走，我也要住院了。"她叹了口气，悄悄走掉了。

家人的遗弃让小友更加绝望，他常常心烦气躁，大吼大叫，骂同病房的病友，骂医生，骂护士，反正见谁骂谁，骂出来的话十分难听，既粗鄙又恶毒。病友也不敢接招，不敢与他对骂。俗话说，好汉怕赖汉，赖汉怕死汉。一个人命都不要了，还惹他做什么？只好忍气吞声，能躲便躲，不和他一般见识。医生怕他，护士也怕，不是被逼无奈，都不愿靠近他。

采访时我问杜丽群："老实说，面对这样的病人，你到底怕呢，还是不怕呢？"

杜丽群是个老实人，说话从来不作假，她点点头，很肯定地告诉我："怕。"但马上接着说："怕归怕，可我还是要克服畏惧心理，穿上隔离服，戴上双层口罩进病房。别人不敢上的时候，我必须上，因为我是党员。"

杜丽群嘴上说怕，心里确实也害怕，但在行动中，她想起自己是党员，想起心中的偶像南丁格尔，想起南丁格尔在战场上不顾生命危险护理伤病员的情景，便不再犹豫，脚步坚定，勇敢地走向这个可怕的、攻击性极强的艾滋病患者小友。

这是什么精神？是共产党员的无私奉献精神！是把爱心、耐心、细心和责任心全部交给患者的南丁格尔精神！是把人民群众的安危冷暖挂在心上，为了人民群众的利益，即使遇到再大的困难，冒再大的风险，甚至付出生命也在所不惜的大无畏精神！

无畏即勇敢。勇敢是人类最优良的品质之一，是最值得提倡的一种美德，俄国诗人普希金甚至把勇敢比作"人类美德的高峰"。

杜丽群的这种美德，源于刻在她骨子里的善良和高尚的职业操守。有了这样的美德，才能始终保持昂扬向上的精神状态，人生也在这种状态中不断升华。

杜丽群走进病房，把粘在小友背上的床单用剪刀轻轻剪开，揭下来，然后仔细地为他清洗。从后背，到前胸，到四肢，到阴部……每一寸溃烂的皮肤都不放过。尽管戴了双层口罩，但阵阵恶臭依然钻进鼻孔，熏得她头昏脑涨，直犯恶心。实在恶心得厉害，就跑到卫生间呕吐，吐完又赶紧跑回病房，完成手里的工作。

每清洗到一处，小友就痛得"嘶嘶"直往牙缝里吸气，还骂起了娘。骂谁的娘？骂杜丽群的娘。扑鼻恶臭，满腹委屈，杜丽群都忍住了。清洗完一处，她就用消毒棉吸干水分，扑上滑石粉，保持皮肤干燥。她心无旁骛，只顾低头做工，骂她的话，她装没听见，更没回一句嘴。

她悄无声息地为这个艾滋病科有史以来最难护理的病人，为这个对自己的生命已经不抱任何希望的患者忙了3个多小时。

跨出病房，她的大脑已经严重缺氧。两条腿软绵绵的，一点力气也没有了，双脚踩在地上，像踩在一堆棉花上。

众人都在想，受了这么大的委屈，杜丽群还理会小友吗？应该不理了吧。错，第二天，杜丽群像啥事都没发生似的，又笑眯眯地出现在了小友的病床前。

或许伤口没那么疼了，小友嘴里不再骂骂咧咧了。见小友情绪逐渐稳定，杜丽群这才开了口："我知道你得了这个病心里很不好受，很痛苦，换了我也一样，但只要我们振作起来，大家一起面对，再大的困难也能克服的，你说对不对？"

小友一下哭了出来，是那种极度难过、孤独、痛苦，需要释放的哭泣："杜大姐——"

杜丽群："哭吧，想哭就哭吧，哭出来好受些。"

小友带着哭腔说："我没有家了，他们不要我了，但我还年轻，我也不想死啊。杜大姐，我怎么办啊，你说啊。"

杜丽群："不想死就好好活着，配合治疗；记住了，你在医院一天，医院就是你的家，我们都是你的亲人！"

小友不敢相信："这是真的吗？"

杜丽群："你在这里住院三次了，你说说看，哪次不是真的？"

小友这才破涕而笑，不好意思地说："嗯，谢谢杜大姐。"

小友被杜丽群的真诚和爱心所感动，放下心理包袱，配合医护人员的治疗和护理，终于在20多天后，皮肤恢复正常。

"这绝对是个奇迹！"事后黄绍标对我说，"一般碰到这种病情特别严重的病例，我们都第一时间给他拍照、存档，你知道拍下来的照片像什么？像只剥了皮的青蛙！看的人没有不反胃想吐的。当我们以为这个人已无药可救、回天乏术时，是杜丽群用精湛的护理技术，用敬业精神和最佳的服务态度，拯救了患者绝望的灵魂，抑制了艾滋病并发症的蔓延，为医生用药争取了宝贵时间。通过她的精心护理和细心照料，患者的身体慢慢好了起来，你说这是不是一个奇迹？"

小友要出院了，他将再次融入正常人的生活。

临走前他找到杜丽群，给这位令人敬重的护士大姐深深鞠了个躬，含着眼泪说："谢谢你呀杜大姐，在我人不人鬼不鬼的时候，在我痛苦绝望，连我的家人都嫌弃我的时候，你却一点也不嫌弃，没有放弃救治，最终让我恢复了人样。你是好人，是天底下最好最好的人，我会永远记住你的！"

　　　　　　　　　　做南丁格尔这样的人

那个跳楼的小凤

我问杜丽群："那天你丈夫跟我说，你即使休息在家，也好像时刻等着科里来电话一样，电话一来马上就往科里跑，都是遇到紧急情况才那样吧？"

"是的。最紧急的是小凤跳楼那次，遇到这种人命关天的事你说我着不着急？接到电话我应不应该不顾一切，马上赶过去？虽然艾滋病科开科以来已发生多起跳楼事件，非死即伤，尽管这种恶性事件发生之前，大家已经知道怎样劝阻，怎样去避免，但患者跳楼这种事还是突如其来，防不胜防。"

"小凤跳楼？那是怎么一回事？能不能详细说说？"

"那是一个冬天的晚上，我刚下班回到家，科里的电话就追了过来：'那个叫小凤的患者要跳楼啦！'听说有人要跳楼，我赶紧往门外跑，电话还在手里抓着。电话那边语速在不断加快：'小凤说身上没有一个地方不难受，简直生不如死，让我们放弃治疗别救她了。这哪里行得通啊？我们断然拒绝说这不行，绝对不行，说什么我们也不能放弃治疗，因为治病救人是我们的职责。小凤见我们没有满足她的要求，就说死是很容易的一件事，信不信我马上跳楼给你们看！我们极力相劝，但她就是听不进去，执意爬上了楼顶。'我边跑边给科里回话：'你们先稳住小凤，要想尽一切办法稳住她，我马上到。'其实小凤的情况我是了解的，自从住进艾滋病科她的状态就一直不好，跟她聊天时她总是说，得了这种病她觉得很惭愧，对不起爱她的父母，对不起爱她的老公、儿子。加上这个病引发的弓形虫脑病，控制一段时间又复发，复发又控制，控制了又复发，陷入恶性循环，没完没了地折磨她，让她很难受。更有那些专门对付艾滋病的抗病毒药，不吃吧杀不灭体内的病毒，吃吧副作用又特别大，搞得她经常头痛、胃胀胃痛、眼睛肿痛。生理上的折磨，精神上的痛苦，让她觉得活着已经没有一点意思，死了反倒是一种解脱。她说，她想死，但究竟采取什么办法去结束自己的生命，她还没有最后决定。前几天我还劝过她，人生的路这么长，谁能保证自己不生病？我就长期神经衰弱，失眠严重，可以说没睡过一天安稳觉；我还有高血压，经常头晕头痛、胸闷、乏力、四肢麻木，我也要终生吃药，少一天不吃都不行。这样吧，如果以后你吃药觉得不舒服，马上跟我说，我建议医生开些对抗性的药给你吃，可能会好受些。当时我感觉她似乎是想通了，没想到最后还是出了事。"

"你到现场看见了什么？"我急忙问。

"当我上到楼顶的时候，眼前一幕确实把我吓蒙了，这时小凤已站到了顶楼的栏杆上，风把她的一头长发吹得乱蓬蓬的，她的身体向前倾着，做出一副要往下跳的样子，并且用划玻璃那样尖锐刺耳的声音大声叫喊：'我今天是铁了心了，我要跳楼！我要从这里跳下去，谁也别想拦我！'"

听到这里我忽然想起北京心理危机研究与干预中心做的一项调查，目前在我国，引发自杀的因素主要有8个：抑郁程度重、有自杀未遂史、当时急性应激强度大、生命质量低、慢性心理压力大、死前两天有严重的人际关系冲突、近亲发生过自杀行为、朋友或者熟人曾经有过自杀的举动，等等。该中心执行主任费立鹏认为，自杀的人大部分只是一时冲动，其实不是真的想死。

"后来怎样？没跳吧？"我问。

"当小凤喊着'要从这里跳下去'时，我向在场的医护人员使了个眼色，示意他们马上离开，免得干扰小凤的情绪。然后我像猫一样向小凤靠近。我边走边对小凤说：'小凤，我是杜大姐，经常和你聊天的杜大姐呀。你听我说哦，你要冷静，不要做傻事，你还这么年轻，你的病还有很大的希望，只要配合医生治疗，你还可以像正常人一样生活，而且可以活得很久很久，不要轻易放弃……'"

之后发生的事，是艾滋病科副护士长谢彩英告诉我的。谢彩英说，当时她也在场，前一刻，小凤还在嘶声喊着"要从这里跳下去"，听见杜护长的声音，她的喊声立即停了下来，她愣住了。就在那一刹那，杜护长几步冲过去，一把将她抱在了怀里。谢彩英说，后来自己在心里琢磨着，小凤一直嚷着要往下跳，但始终没跳，冥冥中，是不是一直在等待这个声音的出现？

后来召开的杜丽群先进事迹报告会，谢彩英上台发言，她的讲述是那么令人动容："当时我们看到的场景是：杜护长一手抱着浑身颤抖的小凤，一手指着辽阔的夜空，轻声对小凤说：'小凤你看，今晚夜色多美呀，等你身体恢复了，我们就在这样的夜晚出去散散步，聊聊天，享受上天赐给我们的美好生活，你说好不好？'感觉到抱在怀里的小凤不颤抖了，情绪稳定下来了，杜护长又笑着说：'小凤，上次你老公带儿子过来，我们都看见了，你儿子长得真好看，好可爱哦，不然护士怎么个个抢着抱？'一直没有掉眼泪的小凤，这时情感的闸门打开了，泪水一泻而下。是伤心的泪水，悔恨的泪水，感激的泪水。杜护长帮她擦去不断涌出的眼泪，疼爱地说：'小凤啊，这两天你身上是不是很不舒服？我看是啦，来，我帮你按摩按摩。'小凤乖乖转过了身，让杜护长给她按摩。杜护长边按摩边说：'小凤，听大姐一句话，疾病是弹簧，你强它就弱，你弱它就强。好好治病，好好活着，就当是为了你的儿子，为了你的老公，为了你的父母，为了你的亲人。答应我，好好活着，好吗？'小凤不说话，转过身来，像抱自己的母亲一样，把杜护长抱得紧紧的。"

杜丽群用母爱感化艾滋病患者小凤，挽救了一条生命。

一次杜丽群的丈夫农建华跟我说："你看，老杜对病人那叫百般体贴，万般呵护，可是自己家里呢，她操心却很少，这么多年的年夜饭，她都没时间张罗，都是我一个人在张罗。有时快过年了，说好一家人去年货市场买年货的，她突然就改了主意，打电话回来说，科里又有事了，去不了了，你和女儿去吧。那年她过生日，我到菜市买了很多菜，荤的素的都有，变着花样做了一大桌。还订了个双层大蛋糕，等她回来好好庆贺庆贺。可是左等右等，饭菜热了又凉，凉了又热，一直等到晚上九点半，她才回到家。进门看见一桌菜，你知道她说什么？她说：'今天是什么日子啊，为什么煮这么多，这么浪费。'"

"你的生日妻子记不记得呢？"我当着杜丽群的面反问农建华。

"她一天就知道忙，忙，忙，还指望记住我的生日？"农建华把脸别过了一边。

杜丽群连忙检讨："我不记得自己的生日，但他的生日我是记得的，一直算着日子，还有三天，两天，一天……不过到了那天，忙起来我又把这件事给忘了。老公生日，我从来没有给他做过一顿生日饭，也没有给他买过蛋糕，我欠老公很多，欠女儿很多。

他们的女儿叫晓珍。

提起女儿，杜丽群既惭愧又内疚，她说从女儿上小学开始，她这个当妈的就已经很忙了，她没给女儿做过一顿早饭，都是晓珍的爸爸给做。也没时间管女儿的作业，没时间陪女儿逛书店，女儿喜欢的《十万个为什么》和《百科全书》，都是自己去书店买的。女儿知道什么书该买，什么书不该买，甚至同学的家长不知道给孩子买什么书，都来问晓珍。晓珍不但爱看书，还喜欢英语和文艺，经常躲在阳台背英语单词；她爱看芭蕾舞剧《天鹅湖》、歌剧《猫》和《歌剧魅影》。四年级的时候，晓珍想去补习英语和电子琴，让妈妈给报名，妈妈工作忙，抽不开身，就说给你补习费，你自己去吧。晓珍只好带着钱，骑自行车去报名。上补习班，晓珍自己去；牙齿坏了，也是自己去看医生。医生见她一个人来，便不住口地夸她："小姑娘，你好能干哦，别的小孩看病不是爸爸陪就是妈妈陪，你年纪这么小就自己一个人来，值得表扬，值得表扬。"晓珍听罢哭也不是，笑也不是。她心里想着，我何尝不想爸妈陪我来医院呢？只是爸妈太忙了，他们都在忙着工作上的事情，没办法陪而已。

正是因为从小得到的锻炼，晓珍独立能力、动手能力都比别的孩子强。晓珍什么都喜欢自己动手做，初中时代迷上化学，就买来酒精灯、天平、猪油、橄榄油、蓖麻油、氢氧化钠，自己做肥皂。晓珍做的肥皂既经济又实用，比在商场买的还要耐用。晓珍还自己买回红丝线，编了许多中国结，挂得满屋都是，又喜庆又吉祥。晓珍还会做变形金刚，一个暑假可以做十几个，再涂上各种颜色的漆，能和玩具店里的变形金刚相媲美。

晓珍动手能力强，用现代时尚的表述，就是 DIY。DIY 是英文 Do It Yourself 的缩写，翻译成中文就是：自己动手干。

"你去艾滋病科时，晓珍多大？懂得为你担忧吗？"我问杜丽群。

"15岁，正在上初三。听说我到新开设的艾滋病科当护士长，她起先还不相信，后来看见电视播了，报纸也报道了，事实得到了印证，她很吃惊，也很疑惑，这事妈妈怎么不跟爸爸说、不跟自己说呢？是怕我们担忧吗？还是别的什么原因？尽管艾滋病的知识她也了解一点，但还是为我担惊受怕。考上南宁三中后，晓珍开始住校，一个礼拜才在家里待一天。不能天天陪在爸妈身边了，她就经常给我发短信，问我上班的情况，知道我正在护理艾滋病人，她就心疼地说：'妈妈，艾滋病科的工作这么危险，你一定要多加点儿小心，做好防护哦。'"

后来，看见不断有记者到艾滋病科、到家里采访自己的妈妈，晓珍更吃惊了，没想到妈妈为病人做了这么多，得到这么多人的尊重。原来她的同学跟她说"你妈妈好优秀哦"，她还认为有点言过其实，现在不了，现在她觉得妈妈确实很伟大、很优秀。

杜丽群不是"合格"的妻子、不是"合格"的母亲，却是双方老人心目中的"好女儿""好媳妇"，弟弟眼里的"好姐姐"。

因为工作忙，杜丽群不能经常回家看望老人，并不等于心里不装着老人。那年春节婆婆突发脑出血，本来她是要值班的，马上和同事调班，火速往家里面赶。一路上，电话都没停过，不是教家里人如何联系救护车，就是教他们怎样解开病人的衣领和裤带，保持呼吸通畅，怎样做人工呼吸和胸外心脏按压等。经她冷静指挥，家人按部就班实施，到医院后医生又尽力救治，婆婆终于转危为安。

杜丽群的母亲一辈子在家务农，没有养老金养老，母亲养老的费用，基本都由四丫来支付。弟弟经济条件不好，盖房子不够钱，她也是慷慨解囊，从自己多年的积蓄中拿出五万，支援弟弟。

新年前夕，无论工作多忙她都要抽时间去商场逛逛，并不是急着添置自己的衣物，而是给双方老人买厚一点儿、暖一点儿的衣裤鞋袜，让老人上下一新，暖洋洋、喜洋洋地过个好年。

杜丽群说："我和老农都是高级职称，收入还算可以，我们因为工作忙，精神上对双方老人关心不够，不能陪他们聊天，陪他们吃饭，只好用物质来弥补了。"

对于丈夫，对于女儿，对于双方父母，杜丽群除了愧疚，更多的是感激，是他们用亲人的爱和体贴，陪自己走过风雨，走过黑暗，走向光明。

生命，永远值得尊重

一天，杜丽群正在病房进行日常巡视，猛然听见有人大声喊："杜护长，46床大吐血，快过来！"

杜丽群心里一惊："出大事了！"

她赶到46床时，看见护士周梅芳雪白护士服的前襟，已被鲜血染红一大片。

现场很乱。

踢踢踏踏的脚步声，是医生的、护士的，还有从其他病房跑出来的患者的。杜丽群见过的危急场面也不少，处事向来从容冷静，此时也有点慌了，因为这人吐血太猛了，像关不上的水龙头。她边戴防护手套边提醒自己，你不能慌呀，大家越慌，你越要不动声色，理性对待，才能止住慌乱，稳住场面。她把语速放到最慢，一字一顿地对周梅芳说："马上把衣服换下来，用盆子单独泡，多放消毒液，去吧。"

此时患者仍在不停地吐血。

患者48岁，正处在艾滋病合并丙肝后肝硬化失代偿期，由于血液回流障碍，肝脏附近静脉血管持续扩张，直至破裂，导致大出血。

看情形，患者已无药可救。

这是死神在敲门！

面对着死亡，杜丽群从开始强迫自己冷静，到最后果真冷静了下来。她先是扯了一张消毒纸巾铺在患者的前胸，然后叫人拿来一只塑料盆，接住患者源源不断吐出的血。又扯了张纸巾，擦净病人嘴巴周围的血迹。病人吐血的速度慢了下来，当塑料盆里的血装了有小半盆的时候，她扭头瞥了眼床头边上的生命检测仪，看见心电图已呈现一条直线——患者的生命迹象终止了。

患者生前没有亲属陪护，去世后，也没有人为他送行。

"没有人为他送行，我们医护人员为他送行。"

杜丽群和几个护士一道，把逝者身上的血迹和排泄物擦洗干净，给他换了套干净衣服，并且用手从上到下，抚平由于痛苦挣扎在他脸上留下的痕迹，然后垂首肃立，送他到灵魂安息的地方。

杜丽群说："无论逝者生前做了什么，得了什么病，也是一条生命啊，生命永远值得我们尊重。让生命有尊严地离开，是我们的责任，也是我们的义务。这种类型的临终关怀过去我们一直在做，以后还要继续做，不会让它停下来。"

患者家属的忏悔

　　患者老卢，诊断出来已是艾滋病合并胰腺癌晚期，病情相当严重了。从柳州市龙潭医院转到四医院后，院方决定为他做手术，他的老婆却骂骂咧咧，不愿意做，说做手术也是死，不做也许还能多活几个月。

　　那老婆嚷嚷道："我们决定不手术了，但我老公现在肿瘤压迫小肠，一吃东西肚子就胀，他难受，我也跟着难受。无论如何，你们医生、护士都要解决他肚子胀这个问题。解决不了，就要赔我们钱。要知道，来这里住院我们是花了大价钱的！"

　　没见过这么蛮横的人，花了钱就可以不讲道理吗？花钱又怎样？谁看病不花钱呢？这家属怎么这么无理？棘手的问题，想解决就解决得了？它受着诸多因素的影响，比如肿瘤已经大范围扩散；比如病人身体极度消瘦，抵抗力极差；比如病人不配合医生治疗；等等等等，不是想解决就能解决的。医护人员嘴上不反驳，心里在反击。

　　护士小杨暗地里向杜丽群发起了牢骚："这个老卢的老婆也实

在太刁了，一点也不讲道理，老是在我们面前耍态度。"

"耍态度就让她耍吧，他们身上的压力也很大，钱的压力，社会偏见的压力，亲人生离死别的压力，等等，他们骂人的话，我们只当没听见就得了。"杜丽群开导着小杨。

"他们是人，难道我们医生、护士就不是人？我们就没有压力？我们的压力谁会理解？"

"小杨，虽然各有各的难，可是这些话只能私下里说说，可不能当着患者的面说啊，造成护患之间的矛盾，就不好办了。"

"啊呀，护士长真会做思想政治工作，难怪病人这么信任你。"

在吵吵嚷嚷的患者家属面前，杜丽群从来都是能忍就忍，此次更是再三再四叮嘱手下护士，既然他们不愿手术，那就尊重他们的意见，不手术好了，为他们省钱的同时，也减少患者的痛苦。家属的态度我们不必计较，他们也是受够了折磨，心里窝火要找地方发泄，摊上这样的事，谁心里会好受呢？发泄一下，也许会舒服点儿，那就让他们发泄吧。在死亡面前，我们都很渺小，小得就像空气里的一粒灰尘。既然渺小，很多东西我们就应该看开些，看淡些。眼前老卢生命垂危，护理的时候我们更要耐心和细心，更要服务周到，在他还在世的时候，为他减轻疾病的症状，延缓疾病的发展，让他没有痛苦地走完他人生最后的一段路程。

死神的脚步近了。

老卢一双原本没有神采的眼睛，此时瞪得溜圆，因为他见到了死神。那死神右手提一把关刀，左手拿了捆麻绳，要将他五花大绑。他万分恐惧，他不断挣扎，他不想跟它走啊，他留恋人世，留恋这个带给他欢乐和痛苦，让他又爱又恨的地方。他不愿撒手尘寰，不愿和妻子儿女从此不再相见，天人永隔。他的眼睛越瞪越大，眼珠都快要掉出来了。

杜丽群赶紧叫护士拿来镇静药，喂给老卢吃，让他安静下来，并且附在他的耳边说："你的病好了，你就要出院了，就要跟着老伴回家了。闭上眼睛吧，休息一会儿，好好睡一觉，马上就到家了……到家了……"

最后在杜丽群及其团队充满人性关怀的氛围中，老卢安详地闭上了眼睛。

这感人的一幕幕，全被老卢的老婆看在了眼里，她走到杜丽群的面前，狠狠扇了自己一个嘴巴：

"杜大姐，是我错怪你了，错怪你们大家了。都是我不好，我不是人，不该骂你，骂好心的医护人员。我骂你们，是怕你们不肯尽力，嫌弃我的丈夫，不肯救我的丈夫，现在我才知道，尽力也不一定能够扭转局面。你们尽力了，谢谢你们了！"

第五章

艾滋病人无罪！

艾滋与老人

据中国疾病预防控制中心消息，2012年我国老年艾滋病患者总人数与2005年相比，增加了5倍还多。

专家分析，老年群体艾滋病感染人数增长迅速，是因为退休后他们还有性爱方面的需求，而他们的配偶这方面需求已严重下降，致使他们耐不住寂寞，在外寻找发泄渠道导致的。更为可悲的是，寻欢的时候绝大多数人抱有侥幸心理，不戴安全套或不知道安全套能预防艾滋病，而且认为得艾滋病就像买彩票"中奖"，像鸟屎拉在头上一样，概率低得不能再低。即便不幸"中奖"，还有相当长一段时间的潜伏期，等到发病那天自己也已垂垂老矣，也差不多活到头了，死不足惜，艾滋病何惧？

老年人患艾滋病，往往被斥为"为老不尊""晚节不保"，更容易遭到亲属的厌恶和遗弃。

有件事让杜丽群印象深刻。

那是一个秋天的下午，病房外面，风刮得正紧，一位70多岁身材瘦削的老太太，一双眼睛肿得水蜜桃一般，她踉踉跄跄，闯进了护士长办公室。进门就吧嗒吧嗒，将一套西装、一件白衬衣、一条领带、一双皮鞋甩在桌上，嘤嘤哭诉起来："小杜呀，天见凉了，我把这些东西交给你，如果我家老陈病情好转，如果有好转的那一天你就给他穿着回家。如果好不了，拍屁股走人，你就给他穿上，让他穿着体面地去到另外一个世界，我和儿子就不来送他了……"

杜丽群刚想张嘴说话，老太太做了个手势，不让说："小杜你不知道哇，我们老陈得了这个病，丢人啊，我这张老脸都没处搁了。他不是没文化的人，是大学里的教授哪，怎么会做出这种事。我们的儿子也大了，有着一份体面的工作。儿子知道了也觉得这是我们家里的耻辱，面子都给他弄没了，以后还怎么做人呀。平日里我和老陈手挽手在小区里头散步，邻居哪个不羡慕？有人还很嫉妒，说快来看呀，看人家有多恩爱，家庭有多美满。其实我也一直觉得自己过得很好，但是谁会想到，他竟背着我去干这种事！我的脸都给他丢尽了！想起这些我的心简直在流血！"

说完，老太太两手捂着脸，返身要走，被杜丽群一把拉住："阿姨，你一口气说了这么多，难道就不肯听我说两句？"

"我就知道你要劝我，我不想听你的劝，所以要走。事情已经到了这一步了，劝还有什么用呢？你不要再说了，请你帮我转告他，就当没有我这个老婆，我也没有这个老公，就当他已经死了！"

在艾滋病科这些年，这种事杜丽群见多了，家属除非不知道，一旦知道配偶因为外遇染上这种病，肯定想不通，肯定大发雷霆，肯定一顿数落，这叫什么事啊，为什么要干这种事？干这种事，不但自己丢人，还连累家里。怨恨之余，有的会马上提出离婚，划清界限，一刀两断！

艾滋病很可怕，患艾滋病的人很可怜，无论他们做了什么，都是疾病受害者，在这节骨眼上提出离婚，等于把他们往悬崖下推，往死神魔爪里送。

据杜丽群的观察，眼前这位老太太虽说言辞激烈，一把眼泪一把鼻涕控诉她的丈夫，但似乎还不到弃丈夫于不顾的地步，只是过去感情太好了，不能接受丈夫背叛自己的事实，所以恼羞成怒，找地方发泄罢了。如果给她点儿时间，让她冷静下来，前前后后想清楚，也许她会回心转意。

杜丽群说："阿姨，既然你不肯听我说，我就不说了。东西我收下，你回去休息吧。请你放心，我们会尽最大努力照顾你的丈夫的。"

患者老陈，患病后情绪一直很低落，觉得活在世上没脸见人，死了倒还干净，如今见妻子离他而去，更不想活了。

护士给他打针，他不愿打，说这针不必打了，反正怎么都是个死，不必多此一举。生病不打针怎么行？不打针不吃药，拿什么与疾病对抗？于是三个护士团结协作，一个摁手，一个摁脚，一个扎针。一番折腾之后，好不容易把针扎了进去，刚想松口气，谁知老陈偷个空，又把针拔了出来。喂进嘴里的药也不往下咽，反而噗噗地往外吐，嘴里不停说着："现在我已经妻离子散，活着还有什么意思？不如死了算了，不用影响家里的人，让家人名誉扫地！"

老陈毕竟岁数大了，疾病发现得又晚，发现时已是艾滋病晚期，身体器官的恶化已不可逆转。眼看生命就要走到尽头，他叫住了杜丽群，用微弱的声音说道："杜大姐，我来日无多，死到临头了是不是？"

杜丽群安慰他说："陈叔，你不要这么悲观，我们会尽力救治你的。"

老陈说："不要哄我了，杜大姐，我知道自己身体的情况，我的生命已经进入倒计时阶段，临走之前我最后求你一件事，你说，你能不能帮我？"

杜丽群见他什么都清楚，便问："什么事？你请说，能帮的我一定帮。"

"我想见见我的儿子，听他亲口对我说，原谅我。"

望着老人乞求的眼神，杜丽群心里一阵不忍。走出病房，她立即拨通了老太太的电话："阿姨，我知道你心里不好受，也知道你不是真的不要你的丈夫，只是一时气不过，才说出那样的话来，我说得对不对？"

那边不说话，只是啜泣。

"阿姨，现在我告诉你吧，你丈夫他快不行了，他最后也是最大的一个愿望，就是见见你们的儿子，这是他提的最后一个要求了，你能不能满足他的这个要求呢，你能不能尽快带儿子过来，让他见上一面？"

那边哭声更大了，越哭越响。

第二天晚饭后，杜丽群照例去病房查看。

一进门，就看见老太太和儿子一边一个，站在老陈的病床前，紧紧拉着老陈的手，直到那双手不会动了，渐渐变冷……

另有一位七八十岁的阿公，查出了 HIV 阳性。那时，他只是一个艾滋病病毒感染者，无须住院，只要到医院拿抗病毒药，回家按时服药便可。没想到的是，有一天他忽然心脏病发作，被家人送到了四医院。办完入院手续后家人便杳如黄鹤，没了踪影。

阿公只好从早到晚躺在床上，自说自话："这不能全怪在我的头上啊，我的老婆也有责任，她40多岁就得了子宫肌瘤，怎么都不愿意和我同房，我的身体壮得像头牛，不找女人怎么熬得过去？"

阿公染病的地方是著名的旅游胜地，山好水好空气好，生活在那里的人都有很长的寿命。正因为如此，各地的"候鸟"纷纷飞往那里，希望那里的水土、空气能给自己增寿，长命百岁。只要有足够多的人流，就有哗啦啦的钞票流。看见有钞票挣，那些以身体做本钱的女子也扭着腰肢来了，她们在那里开发廊、按摩店、洗浴中心，其实这些都是幌子，实际是出卖肉身，为男人提供性服务。年轻的小姐涂脂抹粉，身上散发着浓烈的香水味，把那些不甘寂寞的寿星公公熏倒了。他们色心泛滥，拖着老迈的脚步到店里接受"服务"。开始只是好奇，去了一次见没事，就去第二次，第三次……也不知道怎样自我防护，不采取安全措施，最终被艾滋病找上了门。那些极度"幸运者"，仅去一次就"中彩"，真是悔不当初啊。但后悔又有什么用呢？世上又没有后悔药卖。

也是一位老人，70多岁了，先是住在四医院的结核科，当肺结核来治。当查出 HIV 阳性时，家里顿时乱成了一锅粥。家属说，得这个病治也是死，不治也是死，不如现在让他死，免得到时人财两空。他们不但不来医院陪护，当杜丽群打电话通知他们说，经过治疗老人的病情已经好转，叫他们来医院把老人接回去，他们也不愿意来。经过N次催促，终于来了。来是来了，但他们对杜丽群说："回去我们不会像原来那样让他住在家里。"杜丽群问："不住在家里住哪里？""有草棚给他住就不错了。"

这是什么态度！杜丽群心里像打翻了五味瓶，很不是滋味。但心有余而力不足，只有干着急，因为病人已经出院，人家家里头的事，即使她想管，也是鞭长莫及了。如果患者住进了四医院，住进了艾滋病科，在她管辖的范围，她就得负起责任来。

老覃原本有个幸福美满的家，艾滋病确诊之后，好端端的一个家瞬间就解体了。在机关单位工作的妻子一反往日的斯文，摔碗砸盆，要他滚出去，并且向法院提出离婚，说明丈夫是过错方，要求家里的财产全部划归自己所有。

老覃住院妻子不来探视，更不指望她到医院陪护了。好在老覃的姐姐看见弟弟可怜，来医院陪护。

为尽快排出体内毒素，老覃急需几千毫升血浆，恰巧血库血浆告急，医院希望老覃的亲属为其献血，救其一命，遭到老覃妻子的一口回绝。最后还是老覃姐姐的孩子回到学校，把学校的同学发动起来，为自己的舅舅献了血。

患艾滋病被遗弃的老人数不胜数，这里不再一一列举。

这位68岁的患者却是例外中的例外。

这天晚上，他在家里摔了一跤，折断了一条腿，刚出院不久的他，再次回到了四医院。

老人安静地躺在床上，等着拍片结果出来。而他的妻子、儿女都在跑进跑出，为他办理各种手续。

这"优厚"的待遇让病友们艳羡以至嫉妒，他们说，阿公啊，家里人对你这么好，我们都嫉妒死了，你真是太有福气了。

应该说，这位阿公还不是最有福气的，农叔比他还要有福气，因为陪在农叔身边的这位亲人非常特殊，她的身份说出来你也许不相信，她是谁？她是农叔的前妻。

前妻？怎么会？这种事很多现任妻子都无法做到，前妻怎么能做到？

说真的，没有一个人看得出来，他们离婚已经13年。

得知农叔患了艾滋病，善良的何姨不顾娘家的反对，连夜拣了个包袱，回到了前夫身边。

我问何姨："你为什么要回来？为什么早不回来晚不回来，偏偏选择这个时候回到他的身边来？"

她说："因为我对他爱之深，恨之切。"

世间的爱恨情仇，说不清，道不明，旁观者迷，当局者往往更迷。

何姨非常能干，而且不计前嫌、发自内心地精心照顾着她的前夫农叔。她总是默不作声，把农叔的脏衣服放进塑料盆，拿到卫生间去洗。冬天的时候，一双手冻成了红萝卜，上面长满了冻疮，依然没有半句怨言。农叔爱吃苹果，她就买苹果回来，削了皮，切成一片片，喂给农叔吃。还不厌其烦给农叔喂饭、洗头、洗脸、刮胡子。只要是给农叔做事，她总是做得那么细致，那么周详，唯恐有半点疏忽，唯恐怠慢了农叔。她似乎总有忙不完的活，似乎总是停不下来，只有当农叔睡着的时候，她才可以歇歇，躺在旁边的竹椅上，眯上一小会儿。

"我对前夫的恨已渐渐淡忘，沉在心底的，只有说不尽的怜悯和同情。"长叹一声，何姨又幽幽地往下说，"当年如果不是他背着我在外面找人，我也不会和他离婚，他也不会染上这个害人的病。有时候想想别人活一辈子，自己也活一辈子，为什么别人活得那么好呢，自己活得这么窝囊呢？唉，不怪别的，只怪自己命苦啊。有人说，你怎么这么傻，他对不住你，为什么不趁机报复一下，把他一个人扔在医院里面，随他怎么样，活也好，死也好，关你什么事？我就说，我跟他是结发夫妻呀，虽然后来我们离了婚，但他有病我还是要照顾他。如果我不照顾他，还有谁来照顾他？指望那个女人吗？我敢说，她只贪图他的钱财，有事是永远指望不上的。再说了，她不知道还在不在人世哩。"

"你和农叔有几个孩子？他们来不来看望父亲？"我问。

"有3个，他们都很忙，忙着在外面打工，都想多挣点儿钱，给他们的爸爸治病。"

何姨总是安慰自己说，照顾患艾滋病的前夫，是上辈子欠他的，是命中注定。为了让孩子们的爸爸活着，为了孩子们能安心工作，自己苦点儿累点儿，又算得了什么？

每次进病房，杜丽群都当着众人的面夸奖何姨："你真会照顾人呀，把农叔养得又白又胖，病毒都不敢靠近他了。"

"还真被你说着了，上次入院，他的体重还不到40公斤，瘦得就像一根撩火棍。现在啊，他已经超过50公斤了，长了10多公斤，胖起来了。"何姨呵呵笑了起来："他爱喝骨头汤，我就买骨头煲汤给他喝。我这么奔波，这么劳累，还不都是为了他？还不是想让他快点好起来？"

杜丽群竖起了大拇指："何姨，你真了不起，真让人敬佩！"

这回已经是农叔第五次住院了，再过一个星期，如果各项指标恢复正常，农叔又可以出院。何姨说，回家后她除了照顾何叔，还会抽空去帮人家砍甘蔗，砍一天甘蔗能有70块钱收入。

"我帮人砍一天甘蔗，够他喝3天骨头汤了。"从说话的语气看，何姨为自己的付出感到很自豪。

杜丽群说，通过这些老年患者的遭遇，通过亲属对他们截然不同的态度，她想起了孟子的一段话——

　　乃若其情，则可以为善矣，乃所谓善也。若夫为不善，非才之罪也。恻隐之心，人皆有之；羞恶之心，人皆有之；恭敬之心，人皆有之；是非之心，人皆有之。恻隐之心，仁也；羞恶之心，义也；恭敬之心，礼也；是非之心，智也。仁义礼智，非由外铄我也，我固有之也，弗思耳矣。

大意是说：就人天生的性情而言，都可以使之善良，这就是我所说的人性本善。至于说有些人不善良，那不能归罪于天生的资质，因为同情心，人人都有；羞耻心，人人都有；恭敬心，人人都有；是非心，人人都有。同情心属于仁的范畴；羞耻心属于义的范畴；恭敬心属于礼的范畴；是非心属于智的范畴。这仁义礼智都不是由外在因素强加给我的，而是我本身所固有的，只是平时不去想它所以不觉得罢了。

艾滋母亲的牵挂

《哈姆雷特》是莎士比亚的名剧，其中一句台词"弱者，你的名字叫女人"被广泛引用。

在这里我要说的是：孩子啊，你是母亲的软肋，是妈妈身上掉下来的一块肉，是妈妈心头永久的牵挂。

以下两个故事，便反映了艾滋母亲对儿女的深情牵挂。

这位母亲叫阿花，因外遇染上的艾滋病。入院后，最让她牵挂的就是她的儿子，嘴里常常念叨的也是儿子："儿子，你在哪里，妈妈想你呀，儿子……"

她从早到晚盼的、想的，是有一天能见到自己的儿子。

孩子大了，懂事了，丈夫担心孩子知道真相羞愧难当，两边哄着瞒着，不让母子相见。

她扯过被单，把脸蒙上，伤心地哭了起来。

阿花的悲伤让杜丽群心底泛起无限的悲伤，想见孩子是天下母亲最大的心愿，是悬在母亲心尖上一个最迫切、最强烈的愿望，阿花的这个愿望别人无法帮她实现，我要帮她实现。杜丽群辗转找到阿花的丈夫，耐心地说服他："无论你的妻子做了什么对不起你的事，你也不能这样对待她，惩罚她呀。儿子是母亲的心头肉，在很多东西面前母亲可以改变，对儿子的爱是永远不会变的。你就成全她，可怜可怜她；让她见见自己的儿子吧。"

阿花的丈夫怒气未消："她往我的头上扣绿帽，是丑事。把艾滋病带回来，更是屎壳郎敲门，臭到家了。还想见儿子？门儿都没有！"

说服一个戴绿帽的丈夫原谅他的妻子，本来就难；说服一个戴绿帽的丈夫原谅患艾滋病的妻子，更是难上加难。

因为有难度，杜丽群不指望一次就能说服这位患者的丈夫。她想，一次说服不了，那就累一点儿，多做几次工作吧。她相信，人心都是肉长的，一件事只要坚持去做，石头也会开花的。

杜丽群向阿花打听夫妻之间曾经的恩爱故事，了解他们甜蜜的初恋，向阿花讨教用什么方法才能打动她的丈夫。

第二次杜丽群去，说得口干舌燥，对妻子满怀怨愤的丈夫仍然不肯投降。但杜丽群相信，时间是最好的医生，随着时间的流逝，多大、多深的伤口都会愈合。

过了一段时间，那位丈夫的气渐渐消了。杜丽群第三、第四次去到他的家里："一日夫妻百日恩，请你看在夫妻的情分上，满足一个妻子的正当要求；儿行千里母担忧，请你看在母子的情分上，满足一个母亲的基本要求。要知道纸是包不住火的，瞒得了一时，瞒不了一世，你儿子总有一天会知道实情，总有一天要面对这个残酷的现实。不管你是不是原谅你的妻子，一个病人需要亲人探视，一个母亲需要见她的儿子一面，这个要求并不算高，你就满足妻子的要求吧。"

杜丽群终于劝得那位丈夫松口，带儿子来医院，让母亲见到了日夜想念的儿子。

"老天呀，你怎么这样对我呀，让我染上这个病。我不想活了，活着没什么意思了，让我去死吧。可是……可是我死了以后，我的两个孩子怎么办呀？"

一位母亲浑身颤抖，双手捂着脸，眼泪顺着指缝，一滴滴地落在新铺的床单上。

入院后这位母亲一直在哭，医生护士千般安慰、万般劝说，都无法让她停下来。

她的名字叫阿丽，是位可怜的单亲妈妈。

阿丽的双胞胎女儿刚刚考上大学，此刻正在距离医院几公里的一所大学校园里，愉快地学习，无忧无虑地生活着。

听到哭声，杜丽群来了，递了张纸巾给阿丽："妹子，不哭，不哭了哦，有什么苦处、难处，可以跟我说说。"

阿丽睁开泪水迷蒙的眼睛，看着杜丽群说："我不想活了，但还有很多东西放不下。我的病严重吗？你一定得告诉我，得了这个病到底还有没有救？活下去的希望有多大？昨晚我想了整整一个晚上，想得最多的就是自杀，好几次都想从楼上跳下去，结束自己的生命。我之所以没有跳，第一是舍不得我的两个女儿，你不知道她们到底有多可爱，她们还这么年轻，还在念书，还没有走出社会，还没有尝到像蜜一样甜的恋爱的味道，她们还没有结婚，还没有给我添外孙。第二，如果我就这么从楼上往下跳，会给你们增加很大的麻烦啊，不但要给我收尸，还影响你们医院的声誉。更重要的一点是，我怕跳楼死得难看，脑浆向四处飞溅，五脏开花，这种死法太可怕了，太恐怖了。"说完又眼泪哗哗的。

杜丽群安慰她说："傻妹子，你的病还不是太严重呢，只要配合治疗，还能像正常人一样生活。如果不配合治疗，整天哭哭啼啼，就算是很小的毛病，就算医学再怎么发达，这个病也是治不好的。要知道，心理是影响生理的呢，心理崩溃，生理就不用说了，肯定也会溃不成军。再说跳楼这件事情，你想想，那是多么愚蠢的一件事啊。人活着容易吗？不容易。正因为不容易，我们更应该珍惜每一天，过好每一天，何况你还有两个宝贝女儿呢！就安心在这里治病，等着去享她们的福吧。"

杜丽群的话，暖心暖肺，阿丽的身体逐渐回暖，一颗心也不再流血。

阿丽的情绪稳定下来了。

她望着杜丽群的胸牌，那上面有姓名、职务和职称。

"杜大姐，入院之前我上网查过你的资料，知道你跟病人亲，跟病人心贴着心，做什么事首先为病人考虑，所以我听你的，不跳楼了，绝对不跳了。"

阿丽向杜大姐敞开了心扉——

10年前，发现丈夫和别的女人搞暧昧，眼里容不下一粒沙子的她毅然决然，与丈夫离了婚。那时，她的一对双胞胎女儿只有9岁，她不想让女儿跟着"人渣"丈夫受罪，便据理力争，终于赢得两个女儿的监护权。

一个年轻女人，独自抚养两个幼小的孩子，说说容易，做起来很难。阿丽用一个女人柔弱的肩，扛起了一家三口的生活重担。她打工得来的钱，除了买油盐酱醋茶，买米、买菜，全给女儿交了学费。至于女人最爱的漂亮衣服和化妆品，她碰都不敢碰一下。日子虽然过得很苦，但她相信，再苦的日子也会有尽头的，再寒冷的冬季也会过去，再遥远的春天也会到来。她觉得自己终于熬到头了，把两个女儿送进大学，好日子就开始了。

不意刚把孩子送走，她就开始出现头痛、低烧、盗汗、腹泻等症状，体重迅速下降。她感到诧异，这是为什么呢？为什么会出现此类症状？检查完毕，医生表情严肃，也不多说什么，只是叫她去当地的疾控中心复查。

结果出来，阿丽两腿一软，都走不动路了。亲戚把她抬上车，送到了四医院。

杜丽群也是母亲，深知作为母亲的艰难。

"阿丽你听我说，这几年，你的两个女儿还需要你的全力支持和援助，就算不为自己，为了两个可爱的孩子，你也要坚持下去呀。相信我，只要按时打针吃药，我保证你可以看到两个女儿大学毕业，看到她们工作，甚至看到她们结婚，将来呀，你还要抱外孙呢。"她对阿丽说。

"这是真的吗？难道真的可以这样？杜大姐？"

杜丽群点点头。

阿丽擦掉眼泪，嘴角扬了起来："如果真像你说的，我就朝着这个方向努力吧。谢谢你哦，杜大姐。"

"一言为定。我们一起努力。"杜丽群握紧了阿丽的手。

一对艾滋夫妻

艾滋病人也是人，他们像普通人一样，也想生个孩子，生个健康可爱的宝宝。

有对年轻夫妻，双双患上了艾滋病。那个皮肤白皙、长相蛮讨人喜欢的女子叫小白，因为吸毒染上的艾滋病。她的丈夫同样因为吸毒染上这个病。总之，也不知道是谁带坏了谁。

他们是艾滋病科的常客了，已在这里反复住院多次。

二十多岁的夫妻俩，虽然身患绝症，但传宗接代的本能没有泯灭，他们多次和杜丽群提起，想要一个孩子，就是不知道能不

　　　　　　　　　　做南丁格尔这样的人

能要，怎么个要法。

杜丽群告诉他们，生孩子不是不可以，但必须在医生规范的指导下进行系统的母婴阻断，生出来的宝宝才可能健康，才可以大幅降低感染艾滋病的概率。

后来经过母婴阻断，这对夫妻果真得偿所愿，生下一个健康的男孩。

但就是这对被人称为"搅屎棍"的艾滋夫妻，当初简直让艾滋病科的医护人员烦透了。

他们是艾滋病科开科不久就住进来的。

知道他俩得了艾滋病，亲朋好友纷纷疏远他们，躲避他们，躲他们就像躲瘟神。在艾滋病面前，亲情、友情如此不堪一击，让他们真切感受到了世态炎凉、人情冷暖。

患病后，四医院艾滋病科便成了这对候鸟的巢，很多年了，他们来了又去，去了又来，这里成了他们相濡以沫、遮风避雨的温暖港湾。

患艾滋病就如同鬼魂附身，死死纠缠着你，不肯放手。病情循环往复，使得许多患者饱受病痛折磨，心灵开始变得扭曲，扭曲到极点便找地方发泄，就像下水道堵塞，需要排污泄水一样。这对夫妻的下水道就经常堵塞，他们排污泄水的方式与别人完全不同，稍不如意，他们就无理取闹，不闹个飞沙走石日月无光，绝不罢休。

他们的恶名不仅在四医院传播，甚至在南宁市的多个闹市区，提起这对夫妇，人们均大摇其头，连呼无奈。

许多人都见过，这两个人经常拿着带血的针头，沿闹市区一个店铺一个店铺地敲诈勒索。为了讹到钱财，他们是那样厚颜无耻："我们是艾滋病人，敢不给钱，就拿带血的针头扎你，让你和我们一样，也得艾滋病！"那些被敲诈的店主，只要看见他们就浑身打战，像打摆子一样，魂都丢了，更别说那抵到胸前的带血针头了，在它面前谁敢冒险？只好乖乖就范，给钱打发，破财消灾，送鬼出门。

　　一次小白骑了辆电驴，硬是往一辆行驶中的小轿车上撞，这种做法其实就是"碰瓷"。

　　什么情况？司机慌了神，以为自己违章撞人了，赶紧刹车，下车查看。一看是个年轻女的，也没受什么伤，于是怒火中烧："找死啊，你这婆娘，好端端地出来找死？我的新车险些被你撞坏！"

　　这时小白忽然从地上爬了起来，扯开嗓子骂人："你才找死！你没长眼吗？怎么开车的？新车又怎么样？我的命不比你的车值钱？哎哟，哎哟，疼死我了！妈的，你差点撞死老娘了，还敢骂我？"

　　"难道你不该骂？我在机动车道上开这么慢，你还一个劲地往我的车上撞，不是找死是什么？"

　　"是啊，我就是想死，我不想活了，怎么样？"

　　"碰瓷了！敲诈了！我要报警！"

　　"你敢报警，我就用针头扎你！知不知道老娘是什么人？实话告诉你吧，我是艾滋病人！"

　　　　　　　　　　　　　　　做南丁格尔这样的人

刚刚还骂劲十足的司机这时傻了眼，话也不会说了，怔了半响，才磕磕巴巴地说："啊？艾滋病？你是艾滋病，你是……"

"废话少说，赶紧给钱，怕不怕这个？带血的针头！你怕不怕？"

哎呀妈呀，今天没烧香，倒八辈子霉了，落到艾滋病人手里了，这可怎么好？可怎么好呀！司机吓得脸色铁青，冷汗直冒："多、多、多少钱啊？"

"2000，少一分我就不客气啦！"

"你不要乱来！不要过来！2000就2000，我给你钱，给你钱。"司机乖乖掏2000块钱出来，扔在地上，发动汽车，一溜烟跑得没了影。

2000块，就算买条命吧，谁让我今天出门不利，遇到倒霉事呢？司机这样想。

提起这对艾滋夫妻，杜丽群也很无奈。采访时她跟我说，一天晚上，时间已过了午夜12点，这对夫妻竟然花样翻新，弄了个圈套让她钻——小白假装中暑，横躺在大街上。那天天气很热，即便很晚了，街上还是滞留了不少晚睡的人。见有热闹看，人群马上围了过来，把两口子围了个里三层外三层。俩人终于满意了，引起别人关注正是他们最想得到的。众目睽睽之下，那个当丈夫的一手叉腰，在手机上"嘀嘀嘀嘀"拨了个号，那是杜丽群的电话。这小子摆出了一副颐指气使的姿态："这个……这个……杜大姐是吧，你马上叫辆救护车过来，拉我俩回医院，我老婆在街上晕倒了，人事不省。"

救护车很快赶到，发现根本不是那么回事，这才知道上了当，受了骗。

入院的时候，夫妻俩做结核素试验，均为阳性，因此获得全球最大的非政府国际医疗人道援助组织——无国界医生提供的免费药物治疗。后来援助项目到期，无国界医生撤离，打针吃药需要自费了，说白了，就是要从自己口袋往外掏钱了，小白便以结核素试验后身上起水疱为由，大闹四医院的医教科，索要所谓的"赔偿款"。医教科的人有备无患，正色道："你闹呀，闹呀，无理取闹，有你好看。"说着从门后拿出一根铁棒，假装在她面前挥舞，吓得她屁滚尿流，鞋也跑掉了一只。

她一计不成，又生一计。

那天，她闯进院党委书记兰江的办公室，两腿一盘坐到了沙发上。

"因为你们的不当治疗，我身上产生了严重的副作用，你说怎么办吧。"她根本不把书记放在眼里，一边叫骂，一边"噗噗"地往地上吐痰。还一根接一根抽烟，抽完顺手就把烟屁股摁在沙发上。

兰书记是公认的好脾气，全院上下，没一个不说他脾气好的。但脾气好也是有底线的，看见小白这样，他再也忍不住了，便开口说："这位病人好奇怪，不请自来，还冲我破口大骂，世上哪有这样的道理？是不是想讹钱呀？想讹钱就径直说，没必要拐弯抹角。"

小白提高了嗓门："你说得对，我就是想要钱，你给不给呢？

不给？怕不怕这个？"话音未落，屡试不爽的常规节目又上演了，她从口袋掏出一支带血针头，在兰书记面前晃来晃去，吓唬兰书记。

兰书记不吃这一套，知道这是讹钱的一种手段，就说我现在有个会急着要开，你下次来吧。

此后，兰书记的办公室小白又来了三次，而且每次都揣上带血的针头。院领导觉得长此以往会影响医院工作的正常开展，得想办法给它解决了。领导班子一合计，觉得这两口子经济上确实困难，就给了他们一笔钱，算是医药费补助。

拿到钱，小白这才不闹了。

小白常在杜丽群面前炫耀说："我丈夫是做大生意的，我们两口子根本不差钱。"

杜丽群知道，她是在吹牛。

这对艾滋夫妻，最怕被人瞧不起，只能用吹牛来安慰自己，这是其一；其二，他们是想通过吹牛，引起别人对他们的关注和重视。

自卑感、虚荣心越强的人，就越喜欢吹牛，越爱炫耀自己，这是心理学研究得出的结论。

为了满足小白那可怜的虚荣心，每当这时，杜丽群总是一言不发，任凭她吹，还不时点头，装作十分相信的样子。

一天，小白看见一个怀孕的护士走过来，远远就迎了上去，硬塞给她100块钱，把那护士弄得一头雾水："你这是干什么嘛，无端端塞过来一张大票子？"

小白说："没什么，没什么，一点'小意思'而已，我是给未来宝宝的。你一定要收下哦，不收就是瞧不起我了。"

护士想明白了，小白这么做只是虚荣心作怪，并无恶意，我不能当面拒绝她，给她难堪，这100块钱我暂且收下，过后再问问杜护长，看怎么处理。

听说此事后，杜丽群沉吟了片刻，然后说："小白是特别要面子的人，这样吧，为了不拂她的面子，你买100块钱礼物回送给她，收到礼物她肯定高兴，肯定到处炫耀，听我的没错，去办吧。"

还真给杜丽群说着了，得到这位护士的礼物小白高兴得什么似的，逢人便拿出来显摆，你们看，你们快看啊，这里的护士多尊重我呀，对我有多好，还送礼物给我呢。

前文提到，与普通人一样，小白夫妇也想生个孩子，圆一个做父母的梦想。杜丽群对他们说："这个我支持，生吧。"

经杜丽群"面授机宜"，小白果真怀了孕。孩子出生时，小白脸上挂上了难得一见的笑容。

电影《天下无贼》有个细节，一对窃贼夫妻，女贼怀孕，要做母亲了，于是良心发现，改邪归正，不再作恶，保护了干弟弟的钱袋不被偷走。电影的主题曲是《良心发现》——

若是能回到旧时

但愿 谁良心发现

彼此 重头再爱

错误也会早些去医

......

眼前这对艾滋夫妻，因为有了孩子，也像电影中那对贼夫妻一样，良心发现，忏悔过去的所作所为，表示要痛改前非，洗心革面，重新做人。

身为母亲的小白，已经不是过去的小白了，看见医生护士便喜笑颜开、谦恭问好："医生好！护士好！"见了杜丽群更是笑容满面，拉着杜丽群的手使劲地摇："杜大姐呀，29岁之前我们两口子不懂事，做了很多对不起你们的事，你宰相肚里能撑船，要多多原谅我们哦。"

见他们改恶从善，医护人员甚是欣慰。

杜丽群更是高兴得没法说："改了就好，改了就好啊。做父母的人了，现在懂事还来得及，浪子回头金不换嘛。"

两个艾滋少女

那年冬天，120急救中心送来一个病情危重、身上脏得不能再脏的艾滋病患者。

患者很年轻，是个女的。

有人说，她是患病后被家里赶出来的；有人说，是她的神经系统受到病毒侵害，造成间歇性精神失常，趁着家人不注意，离家出走，一去不回的。究竟是哪种情况，她自己说不清楚，外人也只好凭各自的想象推断、揣测。那么，120是怎么发现她的呢？问120的工作人员，他们说是接到群众报案，在一条阴暗小巷找到她的。听说是艾滋病患者，就径直拉到了四医院。

从救护车上抬下来时，大家见她蓬头垢面，衣服也烂成了丝丝缕缕，就知道她在外流浪很久了。

医护人员不敢靠近，远远站住，问她：

"你叫什么名字？住在哪里？"

她眼神散乱，嗫嚅着嘴，半天说不出个所以然。问她身上有钱没有，她似乎听懂了，摇了摇头。

那天天气特别冷，她没穿鞋子，裸露的双脚冻得像两个大紫薯。有个医护人员胆大些，走过去，撩开那疯姑娘的衣服，一看之下眉头立马皱了起来，姑娘身上很多地方已经溃烂，蠕动着许多肥白的蛆虫。

姑娘不知道自己的名字，大家也无从了解，就叫她小红。

艾滋病引起的并发症使小红失去了自主排便能力，棉衣棉裤上的尿液、粪便已经凝固、板结，臭烘烘的，走过的人都不由得捂住了鼻子。再加上皮肤溃烂发出的恶臭，即便是戴着口罩的医护人员，也觉得臭不可闻，下意识地直往后躲。杜丽群却没有，她把小红接到病房，在一个口罩外面再加上一个口罩，戴上手套，

　　　　　　　　　　　做南丁格尔这样的人

去热水房打了盆热水，兑了些凉水进去，用手探了探，温度正合适。她帮小红脱下脏衣服、脏裤子，开始为她擦洗身体。小红不知道多久没洗过澡了，身上脏得要命，一连换了几盆水，还是污浊的。把小红的身子洗干净，杜丽群又拿洗发水给她洗头，又给她剪头发、剪手指甲、脚指甲。又拿来药膏药棉，给她清洗伤口、涂药。

小红没有换洗的衣服，杜丽群便发动科里的医护人员："大家回家找找，看有没有合适小红穿的衣服，有就都拿来。"结果第二天，小红的床头就堆满了花花绿绿的衣服，都是半成新或大半成新的，够她穿的了。

疾病使小红产生幻觉，她经常瞪大眼睛，满脸惊恐地蜷缩在床的一角，嘴里还呜哇呜哇，发出瘆人的怪叫，仿佛死神正在向她步步逼近。小红的惨状让杜丽群心碎，如此花季少女，却要承受常人难以承受的痛苦，背负常人难以背负的十字架，老天太不公平了。她的亲人去哪里了，怎么忍心抛下她不管？

她的亲人不管，我们管！

杜丽群像母亲一样担起了照看和护理小红的责任。到了吃饭时间，她就打来可口的饭菜，边和小红说话，边喂给她吃。看见小红大口大口吃饭，杜丽群就擦去小红嘴角的菜汁，说："小妹啊，你现在什么都不要想，不要有什么顾虑，就安心在这里治病，好不好？"

小红不会说话，但是会点头，就一个劲地点头。

在杜丽群的精心照料下，小红有了很大的变化，身上不再邋里邋遢，而是收拾得干干净净，头发也是梳得整整齐齐，病情更是一天比一天好转。

从艾滋病科病房的窗台望出去，有好些枝繁叶茂的树木，每天清晨和傍晚，都有许多小鸟在树上欢蹦乱跳，唱着动人的歌。

鸟儿为什么歌唱？有人说是为了求偶，有人说是因为快乐，有人说是为了保卫自己的领地，众说纷纭，莫衷一是。

艾滋病患者小田说，小鸟为什么歌唱，这个问题太深奥了，她不想去探讨，只是喜欢每天趴在窗台，听小鸟唱歌。

在所有的住院病人当中，小田的性情可以说是最开朗的了，这是天性使然。她从小就爱唱歌，无论是求学时还是参加工作以后，她都是学校和单位里的文艺积极分子。即便染上了艾滋病，依然不改初衷。

回想从前，小田就是以歌为媒，与那男孩相识并且相恋的。

那男孩长得蛮帅，个头蛮高，尤其让小田难以忘怀的是，他特别爱听小田唱歌。只要小田开口唱，他便像沐浴在冬日的暖阳下，心里舒坦极了。这么一个阳光大男孩，谁会想到他有艾滋病？他自己不知道，小田更是懵然不知。热恋中小田被传染了。

发病后，小田向单位告了长假，住进了四医院的艾滋病房。

经过一段时间的抗病毒治疗，她的病情控制住了，出院了，回到了工作岗位。

本以为一切都会过去，只要坚持服药，把病菌控制在检测不到的范围，就阿弥陀佛了。但天有不测风云，人有旦夕祸福，一次工作上的失误，小田的手被割破了，她捂着血流不止的那只手，去最近的一家医院寻求医治。当医院得知她有艾滋病，便不容分说，把她赶了出去。其后，她又接连去了五家医院，结果全部被拒。不得已，她又回到了四医院的艾滋病科。

"我真想问问那些人，你们是救死扶伤的医生啊，病人有病，找到你们，去到你们医院，你们是有责任救治的。为什么不给我处理伤口？就因为我得了艾滋病是不是？艾滋病人也是人！你们用这样一种态度对待艾滋病患者，还有职业道德没有呀？还有没有人道主义救助精神呀？"提起求医被拒的经历，她依然激愤难平。

当小田再次踏进四医院艾滋病科的大门，发现这里的变化不是一般大，而是非常大，她几乎都认不出来了：长长的走廊光洁如新，墙上挂满了山水画。更显著的变化体现在危重病人身上，他们的手腕都系上了一根红丝带，表明这是最受医护人员关注的人。对那些悲观厌世的患者，护士就在他们的床头贴上小纸条，写上几句暖心的话，鼓励他们坚强起来，勇敢与病魔做斗争。还有，病人姓甚名谁，过去医生护士是毫不在意的，都习惯于称呼一床、二床、三床……现在不同了，病人叫什么名字，他们都记得清清楚楚；病人的家庭情况、工作情况他们也都记在心里。这种人性化的护理理念，把医护人员和患者的距离更拉近了一层。

经过医护人员精心的治疗和护理，小田的病情愈见好转。出院的时候，她向杜丽群提出一个请求："杜大姐，我想给艾滋病科的医护人员唱几首歌，感谢他们对我的关心、爱护和无微不至的照顾，可不可以？"

杜丽群拍着手说："当然可以，当然可以了。你的歌唱得那么好，我们正想听呢。"

医护人员都围了过来，病友也从各自的病房走了出来，把小田围在中间，听她深情款款地唱。当唱到王菲和陈奕迅合唱的那首《因为爱情》，女声、男声全部由她承包，唱了王菲又唱陈奕迅——

给你一张过去的 CD

听听那时我们的爱情

有时会突然忘了我还在爱着你

再唱不出那样的歌曲

听到都会红着脸躲避

虽然会经常忘了我依然爱着你

因为爱情 不会轻易悲伤

所以一切都是幸福的模样

......

掌声异常热烈，伴着喝彩声。

掌声和喝彩声中，小田给艾滋病科的医护人员送上一封感谢信，信的开头是这样写的：

在我人生最黑暗、最痛苦的时候，是杜大姐和艾滋病科的医护人员在精神上鼓励我，在生活上关心我，给了我活下

去的勇气。这里虽然不是家，却更像一个家，甚至比家还要
温暖……

艾滋病患儿最值得同情

在艾滋病科一病区，曾经住过一个一岁多的小男孩，他叫小
亮，长长的眼睫毛底下，闪动着一双明亮纯净的大眼睛。他一看
见穿白大褂的医护人员进病房，便冲着他们笑，所以无论是医生、
护士还是患者，都很喜欢他。

小亮与其他艾滋病患儿一样，是患了艾滋病的妈妈生他时，
把可恨的艾滋病病毒传给他的。并未染病的爸爸想放弃，经杜丽
群做工作，最终没有放弃。令人痛心的是，这个天真活泼的孩子，
自己并不知道实情。

杜丽群说，每次见到小亮，她的心都像上了发条，越拧越紧，
她想，一个本应该享有快乐童年的孩子，却因为母婴传播染上了
艾滋病，日夜困在艾滋病房这种不该是小孩子待的地方，和妈妈
一起做抗病毒治疗，真是太残酷了，可怜至极。

看见小亮，杜丽群不由想起了自己的女儿。女儿这么小的时

候，自己和老农还没有现在这么忙，那时每到周末，只要爸爸妈妈不加班，女儿都拉着爸妈的手，去动物园玩，看开屏的孔雀，看假山上蹦蹦跳跳的金丝猴，看草地上追逐奔跑的兔子。都是父母养的孩子，小亮的童年是多么的黯然失色啊。杜丽群的眼圈红了，她告诉自己，我一定要对小亮好，就像母亲对待儿子一样。她回家翻箱倒柜，翻出女儿小时候看过的一堆童话书、卡通图片和玩过的玩具，拿来给小亮。

其他护士怕被传染，接触小亮都把口罩、手套戴上，杜丽群则不然，本来戴着的，见了小亮也要摘下来，说是"让小亮看见自己那张笑着的脸"。

游戏是孩子的天性，小亮也不例外。所以杜丽群只要有空，就来病房陪小亮玩。白天来，晚上也来。杜丽群叫小亮当观众，用手在墙上花样翻新，比画各种有趣的手影，鸡鸭猫狗，鸽子兔子，什么都有。还模仿它们的叫声，把小亮逗得咯咯直笑。此时的小亮更可爱了，杜丽群忍不住抱起他来，在他脸上"噗"地亲了一口。

所有这一切，都被护士罗仕娟看在眼里。小罗刚分来艾滋病科不久，心里还是有些"恐艾"，出了病房就追着杜丽群问："杜护长，你抱小亮也就算了，还用嘴去亲他，我看见都害怕，难道你不怕吗？"

杜丽群语重心长地对小罗说："小罗啊，我这样接触小亮是不会被传染的，这个我们大家都很清楚。既然不会传染，我抱小亮、亲小亮为什么不可以？要知道，我们跟患者越亲近，他们越容易放下心理包袱，配合治疗，这是明摆着的道理呀。"

小罗被护士长说得脸上一阵发烫，是啊，摆在明处的道理自己怎么就视而不见呢？是疏忽，还是根本就没有过脑子？看来今后凡事都得多动脑子，多跟杜护长学，才有长进。

回头再说小亮，白天总是高高兴兴，晚上只要有人和他玩，也没什么不高兴的。可是，夜深人静的时候，魔鬼出来了，掐住他的细脖梗，怎么都不肯松手。他被掐得难受，几乎喘不过气来，便狠劲地哭。他的哭声尖锐刺耳，传遍了整个病房。妈妈怎么哄他都不行。病房里的人，被他吵得睡不着，意见很大。有人甚至捶着床板骂，小祖宗，不许再哭了，再哭就提着你的小脚丫，把你扔到楼下去！听到此事杜丽群急了，深夜跑来病房，跟小亮的妈妈说："你哄他不住，我来哄哄试试，也许能行。"说着抱起小亮就往房外走。她一路走一路拍着小亮的背，嘴里还呢呢喃喃，哼起一首儿歌。说来也怪，哼着哼着，小亮就睡着了。

与病人聊天，是杜丽群最喜欢做也是最擅长做的一件事。有一次，杜丽群和小亮的妈妈扯闲篇，得知为了治母子俩的病，家里把积蓄都花光了，再拿不出钱来给小亮买衣服、买奶粉了。说者无心，听者有意，杜丽群回去便连夜做了一个捐款箱。第二天上班，她便抱着箱子来到科里，对大家说："小亮这孩子太可怜了，我们大家给他捐点儿款吧，捐多捐少，都是一份心意。"大家积极响应，不到两天时间，捐款箱就满了，倒出来一数，竟有上千元钱。

杜丽群那个高兴呀，喊了个护士，揣着钱就上了街。

她们先逛童装店，买了几套童装，去超市买了奶粉，又去书店、玩具店买了小人书和玩具。大包小包，满载而归。

小亮家的燃眉之急暂时得到缓解。

只可惜，由于受多种机会性感染，不久以后小亮就离开了人世。

一株幼苗刚刚破土而出，狂风吹过，把它拦腰折断。

小亮身上的插管被一一拔除。抢救的仪器也搬走了。工人推来了运尸车，车轮虽然不是铁质的，但碾过光滑坚硬的地面，还是发出钢铁般震耳欲聋的响声。工人将那小小的尸体用白布一裹，一只手轻轻一提，放在运尸车上，推走了。

人去床空，小亮咯咯的笑声也随之在病房里消失。

小亮离开了人世，大家在惋惜的同时，也感到些许安慰，毕竟，在他不到两年的短暂生命里，有爸爸妈妈的疼和医护人员的爱将他包围。在他生命的最后时刻，享受到了人间真情。

除了小亮，艾滋病科还来过不少患艾滋病的儿童，其中一个5岁的女孩叫小雨。

小雨的妈妈很会打扮小雨，她让小雨穿黄色的小花裙，还用红红绿绿的胶圈，在她头上扎了许多小辫子，让她看起来像一个惹人怜爱的小公主。

可惜她有艾滋病。

她是在妈妈肚子里被传染的，妈妈是被爸爸传染的，爸爸不知道是被哪个传染的。

小雨的爸爸向来在家务农，28岁，血气方刚，身体倍儿棒，用俗话来说，叫胳肢窝夹得熟芋头，手板心煎得熟豆腐，老虎都打得死几个。田里地里的活计，他轻车熟路，是把好手。可是忽然一天他发起了低烧，还伴有类似于感冒那样的症状。这些不适一点儿都没有引起他的重视。他太大意了，认为这不过是小毛病，像过去一样到药店买些感冒药来吃，像别人教他的，多喝水，很快就会好起来。可是药吃了不少，病情非但没有好转，反而越来越重。在没办法的情况下，只好去当地的医院看医生，一去就让他住院检查，一查就查出疑似艾滋病，疾控中心复查后落下了实锤。因为当地医院没有治疗艾滋病的条件，于是，他被转送到有专业资质的四医院进行治疗。

　　小雨的爸爸模样敦厚老实，也没有外出务工的经历，怎么看也不像一个"花心大萝卜"，怎么会染上这个病的呢？

　　一次杜丽群到病房探望，他主动向这位待人亲切的护士大姐做了"坦白"。

　　但凡有患者住进医院，杜丽群都会第一时间出现在病房，热情地向病人介绍自己："你好，我是这里的护士长，以后有什么事可以找我，千万不要客气。如果我不在，可以叫护士转告，我一定尽力而为，帮忙解决。"

　　这些话，打消了患者的顾虑，拉近了医护人员与患者的距离。

　　医圣孙思邈《千金要方·卷一·诊候》曰：古之善为医者，上医医国，中医医人，下医医病。在中医界，更有一个通俗的说法：上医医心，中医医人，下医医病。

杜丽群特别注重医者与患者的沟通交流。

小雨的爸爸一入院，杜丽群马上就到病房看望，聊他的妻子、女儿，反正什么都聊，就是不触及患者的敏感神经——在哪儿染的病，怎样染的病。倒是聊过几次后，小雨爸爸见杜丽群慈眉善目，话语轻柔，是个难得一见的好人，主动向她吐露了染病的详细情形："都怪我呀，10年前，那时我才18岁，年轻、幼稚、少不更事，听村里的人说镇上很多洗头妹漂亮又风骚，他们都领教过了，确实是这样的。我心生好奇，就跟他们去发廊尝试了一下。我也不知道洗头妹姓什么，叫什么名，过后也没怎么往心里去，后来就……应该就是那次染上的，没错，就是那次了。唉，千金难买后悔药，万金难买早知道啊。早知今日，何必当初？"

他叹口气，垂下了眼帘。

杜丽群劝导说："事到如今，不染也染上了，你不必过于自责，事实上自责也没有用，当务之急，是赶紧卸下心里的包袱，配合医生治疗，因为你的妻子和女儿在家等着你呢。"小雨爸爸连连点头称是。

对于那些已婚、已确诊的艾滋病患者，首先是了解其配偶的感染情况，经检测配偶如果为阴性，应及时开展HIV单阳家庭干预；如果是阳性，便根据情况动员他（她）进行门诊或住院治疗，杜丽群向来都是这么做的。她把谈话切入正题；"今天我们聊了这么多，差点忘了告诉你，把妻子叫过来吧，让她也查查，看HIV阴性还是阳性，如果阴性就提前做好预防；若是阳性，就检查她的免疫功能，对接下来的治疗有帮助。"

妻子查了，结果不容乐观，是阳性。

知道自己被传染，小雨妈妈简直不敢相信这是事实，她彻底崩溃了，像被雷电击中一样，拿着化验单站在原地，傻傻的，呆呆的，及至见了杜丽群，才爆发似的号啕大哭起来："我恨啊！恨死他了。杜大姐，是他毁了我的一生呀，毁了这个家呀！我和女儿怎么办，老天爷，我们到底该怎么办啊？"

杜丽群说："恨又有什么用呢？事情已经发生了，现在首要任务是赶紧治疗，以后慢慢责怪他，还来得及。再说了，你的老公怎么看也不像个歹人啊。这是结婚以前犯下的错，他也承认是他错了，他自己也不知道得了这个病，不是故意传染给你的。你跟他这么多年，应该知道他的为人，应该原谅他才是。"

小雨妈妈不再说什么了。她还能说什么呢？房倒屋塌，也没有这件事情大，也没有这件事情惨啊。她真的不想说什么了。

杜丽群建议把孩子带过来，一并检查。

杜丽群再次提醒她说："让孩子也查一查吧，越快越好，别耽误了。"

小雨妈妈马上打电话给婆婆，叫婆婆放下手里所有的活计，立即带四岁的小雨、一岁的小晴来医院检查。

结果出来忧喜参半，一个坏消息，一个好消息。坏消息是姐姐感染了，好消息是妹妹没事。

小雨爸爸悔呀，他拼命捶打着自己的脑袋，几乎失去了痛感。洗头妹不能碰啊，要是碰了，害自己也就罢了，还害了老婆，害了孩子。又害人又丢人，我后悔啊，悔得肠子都青了！

一时风流千古恨，再回首已百年身！

艾滋猛如虎，防艾须洁身！

本来悲剧是可以避免的，由于一错，再错，三错，使得这个家庭的艾滋病病毒如同水银泻地，一发不可收。

何为一错，再错，三错？小雨爸爸找洗头妹，是为一错；夫妻俩结婚没有婚检，是为再错；小雨妈妈怀孕没有做孕检，是为三错。正是这一而再、再而三的错上加错，导致今天的严重后果，让人扼腕叹息。

我采访小雨的爸爸，对他家的遭遇表示惋惜和同情，问他将来有什么打算，他说了这样的话："我曾经跟妻子商量过，邕江没人看守，哪天夫妻俩一块儿跳进去，死了拉倒。后来又不跳了，不是不想跳，是不能跳，我们死了，两个孩子怎么办？谁来养活她们？只好不去死，配合医生治疗。等病情好转了，我们就出去打工，挣钱给小雨看病，让小晴上学。把两个孩子拉扯大，直到他们参加工作，才算尽到父母的责任。"

我不禁对着小雨的爸爸感叹："你们从农村来，收入那么少，又得了这种病，一方面要抚养孩子，一方面要治病，真难啊。"

后来杜丽群向我披露一个令人揪心的现实，在中国农村，艾滋病的传播速度越来越快，艾滋病病毒感染人数已占到感染总数的70%左右。原因很多，最主要的原因是这部分人接受教育的程度较低，接触网络的机会少，信息量也少，预防保护意识比较淡薄，等等。

这不能不引起我们极大的警惕。

　　　　　　　　　　做南丁格尔这样的人

小亮、小雨虽然不幸，却是不幸中的万幸，因为他们身边还有父母陪伴。有的孩子更惨，父母患艾滋病已经离世，他们小小年纪，就不得不一个人住在医院，承受病痛和孤独的双重折磨，他们是弱势中最弱势的一群，是雨中的花，风中的草，随时都有夭折的可能。因此，他们更需要阳光的照耀，更需要人们的关爱与呵护。

　　有个没爹没娘的小患者，连日高烧持续不退，服药、肌肉注射都降不下他的体温。稍有医疗常识的人都知道，高烧超过41.6℃，就会引起极为严重的后果，甚至死亡。杜丽群急了，护士们也急了，孩子没了爹娘，我们就是他的亲爹亲娘，无论如何，我们都要想方设法救治孩子。大家情急生智，终于想出一个办法，把退烧药放进冰柜，待药物冰冻到一定程度，再取出来，给孩子打吊瓶，体温应该可以降下来。

　　他们马上付诸实施。

　　打吊瓶的时候又一个问题出现了，管子太长，温度不均匀，这截药液是冰的，那截却不够冰，效果大打折扣。恰在这时，经验丰富的杜丽群提出一个建议，我们为何不试一试，在长长的输液管中间夹上几个冰袋，这办法也许可行。

　　一试，问题果然得到解决。

　　孩子的烧终于退了。

　　艾滋病科的医护人员，群策群力，救了那孩子一命。

　　交谈中，我发现杜丽群总是把那些年幼的患儿称为"孩子"，而不是"患者"。她说："虽然这些孩子患了这个年龄不该患的病，但我都把他们当作正常的孩子看待，去抱他们，亲他们，让他们远离恐惧，感受这个世界的温暖。每次打针的时候，我也是变着花样去哄他们，分散他们的注意力，有句话对他们最管用：'小宝贝，过来呀，快过来，过来过来，姨妈给你抓虫虫啦！'听到这句话，那些孩子都会高高兴兴地跑过来，还自己挽起袖子，让我给他们打针。只要孩子不哭不闹，乖乖地配合治疗，事情就好办了。其实，染上艾滋病的孩子最无辜，最需要我们的关怀。"

消除歧视，我们在路上

患艾滋病的人到底有没有罪？

杜丽群一直在思考着这个问题。她悄悄研究起了一本书，那就是《圣经》。《圣经》里说人类有两种罪——原罪和本罪。原罪就是我们的始祖犯罪之后遗留下来的罪性和恶根；本罪，就是一个人今生今世所犯下的罪。

杜丽群说："我认为患艾滋病的人是没有罪的，他们染上这种病，有的是主动为之，有的却不是，比如输血的时候被感染的人，比如经过母婴传播的孩子，都是因为偶然因素造成的，你能说他们有罪吗？即使是那些通过性接触和吸食毒品染上艾滋病的人，也不能说他们有罪呀，准确地说，他们只是犯了错而已。人活一辈子，谁敢保证自己永远不犯错，永远不摔跤呢？所以希望大家理解他们，给他们多点儿宽容，帮助他们走出人生的低谷，走向新岸，开始新生活。"

艾滋病人无罪，但现实生活中，他们却饱受排斥和歧视，公民应该享有的权益，他们往往享受不了。

"如果那些人不这样对待我们，哪怕工作时少拿一半的钱，也没什么。就因为我查出了艾滋病，说出去了，就丢了工作，朋友没有了，连最亲的亲人也抛弃了我。早知道这样，就算拉去枪毙我也会像许多查出 HIV 阳性的人那样，选择隐瞒。"这是患者小樊公开病情后，说的大实话。

2012年发生的一起事件，不但引起媒体的广泛关注，引发社会公众的大讨论，甚至还惊动了高层。

当年，家住天津的肺癌兼艾滋病病毒感染者小峰需要手术，连去两家医院均遭到拒绝和推诿，不得已的情况下，他只好私改病历，隐瞒病情，才如愿以偿，完成了手术。

事情得从这年的11月说起，月初，小峰因肺癌住进了天津市肿瘤医院，准备手术时艾滋病病毒检测呈阳性。医院推说他不适合手术，叫他转到别的医院继续治疗。无奈之下小峰只好去了北京，到专门收治艾滋病病毒感染者和患者的地坛医院求治。多年以来，地坛医院一直在做艾滋病病毒感染者和患者的救治工作，而且做得很不错，每年国家领导人艾滋病纪念日视察，去得最多的也是这所医院。可就是在那里，小峰同样遭到拒绝和推诿。地坛医院对小峰说，他们没有胸外科，不具备做肺癌手术的资质，建议小峰回天津卫生防疫部门做进一步的协调。小峰毕竟还年轻，那时他才25岁，求生欲望非常强，赶忙返回了天津。当他到第三家医院就诊时，使了个小心机，作出了一个令人震惊的举动——涂改病历，隐瞒病情，逃过血检！

11月12日，他顺利地在这家"三甲医院"完成了手术。

小峰事件发生后，在社会上引发一场关乎歧视，关乎欺骗，关乎医护人员职业道德的大讨论。有人指责小峰说，你这个人也太自私了，太不像话了，难道你不知道隐瞒病情，会给做手术的医生增加职业暴露的危险吗？但更多的人则对小峰充满了同情，认为小峰的行为是可以理解的，如果之前两家医院肯出手相助，为他分忧解难，而不是一而再、再而三地把他推出医院大门，他也不会做出这种有悖常理的事来。更何况，术后他马上让家人把实情告知为他手术的医生，给医生自我防护和补救赢得了时间。

事件以及事件引发的讨论传入中南海，引起了时任中央政治局常委、国务院副总理李克强的高度关注，他致电卫生部主要负责同志，要求采取切实措施，既要保障艾滋病病毒感染者和患者接受医疗救治的权利，同时也要保障接触、救治艾滋病病毒感染者和患者的医务人员的人身安全。

2012年12月1日，第25个"世界艾滋病日"，正当杜丽群冒着绵绵细雨，在南宁友爱广场接受艾滋病咨询时，新华网《今日新闻》播出"消除歧视，我们在路上"——

主持人："12月1日是'世界艾滋病日'。不久前，中国江西一名艾滋病病毒感染者小齐一纸诉状，把拒绝录用他的进贤县教体局告上法庭，这是中国第四例艾滋病就业歧视公开维权案。此前，天津艾滋病人因屡遭拒诊，最终隐瞒病情才成功手术的事例也引发社会广泛关注。艾滋病，这个曾经让人避之不及的'世纪瘟疫'是否仍然令人恐慌？艾滋病人，这群一直生活在阳光下的'隐身人'，是否还在为生存的尊严和发展的权利挣扎？而在中国，接近50万的艾滋病病毒感染者和患者，又是如何生存的呢？一起来看今天的节目。"

（小标题）"在一起"

【字幕：电影《最爱》】

解说："2011年，著名导演顾长卫以艾滋病为主题的电影《最爱》在全国上映。这部电影除邀请到众多明星外，几名艾滋病患者也直接参与了影片的拍摄，他们的参演经历同时被顾长卫拍成另一部著名的艾滋病纪录片《在一起》。"

【字幕：纪录片《在一起》】

解说："纪录片《在一起》记录了艾滋病病毒感染者出演或参与电影拍摄的工作过程。其中，在影片中饰演濮存昕儿子的小朋友涛涛就来自山西省临汾市传染病医院。"

同期：红丝带学校学生涛涛："是在长治检查出来的。（零几年检查出来的？）2005年检查出来的。（检查出来以后，当地医院是怎么做的？）就直接来这里了。"

同期：山西省临汾市传染病医院红丝带学校老师刘倩："人家（医生）化验出他是这样的，人家就说，你回去吧，你不用治了，你花再多的钱也没有用。可能那些大夫对艾滋病常识不了解，给他们带来无知。"

解说："刘老师作为涛涛的生活老师，也参与了《最爱》剧组的工作。她除了是红丝带学校的老师，也公开承认自己是艾滋病患者。十多年前，由于手术中输血不慎，刘倩感染了艾滋病病毒，进入临汾市传染病医院接受治疗。住院期间，正赶上医院筹建红丝带课堂，教艾滋病患儿读书。病情好转后，刘倩主动留了下来，充当志愿者，这一干就是八年。包括涛涛在内，红丝带学校共收治了23名艾滋病患儿。"

（小标题）"不能说的秘密"

解说："从1985年中国发现首例艾滋病人至今已有近三十年时间。经历了传入、扩散和快速增长的过程。艾滋病对公众来说并不陌生，但种种关于艾滋病的误解和偏见仍然存在。"

同期：艾滋病病毒感染者"乌鸦"："我刚跟单位领导说的时候，领导就吓坏了嘛。我中午去跟他们说，他们（就说）下午你赶紧回家吧，别上班了。他们给我的感觉就是，他们非常害怕。"

同期：红丝带学校学生小英："我以前在前几排坐着呢，我进教室后老师把我排到最后面，让我一个人坐在那个位置上，好孤独呀。"

同期：山西省临汾市传染病医院院长郭小平："好多医院不愿意给艾滋病人做手术，因为他们毕竟是一个特殊群体，你做了手术后存在一大堆要消毒的东西。"

解说："目前，艾滋病人就医难问题已引起相关部门重视，各地也正在积极筹建艾滋病人的定点医院和科室，然而经费从何而来，人员怎么培养，这些问题依然摆在很多医院面前。对此，卫生部医政司医疗处副处长付文豪最新回应称，定点医院是当前条件不充足时期的过渡管理策略，最终将实现艾滋病病毒感染者在所有医疗机构都能享受安全有效的服务。付文豪说：'目前受技术水平、资源分布等因素限制，管理、监管难度大。随着社会公众认知水平、医疗技术的提升，医疗资源的丰富均衡，将适时做出调整。'"

（小标题）"我要我们在一起"

解说："然而更重要的是，在艰难维持生存的同时，艾滋病病毒感染者群体的发展权益如何维护。艾滋病更像一面镜子，它映射出我们社会文化中的不合理现状。消除歧视，科学应对，是全社会义不容辞的责任和使命。"

同期：首都医科大学附属北京佑安医院感染中心主治医师黄晓捷："我的朋友和我所有的亲戚、家人都知道我是干艾滋病（医生）的，是因为我觉得这个没有什么可以顾忌的，他们也不会认为我是艾滋病的医生，不愿意跟我吃饭。因为即使我跟艾滋病人一起吃饭、共用碗筷甚至是共喝一杯水都不会被感染上，那我觉得艾滋病的医生不是什么丢人的事儿，反而我觉得是一个非常光荣的事情。"

同期：南宁市第四人民医院艾滋病科护士长杜丽群："变化还是蛮大的，原来我们生小孩（艾滋病患儿），半夜送过去妇产科那里生完，天没亮就要送回来了，但是现在妇产科同样也接收这样的病人，他们也从头到尾护理好，然后给他们出院了。所以很多的观念都在改变，而且那种为病人服务的行为也改变了很多。

2012年11月30日，联合国秘书长潘基文发表致辞，敦促各会员国加紧努力，消除对艾滋病的轻蔑和歧视现象，让艾滋病病毒和艾滋病成为历史……

　　　　　　　　　　做南丁格尔这样的人

第六章

天使的眼泪

医者仁心

2009年2月，为缓解艾滋病科一病区病人急速增加、床位紧张的压力，四医院艾滋病科二病区应时而生。

艾滋病科一病区与二病区的区别是：一病区主要收治艾滋病合并内科疾病的病人；二病区主要收治艾滋病合并结核病（内科）及外科疾病的病人。一病区的病人较好管理，二病区的病人管理上存在一定的难度。

设在艾滋病科大楼四楼的艾滋病科二病区，艾滋病合并结核病人比外科病人还要多，占二病区病人数的2/3。艾滋病合并结核病有如下特点：病情较复杂，病程较长，疾病来得慢，去得也慢。这部分患者见自己所患的病，治来治去总也不见好，似乎还是老样子，心情郁闷，就找各种渠道宣泄。

艾滋病科二病区成立时，院领导和杜丽群征求艾滋病科一病区副护士长谢彩英的意见："我们想调你去二病区当护士长，你懂的，这个病区病员比较复杂，内科、外科病人掺杂在一起，尤其是艾滋病合并结核病患者最爱闹事，有时闹起来就没个完，你愿不愿去？"

谢彩英是个有进取心、肯挑重担的人，马上说："愿意。"

过后有人问谢彩英，艾滋病科二病区问题那么多，那么难搞，叫你去你就去？怎么这么傻？谢彩英是这样回答的："我在杜护长身边工作这么多年，杜护长有着南丁格尔那样的职业精神，她直面困难、专拣重担挑的工作态度，对我的影响很大，我要向她学习，为她分担，挑起艾滋病科二病区护士长这副担子。"

可是到了二病区，谢彩英才切实感受到这副担子的无比沉重。

来四医院时，她哪会想到自己要挑这么重的一副担子？

谢彩英是2007年5月到艾滋病科试用的，之前，她在南宁市第九人民医院工作。九医院地址设在宾阳县黎塘镇，医院很小，病人也是少得可怜，正因为医院不大，病人不多，工作起来一点儿也不感觉到累。到四医院艾滋病科试用后，工作强度大大增加，加上孩子小，住的地方离四医院又远，上下班要花一个多小时在路上，因此，报到的第三天她就病倒了，头痛、发烧、咽喉肿痛，但她还是咬牙坚持，没缺过一天勤。因表现不错，试用期满，她正式调入了四医院，从一名普通护士做起，一直做到艾滋病科一病区的副护士长。如前所述，艾滋病科二病区成立后，她又调到二病区担任护士长，担子可谓是越挑越重。

谢彩英说："二病区问题确实很多，就拿病人小潘来说，他嫌隔壁床的阿公睡觉打呼噜，要求调一个房间给他住。我跟他说，现在暂时没有空余的房间，请你等一等，有空房我再给你调。他不愿意等，指着我的鼻子大骂：'你态度这么差，我要写告状信，到上面去告你!'"

我问谢彩英:"闹事是不是像传染病一样,只要有一个人闹,一群人也跟着大闹天宫?"

她答:"对呀,见小潘闹,老余也跟着他闹。这老余有60多岁了,抗病毒药吃了有反应,他要闹;叫护士开空调,护士动作慢一点儿,他也闹。隔壁床的小孩打针怕痛,哭,他也模仿那个小孩,哇哇直哭。唉,他简直就是个刺儿头,扎得人难受。过去每天,我没有一天不专门抽出时间去解决他的问题。"

谢彩英还说,她见老余经常吃方便面,便苦口婆心地规劝他,方便面多吃是不好的,经常用方便面来代替主食,不添加其他肉类、蔬菜和水果,营养肯定是不够全面的。

可是老余并不领情,用谢彩英的话说,就是"热脸贴上了冷屁股"。对谢护长好心好意的一番劝说不但不感谢,反而骂出了声:"你们食堂的饭菜煮得这么难吃,我咽不下去,不吃方便面吃什么?"

说到此处谢彩英眼泪都快出来了:"当时我心里太难受了,真想甩手不干了,但想起杜护长经常跟我们说,这是患了严重疾病的一群人,身体上、心灵上都已经伤痕累累,已经不堪一击,所以对他们的行为要多迁就,多忍让,多体谅,要学会换位思考,想想如果你处在他们的境况,你会怎么样?可能还不如他们呢。这么一想,心里就没那么难受了。"

谢彩英还给我讲了这么几件事,当时许多病人都在做深静脉穿刺,她就动员老余说,你每天打吊瓶,反复进行浅静脉穿刺,

　　　　　　　　　　做南丁格尔这样的人

反复扎针，你难道不觉得痛苦？不如做深静脉穿刺吧，扎一针可以管好几个月，一劳永逸。你道老余怎么讲？你要我做深静脉穿刺是吧？好啊，好！你给我写一份保证书，保证100%安全，我就做。弄得谢彩英很是无奈。

一次，打针的地方肿起来一点儿，老余的倔脾气马上发作，他擅自越过半污染区，冲到了护士站，向着护士们大喊大叫："我要找院长、找律师、找媒体告状，告你们失职！"

谢彩英看在眼里，心里却在想着对策，她猛然想起杜护长曾经使用过的"软硬兼施法"，这招也许管用。于是便对老余说："老余，你找院长、找律师、找媒体可能有用，但他们离得那么远，等他们来到这里，你的病恐怕更严重了。都说'远水解不了近渴'，你想解决问题，我帮你还快一点儿。"老余觉得有道理，便不再咋咋呼呼了，一切听从谢彩英的处置。

谢彩英用一些小窍门，让老余肿起来的地方消了下去。

还有那个吸毒的艾滋病患者小方，因为隔壁床的阿公耳聋眼花，听不见也看不见，常常自说自话，而且说话大声大气，影响到小方休息，他便厉声斥责那个阿公。阿公听不见他在说什么，依然我行我素。小方认为阿公是故意在与自己作对，一时气极，甩手就扇了阿公两个嘴巴，以解心头之恨。

谢彩英到病房时，看见阿公嘴角流着血，便严厉批评小方道："你不能打人呀小方，打人犯法的你知不知道？"

小方说："我打他怎么了？我就是要打他，犯法也要打，谁让他吵我了？不是一天两天的事情了，每天都这样，打他还是轻的！"

小方不但不承认错误，还强词夺理，列出一大堆打人的理由，简直让谢彩英气得吐血。

还有病人小曲，在其他医院治病花了十几万，当查出 HIV 阳性转到四医院后，已囊中羞涩，没什么钱了，他便经常把下面这句话挂在嘴上："这病我不治了，爱怎样怎样，我就是不治了。"

一天，因一些鸡毛蒜皮的小事，他就心烦气躁，借题发挥，给谢彩英难堪。

事情是这样的：早上小曲说他感冒了，身上酸痛，鼻塞，流鼻涕，喉咙老是痒痒，咳个不停。谢彩英见了便跟他说，你要多穿衣服，多喝水，别让感冒越来越严重，影响治疗的效果。没想到他突然一把揪住谢彩英的衣领，恶狠狠地说："我感冒是你们护士造成的，昨天晚上护士擅自开空调，没有经过我的同意，风冷飕飕的，吹得我身上直起鸡皮疙瘩，所以就感冒了。"

谢彩英不慌不忙，向他解释道："我告诫过护士，开空调要征得病房每个病人的同意，才可以开。但这是在半夜呀，天气那么热，温度那么高，其他人一致要求开，你睡着了，不好叫醒你，征得你的同意呀。"

小曲指着谢彩英的鼻子骂道："你不理解病人，不关心病人的冷暖，你不配当护士长！"

谢彩英气得一扭头，跑开了。

想想这些年，自己为患者尽职尽责，不辞劳苦，却没想到被反咬一口，受到如此对待，她心里难受极了。她的泪点原本就低，被感动、受委屈，泪水都会哗哗地往外流，但作为护士长，又不能在病人面前流眼泪，在病人面前哭哭啼啼有损形象，只好躲到没人的地方，偷偷哭。

2012年2月，为了发挥道德模范的先锋引领作用，提高医务人员的道德意识和道德修养，四医院第一届"道德讲堂"正式开讲，其中一项内容，就是由谢彩英讲述她和杜丽群，和艾滋病科的护士姐妹护理艾滋病患者的经历，说起曾经受过的委屈，谢彩英数度落泪，泣不成声。

不过也不是所有患者都不讲道理。

艾滋病患者老许，就是因为讲信誉，为人忠厚老实，得到医护人员的一致夸奖。

老许曾在艾滋病科住院，后来出院了。此次到艾滋病科门诊取药，医生发现他贫血严重，建议他再次住院治疗。

入院后，老许对谢彩英说："谢护长，我能不能先把住院费交了，治疗费缓一缓再交？因为我身上的钱所剩不多，要留下一部分来吃饭。"

说实话，这让谢彩英十分为难，按照医院的规定，除非情况特殊，比如抢救急危重症患者，可以先治疗后交费，一般病人均要求先交费，后收治。医院虽说是事业单位，但国家投入有限，如果遇到病人恶意欠费，经济上同样难以承受。

"你口袋里到底还有多少钱？"

"300多块。"老许舔了舔他的那张厚嘴唇，"但请你放心谢护长，等到病情稍微好转，我马上就去建筑工地打工，一天能挣100多块呢，到时候钱不就有了？"

看着既可怜又坚强的艾滋病患者老许，谢彩英心软了，她特事特办，向医院打了份报告，说明老许情况特殊，能否让他先赊账，等他出院打工挣到钱了，再拿来医院交。

医院同意了。

几个月后老许出院了，他在外面拼命打工，攒够了治疗费，马上把钱交给了医院。

接过钱，谢彩英又唏嘘不已。她原打算这笔钱是要不回来的，科室和自己得填这个窟窿，没想到老许这么一个农民工，心地却如此善良，如此讲做人的诚信！

回家跟儿子说起此事，她又是泪水涟涟。

谢彩英有感而发，给院长吴锋耀写了封信——

尊敬的吴院长：

　　您好！

　　今天傍晚，下班后我和杜护长正在路上走着，碰到我的儿子，他老远就叫"妈妈"。当时我们正谈着科里的事，我就应付式地答应他："哦。"走得近了，儿子看我情绪不对头，就说："妈妈，你好像有什么事，很不开心哦！"我说："是啊，妈妈有事要谈，你先回家吧。"直至回到家，我才控制不住心里的难受，哭着跟儿子说起这些天发生在科里的心酸事。

　　说实话，这样的事不是第一次发生了，几乎每隔几天就会发生一次，因为在目前，艾滋病仍无法治愈，病人随时会死，因此每位病人心里都承受着巨大的压力。加上社会歧视、病情的反复无常，让他们感到孤独，失去希望，甚至绝望……

这些天，还在我科住院的患者小凤，已经好几回蹒跚地走到护士站，扑通跪下，哭着对我们说："我全身疼痛，已经受不了了……我不想活了，真的不想活了……请放弃治疗吧。"

还有小芳，出院回家后父母离她而去，朋友也疏远她。在她看来，父母不要她了，朋友不要她了，整个世界都抛弃她了，于是自行割脉，要了结年轻的生命……

昨天，一位患隐脑及巨细胞病毒（CMV）的26岁患者，她年迈的母亲哭着对我说："谢护长，我家已经没有钱了，请你告诉我，我的女儿还有救吗？如果有救，我就借钱救她；如果没有救，我就带女儿回家。她爸爸前些日子砍伐自家的树林，因为手续没有办齐，被公安局抓去了，我刚刚拿了一万多元去赎她的爸爸出来。现在家里已经一分钱都不剩了。可是看到她这个样子，我又怎么忍心呢……"

直到现在仍然让我无法平静的是，今天早上查房时，一位患者跟我说："谢护长，这次我本来不想住院的，因为钱还没攒够，可是门诊的陈护士说我贫血严重，一定要我住下来，我就住下来了。我目前确实没有什么钱，但谢护长你不要担心，我挣钱很容易的，一年可以挣四五万。"我问他："你是做什么的，去哪里挣那么多钱？"他说："我是建筑工人，一天挣100多块没问题。"我又说："你身体不好，出院后不要再干重体力活了，找点轻松的活儿来干吧。"他说："谢谢你哦谢护长，我干惯了，并且不是一直干着吗……"他平静地说着这一切，至今我都忘不了他那张苍白的脸，以及让人心酸的目光。他是恳求我的同情吗？是哀求我的怜悯吗？都不是。我握着他的手，忍着不让自己哭出来。

儿子听完拿手帮我擦眼泪，说："妈妈你不要哭，我明天就回学校，发动班里的同学捐款，捐多少是多少，得来的钱全部拿来给病人治病。"儿子的善良懂事让我欣慰，但力量太小了，我忽然有了一个想法，可不可以在我们医院建立一个"关艾基金会"，资金来源首先是本院的在职职工，从每人每月的工资里自愿捐出10~15元，医院的业务收入也适当支出一部分，同时建立基金管理委员会，确保这些钱用在最困难、最需要帮助的患者身上。即便这样还是不够，以后我们还可以向社会募捐，或者争取企业、名人和红十字会的资助。

爱永远不会落空，爱可以创造奇迹！

"四医人"，让我们为自己骄傲，为自己自豪吧！

谢谢院长聆听。

此致

敬礼！

谢彩英
2012年10月

2008年，南宁市第四人民医院还是一个波澜不兴，并无多大影响的医院。作为广西麻醉学会常委、广西疼痛学会常委、南宁市培养新世纪学术和技术带头人、广西医师协会麻醉学会副会长、南宁市第三人民医院副院长、主任医师的吴锋耀，通过应聘考试进入四医院，任四医院的院长。之前，也曾有人想来四医院当院长，但考虑到传染病医院难搞，不死也会脱层皮，结果放弃。从未接触过传染病的吴锋耀，到四医院当院长之后，并没有嫌弃、歧视传染病人，只要有时间，他都把班子成员带上，到病房看望病人。八月十五中秋节，重症患者回不了家，吴院长就和班子成员一起，提着一盒盒月饼来到病房，发给患者和患者家属。吴院长身材并不高大，脑子非常好用。人也善良，有时看电视，看见自己的员工给观众讲述他们是怎样冒着被感染的危险，千方百计都要把急危重症患者抢救过来，看到这里他会哽咽落泪。

吴院长不仅心地善良，也很开明，有句话他讲过不止一次："大家有批评意见、建设性意见、合理化建议，都可以跟我提。一个人的力量有限，集思广益，才能把医院搞好。"

谢彩英这封信虽然有点儿长，但情真意切，吴院长看了不止一遍。

看完信，吴院长马上给谢彩英打了个电话："谢彩英，你的建议我们会考虑的，谢谢你。"

几个月后，建议果真被采纳，"杜丽群爱心家园基金会"开始筹备。这基金会是专门为家庭困难的传染病患者和艾滋病患者提供资金援助的组织。将退休的原护理部主任许萱荷返聘回来，做基金会的筹备工作。

爱哭的谢彩英，此时忍不住又哭了。

谢彩英告诉我，目前广西有两所艾滋病定点医院，一所是柳州市龙潭医院，一所是南宁市第四人民医院。桂北的艾滋病病毒感染者和患者一般就近到龙潭医院治疗，桂南的艾滋病病毒感染者和患者到四医院治疗。甚至桂北一些艾滋病急危重症患者，限于龙潭医院的硬件条件没有四医院好，也舍近求远到四医院这边就诊。当然，也有担心暴露隐私，远赴北京或其他省市传染病医院治疗的。

"这么多艾滋病患者到我们医院求治，我们医院的责任更重了，艾滋病科的责任更重了。"谢彩英说。

怀孕护士的爱与痛

曾几何时，在中国人的语境里，很多事都被归类到"要解决的问题"，比如入党叫"解决组织问题"，就业叫"解决工作问题"，还有"解决思想问题""解决生活问题""解决福利待遇问题"，等等。恋爱结婚叫什么？叫"解决个人问题"。

2005年1月，高个儿的黄翠英"个人问题"马上就要解决了，她要结婚了。

那时候，黄翠英还是四医院内科一病区的一名护士，30岁，嫁的是解放军驻邕某部一名营级军官。大家为她高兴，都凑了份子钱，参加她的婚礼。

婚后不久便赶上艾滋病科招人，杜丽群游说黄翠英到艾滋病科工作。矮个儿的杜丽群仰起头问黄翠英："你愿不愿到艾滋病科来？这里正缺人。"

黄翠英说："愿意吧。"

这回答也太快速了，几乎没怎么认真考虑便脱口而出，令杜丽群十分惊讶："为什么愿意？为什么答应这么爽快？你给我说说。"

黄翠英嘿嘿一笑："有两个原因，第一个原因，我喜欢有挑战性的工作；第二个原因……"

在四医院，大家都说黄翠英的性格好，不计较，大大咧咧，心里有话藏不住，之前的表现也符合人们对她的评价，可现在说了一半却停下，不说了。

杜丽群着急："第二个原因是什么？你说嘛，快说啊。"

黄翠英有些不好意思，挠了半天头才说："杜护长让我说，我就说了啊，第二个原因是……是……我家经济条件不太好，到艾滋病科每月有270元的特殊补助。"

"原来是为这个啊，这有什么不好意思的。我再问你，你来艾滋病科，丈夫支不支持？"

"他一个当兵的，有担当，明事理，应该支持。"

"将来怀了孩子，怎么办？"

"注意一点儿，应该没事的。"黄翠英很乐观。

2006年5月，黄翠英怀孕了，是艾滋病科所有护士当中第一个怀孕的。有人觉得，近距离接触艾滋病患者，对胎儿肯定会有影响，怀孕期间万一出个什么事，那怎么办呀？那可是个大问题呀，纷纷劝她离开，换一个科室。作为护士长的杜丽群，心里也是十五个吊桶打水，七上八下，毕竟之前艾滋病科从来没有护士怀过孕，这里的环境到底对胎儿有没有影响，谁也说不准。

那天，杜丽群在院领导的面前抹开了眼泪："我们科有个护士怀孕了，医院不是有过规定吗？艾滋病科的医护人员如果怀孕，是有理由向医院提出申请，转到其他科室工作的，现在就给这个怀孕的护士转科吧，否则生下问题宝宝，我的责任就大了。"

院领导说："好，我们研究一下，看给她转到哪个科。"

可是转科这回事，黄翠英自己却不把它当作一件大事来考虑。她想了一下，转科？转到哪个科呢？内科？自己从内科出来，好马不吃回头草，肯定不回内科了。转到外科？那里要求护士身手麻利，自己一个孕妇，身子笨，如何麻利得起来？急诊科同样。肝科？肝科护理人员稳定，人手已经够了，想去也去不了。结核科？那个科实在是太忙了，跟艾滋病科差不多，既然差不多，何必要离开？毕竟艾滋病科的环境和业务自己已经很熟悉，换一个地方，要重新学习，重新适应，岂不麻烦？那么，去妇产科好不好？一个孕妇去妇产科，是去工作还是去住院？妇产科的孕妇要生孩子，自己也是大腹便便的孕妇，马上也要生了，不知谁照顾谁……

她把可能去的科室过了一遍，觉得哪里都不合适。既然不合适，那就老老实实，待在艾滋病科好了。

医院还有一项规定，艾滋病科的医生和护士，怀孕满7个月，就不安排值大夜班了，只上白天班。但规定是规定，患者这么多，医护人员又如此之少，这项规定只是作为一种摆设摆在那里，根本执行不了。因此，黄翠英虽然挺着个大肚子，行动迟缓，精力不够，时常犯困，照样要带实习生，上那难熬的大夜班。关键是，她本人也十分愿意上。

一个冬天的夜里，夜已深沉。

此时，病房里的病人大多已经熟睡。

实习护士小李见黄翠英不停打着哈欠，便催她休息："黄姐，你去睡会儿，快去吧，有事我叫醒你。"

黄翠英说："再等等，等把手里的工做完，再去睡。"

碰巧这天晚上入院病人特别多，黄翠英不放心，把病房挨个巡查了一遍。她发现问题了，一个刚入院的患者情绪很不稳定，虽然用被子把头蒙着，但嘤嘤的哭泣声还是从被子里传了出来。黄翠英轻轻推了推她，小声安慰说，既然得了这个病，就安心在这里治疗吧，听医生的，病情会好转的。说完倒了一杯温开水，掀开被子，扶她坐起来，看着她喝下。患者的情绪稳定了，不再哭了，她才把手放在腰上，挺着个大肚子，慢慢走回护士站。

当天空现出鱼肚白，上早班的护士陆续来了，看见护士站的灯光依然亮着，黄翠英披着丈夫的军大衣，靠在椅子上睡得正香，脸上露出婴儿般的微笑。

艾滋病科的二号"孕妈"，是护士黄金萍。

实话实说，当初杜丽群动员她来艾滋病科时，她是有顾虑的，她认为自己新婚宴尔，小日子过得和和美美，千万别出什么岔子，惹出事来。艾滋病科，那是一个险象丛生之地，她实在是不敢去，第一是怕传染，第二是怕在本院财务科工作的丈夫不同意。事实上，当她征求丈夫意见时，做丈夫的虽然嘴上说不拖妻子的后腿，心里却是一千个不乐意，一万个不乐意。

黄金萍是一名优秀的护士，杜丽群不想失去她，便到她的家里做工作，把有关艾滋病的知识给她详细讲解，给她的丈夫讲解。

有人会问了，在医院工作的人，难道还不具备这方面的知识吗？

那可不一定，都说"闻道有先后，术业有专攻"，作为结核科护士的黄金萍，还有作为医院财务人员的丈夫，对艾滋病这种隐蔽性极强、一般人极少接触的"死亡病症"，了解更是少之又少。经杜丽群一番解说，黄金萍夫妇这才明白，原来艾滋病并不是传说中那样握手会传染，接吻会传染，同桌吃饭、同在一个泳池游泳也会传染，其实艾滋病传播有它特殊的途径，一般接触是没有什么问题的。只要规范操作，护士护理时也不会有什么问题的。

顾虑解除。

"那我去吧，原来就是怕传染，现在知道只要自己多加留意，按规则办事，不是那么容易染上的。杜护长，我决定去艾滋病科了，跟着你干准没有错。"黄金萍郑重表态。

"想去就去吧。"她丈夫也表明了态度。

于是乎，黄金萍便来到了艾滋病科。

2007年2月，黄金萍有喜了。此时艾滋病科已有13名护士，人手比过去松动了，可以给"孕妈"适当的照顾了。

杜丽群说："小黄你怀孕了，再也不要做查房、输液和给病人抽血那些工了，在配药室摆摆输液瓶，就可以了。"

把一小箱空的输液瓶从地下搬到桌面上，黄金萍觉得一点儿也不重，杜丽群却说："怀孕的人不能搬重物，我是过来人，我知道的，你就不要动了，好好待在这里，我来帮你搬。"黄金萍怀孕7个月，杜丽群又特别照顾，把她调到艾滋病科门诊，让她做发药、咨询一类的轻松活。

想起杜护长对自己的关心和照顾，黄金萍总是眼眶湿润，借一次采访的机会，她说出了一直想说却没有机会说的话："杜护长，你在生活中关心我，在工作中照顾我，虽然你不是我的妈妈，却胜似我的妈妈。从今往后，即使吃再多的苦，受再多的累，我也不会离开你的，也要跟着你，在艾滋病科待下去。"

后来的黄金萍，已成长为艾滋病科门诊部的护士长。

同年10月，艾滋病科护士农术玉怀孕。

农术玉留着一头齐耳短发，声音有些低沉，模样长得像个男孩，尤其是紧抿着的嘴唇，显出一股男孩特有的倔强。

农术玉患有妇科病，一年只来一次例假，这事不算隐私，艾滋病科的姐妹们都知道。

长期受着这个病的困扰，加上干的是艾滋病护理工作，怕人家不理解，怕遭到别人的嫌弃，她一直不敢谈恋爱，也不奢望能够建立家庭，要孩子的事更是想都不敢想。

后来有个男孩相中她，追求她，让她又是欣喜，又满怀忧虑。

幸福来得如此突然，简直让人不敢相信，这是喜的一面；忧的是，若是她接受了，日后人家一旦知道事情真相，后悔怎么办？

可是，过了这个村没这个店，吃完这盘饺子就没了这个馅，机会不是时时都眷顾你的。

对此她心里很是纠结。

接受呢？还是不接受呢？她一时拿不定主意，便带着问题向"妈妈"杜丽群请教。

听说此事杜丽群心里简直乐开了花，小农的"个人问题"早该解决了。说句心里话，她什么都不怕，就怕自己的护士被人误解，被人歧视，找不到对象，误了终身大事。眼下竟然有如此好事找上门来，简直把她乐坏了。她大包大揽地跟农术玉说，这事不用你操心，我来帮你搞定。

事不宜迟。

杜丽群把那男孩叫来，发动了"攻心战术"："小帅哥，你真有眼力呀，居然看中了我们小农！这可是打起灯笼都难找的好姑娘呀，心地善良，性格开朗，思想进步，又有很强的责任心，今天找她做女朋友，明天就可以成就金玉良缘。"

小伙子听罢满心欢喜，大悦而去。

那边已经安抚妥当，而这边，农术玉仍然顾虑重重。她悄悄问杜丽群："杜护长，你看我这身体，生理上有这毛病，经期……结婚到底行不行？婚后能不能生孩子呀？"

"没事的，你正处在青春期，经期不正常应该是内分泌失调引起的，又不是什么大毛病。很多女孩子像你一样，结婚了，这些毛病自然就好了，请你相信我。"

农术玉的顾虑自此打消，大胆追求自己的幸福，与小伙子相恋之后，顺理成章地结合了。

婚前那男孩什么都不怕，就怕上医院，有病宁可自己到药店买药吃，死活不去医院看医生。婚后，也许是爱屋及乌，他不但不怕进医院，还爱上医院了。有段时间，他还响应杜护长的号召，乐颠颠地跑来艾滋病科，与科里的医护人员一道剪拼图、摆鲜花、贴温馨提示，让原来单调冰冷的办公室和病房焕然一新。医护人员在这里工作，心情好多了；病人也感到很温暖，有了宾至如归的感觉。

婚后第二年，农术玉又水到渠成地怀了孕。小两口高兴，家长高兴，杜丽群更是乐得合不拢嘴。

"我能有今天，全靠杜护长了，我万分感谢她。除此以外，我还要感谢我爸和我妈，没有他们，一切都无从谈起。"采访时农术玉这样跟我说。

我问农术玉："你是哪里人？"

农；"广西平果县。"

问："兄弟姊妹几个？"

农："没有兄弟姊妹，我是家里的独生女。"

问："那你为什么要选择当护士呀？"

农："主要是受我妈妈的影响，因为我妈妈也是一名护士。"

农术玉把刘海掖进护士帽："在我妈妈那个年代，护士可以当半个医生用呢，给病人打针，发药，搽红药水、蓝药水的同时，偶尔也会给病人看个病什么的。病人的病好了，他们就心怀感激，送些米呀、油呀、水果呀到家里来。看到护士如此受到人们的敬重，我觉得这个职业太光荣、太伟大了，所以我从小就立下志向，长大什么都不当，就当一名护士。"

我又问："爸妈同意吗？"

她答："反正我妈是死活不同意的。这个可以理解，俗话不是说'在哪行，怨哪行'么。也只有行业中人，才深深懂得个中的困苦和艰辛。我妈跟我说：'宝贝女儿，你千万别去当护士呀，这行太苦了，你从小娇生惯养的，吃不了那个苦。'我爸是个开明的人，心疼女儿，但不宠着女儿，觉得让女儿吃点儿苦也没什么大不了，相反还能锻炼人。就说：'女儿啊，如果你想当护士就去当吧，人有志向总比没有志向要好啊，爸爸我举双手赞成。'见我决心已定，我爸附和，我妈也就随了我。但不忘告诫一句：'以后你不要后悔哦。'"

"后悔了吗？当了护士，体会到这行的苦、这行的累了吗？"

听我这么一问，农术玉的眼泪"唰"一下就流了出来。她用袖子把眼泪使劲一擦，那个动作看上去很果断。

"既然选择了这一行，就不后悔。"

"来艾滋病科，对不对？"

"对了。'艾滋病科是个很好的平台，年轻人在这个平台上会有很大的发展空间。'这是艾滋病科开科动员时我们院的领导说过的话，我都记下了。"

事实正是如此，艾滋病科开科以来，在广西和首府南宁，所

做南丁格尔这样的人

有重大传染病预案的制定、艾滋病疫情的处置等等，四医院艾滋病科从未缺席。卫生部副部长王陇德、王国强和尹力，广西和南宁市各级领导郭声琨、彭清华、马飚、刘新文、李康、肖莺子、李国忠等，也多次到艾滋病科考察指导。习近平主席夫人、预防艾滋病形象大使彭丽媛也到四医院慰问，给一线的医护人员送温暖。

真个是"无缘不相逢，无巧不成书"，农术玉怀孕时，同科室的黄雪梅和吕小玲也几乎同时怀了孕。

同一个科室，同一时间出现三个"孕妈"，真是一道无比独特的风景。

虽是一道风景，却让杜丽群陷入郁闷和苦恼：病房24小时需要有人值班，早、中、晚三班轮值，这班到底怎么排？没办法的办法是：让这三名"孕妈"受点儿委屈，像没怀孕的护士一样，照常进病房；怀孕7个月时，也照样带实习生上大夜班，但要求同班的护士互爱互助，帮着点儿，多干点儿，别让怀宝宝的护士累着、伤着。

上过大夜班的人都知道，与白班的8个小时比，午夜到清晨那8小时，显得特别的长，好像永远也熬不到头。生物钟弄反了，一般人都扛不住，更别说像农术玉这样的"孕妈"了。何况每次上大夜班，农术玉都条件反射似的，妊娠反应比任何时候都强烈，越到后半夜越是头昏脑涨，反胃想吐，却什么也吐不出来。凌晨五六点，临到下班的时候，恰恰是最难受的时候。护士给患者空腹抽血、测血糖、量血压，也恰在此时。她想，无论多难受也不能影响工作，也要忍着。特别难受的时候她就跑趟卫生间，用冷水洗把脸，面部血管受到刺激，头脑便清醒了，不再晕乎乎的了。她朝实习生一挥手："走，拿上家伙，我们去病房。"

我问农术玉："为什么艾滋病科的护士即使怀孕也不转科、不愿离开？"她是这样回答的："我们的集体是个团结友爱的集体，每天早上，来接班的护士总是打早餐上来，给大夜班的姐妹吃。在这里工作，给你一种亲切感和归属感，要问原因，这是最主要的原因。"

而杜丽群又给农术玉怎样的评价呢？"小农最大的优点是坚强，身体不是太好，怀孩子后反应又特别大，但无论反应多大她都坚持进病房，为病人提供最优质的医疗护理服务。就我内心来讲，我很想多照顾一点儿她，但由于条件的限制，又没办法给她更多的照顾，只好吩咐同一个班的护士，多关照她点儿。可是她们告诉我说，她完全不'领情'，不把分内的事做得妥妥帖帖，她绝不罢手。因为工作积极肯干，她不但入了党，还在医院的星级护士评选中，多次被评为'服务之星'。像她这样的姑娘，能走到今天真的不容易，她的付出要比别人多很多。"

在艾滋病科，除了黄翠英、黄金萍、农术玉、黄雪梅和吕小玲，还有韦宝绵、韦荣誉、李思燕、宁丽娟、岑秀金、黄民珍、梁华萍、韦艳霞等护士，都曾扮演"孕妈"风景线里的角色。

第16个怀孕的护士朱凤梅，很有必要在这里说道说道。

新华网广西频道2013年5月10日播出《抗艾路上的白衣天使》，作者为新华社广西分社记者翁晔——

......

"在艾滋病科，我是第16个怀孕的护士。"朱凤梅笑着说。

这是记者第二次见到朱凤梅。

2012年12月第一次见到她时，她刚当上艾滋病科一病区副护士长。2006年大学毕业的她，2012年已是医院最年轻的副护士长。"这都得益于杜护长的照顾和培养。"她说。

这次见面，朱凤梅怀孕近3个月，身材娇小的她微微发胖，站在护士站里耐心给病人家属讲解各种注意事项，不时低头指导新入职的护士做值班记录。

"我调入艾滋病科两年后才跟家里透露是艾滋病专科。"朱凤梅说，刚转科时怕家人不理解，也怕他们担心，她隐瞒了真相。恋爱、结婚时，她花了不少功夫让当时的男朋友——后来的丈夫及其家人明白，只要操作规范，多加小心，在艾滋病科做护士与在其他科室没区别。

"怀孕后，虽然老公怕我辛苦，也怕我有职业风险，提过让我请假在家休息，但他知道我放不下科室病人。"朱凤梅说，她不是艾滋病科第一个怀孕生孩子的护士，现在大家的宝宝都健健康康。

......

杜丽群告诉我："这些年，艾滋病科的护士们一直与我同甘共苦，即便是怀孕，也没有一个人主动提出调离，始终坚守在艾滋病护理这个高危岗位，守护着急需守护的艾滋病患者，没有她们我撑不到现在。在这里我要对她们说声谢谢！谢谢你们！"

说这话时，杜丽群眼里分明有泪光在闪。

"职业暴露"猛如虎

何为"艾滋病病毒职业暴露"？

艾滋病病毒职业暴露，是指医护人员从事诊疗、护理等工作过程中，意外被艾滋病病毒感染者或艾滋病患者的血液、体液污染皮肤或黏膜，或者被含有艾滋病病毒的血液、体液污染的针头及其他锐器刺破皮肤，有可能被艾滋病病毒感染的情况。

在艾滋病科，第一个遭遇职业暴露的是护士黄翠英。

这天，是患者小李出院的日子，她要回家了。黄翠英说："小李，今天给你打完最后一针，你就可以回家了。"小李听后高兴得要命："哎哟喂，谢天谢地，我又闯过一次鬼门关。"

黄翠英觉得她的话有点儿多，有点儿"闹"，便说你不要太兴奋，安静一点，打完这针再高兴也不晚。"闹"是"闹"，可小李嘴巴蛮甜，蛮讨人喜欢，她说，我们亲爱的可爱的美丽的护士小姐，谢谢你啦。我又可以穿时装逛街看电影啦，哈哈，太美了！

黄翠英提醒她，你看你，高兴成这个样子，一听说出院就忘乎所以了。记住了，要遵守规定，回去以后要按时按量吃药，要定期回医院检查免疫力和病毒载量。还有啊，牙刷等这些可能接触血液的个人用品不要和家人一起共用，还要格外注意个人卫生，勤洗手、勤洗澡、勤换衣服。刷牙后要用盐水漱口，消毒口腔。还要保持良好的心态，不要一天到晚愁眉苦脸的，那样对病情恢复不利。

小李扮了个鬼脸，说是是是，还有吗？还有，要远离病原体，最好不要养猫、养狗和其他宠物。知道了，还有什么呀？有啊，一定要自尊自爱，不能放纵。

哎呀，我的脸都没地方放了，不要说啦，不要说啦！杜大姐昨天还反复叮咛我，今天你又说，我知道了！小李的脸一直红到了耳朵根。

黄翠英边往深静脉留置管推药，边和小李说话，没想到当她推完药，给深静脉留置管封管的时候，针管忽然爆开，管内液体一下就溅入了她的眼睛。

"啊！我的眼睛！我的眼睛！"她大叫一声冲向卫生间，开大了水龙头，对着眼睛一个劲地冲洗。边洗边哭。

杜丽群及时赶到。

这可是艾滋病科开科以来的第一例职业暴露，大家都在发愁，杜丽群也不例外，也不知道该如何处置。但她不断告诫自己，虽然心里害怕，但一定要保持冷静，也必须保持冷静，必须给黄翠英说点儿什么，做点儿什么，使她尽快冷静下来。

杜丽群紧紧抱着黄翠英："小黄，我在这里，你不要慌张，不要哭，我在这里呀。"

"怎么办啊？我的眼睛被溅到了，被溅到了！我会不会被感染啊？会不会啊？"

杜丽群安慰她说："你冷静点儿小黄，你是护士啊。再也不要哭了，哭了眼结膜充血，病毒更容易以这个为突破口，进到血管里面去。你听我说哦，留置针管虽然和病人的血管相连接，但我看了，针管里的液体并没有肉眼可见的血迹，所以呀，里面不一定带有艾滋病的病毒。再加上你用水及时冲洗，感染的概率更是小之又小。照我的看法，你连抗病毒药都不用吃，应该不会有事的。"

杜丽群的话果然应验，六个月的期限到了，黄翠英的血液检验并未发现异常。

黄翠英没事，阿宝却又出事了，危机事件再次向艾滋病科的护士袭来。

"天啊！我被带血针头扎到了，怎么办，怎么办啊！"被带血针头扎到的正是护士阿宝。

这是一年一度的除夕夜，是近年最寒冷的一个除夕的夜晚。

刚到艾滋病科工作不久的护士韦宝绵，大家都管她叫阿宝，这天穿了保暖内衣和毛衣，又在外面套了厚厚的棉大衣，还是冷得上下牙直打架。她用冻得僵硬的手，捧着医用托盘进病房，给一个新来的病人抽血化验。眼看工作将要完成，就在拔针的那一刻，也不知道是怎么一回事，那病人忽然哼了一声。她诧异地抬起头，正要向病人发问，说时迟那时快，没等她有所反应，针头已扎进了她的左手中指。

当时她并未感觉到痛，因此不知道自己已经被扎到，及至脱下手套，看见手上有血，痛感这才猛然袭来，让她全身发起了抖。她大惊失色——我被扎到了！我被扎到了！是被带血针头扎到的！她顿时感到头晕目眩，天旋地转，几乎都要晕死过去。

"我会不会被传染呀，我会不会变成艾滋病人，我会不会死掉？我还这么年轻，才21岁，我不想死，不想死啊！"她大声哭嚷。

后来她是怎样跌跌撞撞跑回护士站，又是怎样给杜护长打电话的，一概想不起来了。

正赶往江西镇与家人团聚的杜丽群，此时恰好走到半路，接报犹如一盆冷水从头浇下，一直冷到脚后跟。她不回家了，马上叫停班车，叫了辆的士，从几十公里外赶回四医院。

回到科里一看，阿宝受伤的手指已用大量清水冲洗，并且做了规范的职业暴露评估及血液本底检查等。

杜丽群详细询问阿宝受伤的情况，然后心疼地对阿宝说："阿宝啊，你会没事的，前段时间我们科的黄翠英，不也遭遇过职业暴露？经过及时处理不也没事了？现在最要紧是马上吃抗病毒药，超过两小时再吃，效果就没那么好了。"说完亲自拿了药，喂给阿宝吃。

阿宝服药后药物过敏，身上长满了皮疹，还伴有高烧、恶心、呕吐等症状，几乎与艾滋病的早期症状完全一样。

阿宝陷入绝望之境，她想，我是不是真的被感染了？热恋中的男友知道后会不会抛弃自己？规划中的婚姻还有没有希望？就算结婚有望，以后我还能不能生孩子？想到这里，阿宝的眼泪就像断线的珍珠，一串串地往下掉。她向杜丽群诉说着身上种种的不舒服："杜护长，我好难受，好难受哦，身上好痒，好恶心，吐了好几次了。我是不是被传染了？啊？是不是？"

"不哭，不哭了阿宝，眼睛都哭肿了，不美了。事情没有你想的这么严重，你放心。"杜丽群帮阿宝擦去眼泪，抚着她的背。

阿宝出事后，杜丽群叫人把护士值班室腾出来，给阿宝一个人住。又去菜市买来本地土鸡，熬汤给阿宝补充营养。阿宝跟杜丽群说，她身上又酸又痛，像是得了重感冒一样。杜丽群安慰说，不要紧的，这是抗病毒药的副作用，一般人服用抗病毒药也有这些反应的，没什么大碍，我帮你按摩按摩就好了。之后每隔几个小时，杜丽群就帮阿宝按摩一次，直到阿宝身上没那么酸、那么痛为止。

阿宝这才把最担心的事说了出来："杜护长，你不要隐瞒，不要骗我！我到底是不是已经被感染了？我还能不能结婚啊，我和男朋友约定了，今年国庆就要举办婚礼的，过段时间我们还准备去看婚纱……"

杜丽群搂着阿宝的肩膀说："你第一时间采取了措施，又吃了抗病毒药，主治医生说了，按常规你感染的可能性只有千分之一，甚至更小，你心理负担不要太重。"想了一会杜丽群又说，"你再坚持坚持，再坚持三个月哦。现在你已经度过三个月艾滋病感染的窗口期，六个月时，如果你的血液还是没有检出 HIV 阳性，就基本可以视为安全。我看你目前身体恢复不错，结婚不会有问题的。既然结婚没问题，生孩子就更不在话下了。"

杜丽群把鸡汤端过来："好了好了，喝点鸡汤，补补，这是我用砂锅炖的。"

阿宝充满感激地说："我懂了，谢谢你啊护士长，你真好。"

杜丽群笑了："不用谢我，谁让我们有缘分，在一个科室工作呢？放心吧，今年的婚礼一定能办成，到时候你可要请我们多喝几杯喝喜酒哦。"

杜丽群与艾滋病科的医生一道，密切关注着阿宝的每一个细小变化，还把科里的护士发动起来，轮流照顾阿宝，陪伴阿宝度过人生最绝望的时刻。

听杜护长说了这么多，阿宝这才放心了，才把受伤的事告诉男友。男友听后并未嫌弃，反而给她打气："你挨了就挨了，工作中免不了出这样那样的错，以后注意点儿就是了。杜护长是这方面的行家里手，知道的比我们多，我们就听她的吧。"

阿宝服药满一个月查过一次，3 个月查过一次，6 个月也查了，结果 HIV 检测全是阴性。

大家心里一块石头这才落地。

拿到检测结果，杜丽群把自己反锁在办公室，伏在桌上哭了很久。

后来我问阿宝："受伤后你为什么不找别人，第一个找的就是杜护长？"

阿宝说："既然你问了，那我就告诉你吧，因为我们都把黄绍标主任当爸爸，杜护长当妈妈。每天早上我们来上班，杜护长总是这样问：'大家吃过早餐没，没吃就赶紧去吃，千万不要饿着肚子做工哦。'午饭和晚饭也是，有人工作忙不过来，抽不出时间去吃饭，她就到小卖部买些面包啊方便面啊，回来给她们临时充饥。有时早晚温差比较大，她也不忘记叮嘱身边护士：'现在这个天啊，早上和晚上还是很凉的，别那么快换上短袖衣，千万不要着凉了。'她像妈妈一样关心我们，所以我们有什么事，也喜欢找她聊，向她讨主意，何况遇到这么大的一件事，不找杜护长找谁？"

职业暴露不仅缠上护士，艾滋病科门诊部主任刘燕芬，2004年到北京佑安医院做艾滋病防治培训，也与职业暴露不期而遇。

那是一个艾滋病合并隐球菌脑膜炎患者，从广西来的，已在佑安医院住院半年了，那段时间由刘燕芬给他做腰椎穿刺、放脑积液、降颅压，1~2天做一次。腰穿做得多了，穿刺部位便结了一层痂，硬硬的，增加了穿刺的难度。一次穿刺，探针的时候针一滑，一下就刺中了刘燕芬左手的无名指。虽然隔着两层手套，但皮肤还是破了。冬至之前，北京的天空纷纷扬扬，下起了鹅毛大雪，那时刘燕芬还给南宁的家里挂电话，说这边虽然冷，但自己还算好，什么事也没有。谁知不久就出了事。

刘燕芬被扎到后，佑安医院的医护人员第一时间来到她的身边，安慰她，拿进口的双汰芝合剂给她吃。这种药副作用大，伤肝伤肾，对胃部的刺激特别大，吃它就吃不下饭。刘燕芬哭了。哭归哭，但她还是没把此事告诉父母。当情况稍微好转，她再次给那病人做腰穿时，积液又溅入了她的眼睛。这次她彻底崩溃了，在佑安医院的张彤主任面前，她掉下了眼泪："我不干了，我想回家，我想现在就回南宁。"

得知情况后，远在南宁的黄绍标主任打来电话说，继续吃药吧，前一次职业暴露你第一时间服了抗病毒药，已经没事；后面那次我看风险也不大，所以你不要心理负担过重。如果你实在想回来，那就回来吧，家里正好也需要人手。

即便艾滋病科每有新的医护人员入职，黄绍标和杜丽群都给他们上最重要的一课——如何积极防范，防止职业暴露发生；即便在日常的治疗和护理工作中，主任和护士长一再强调"职业暴露是艾滋病护理的高压线，碰什么都别碰它"；但人终归是人，不是机器，是水手就要面对江河湖海，常在河边走，哪能不湿鞋？艾滋病科的医护人员天天与艾滋病患者接触，职业暴露还是时有发生。

面对接二连三的职业暴露，护士们这才意识到，在其他病房平常得不能再平常的扎针拔针，在这里却很不平常，稍有不慎被扎到，就有职业暴露的危险。

加强职业暴露风险防范，已经到了刻不容缓的地步！

每天必不可少的晨会，黄绍标主任和杜丽群护士长都千叮万嘱，叮嘱医护人员进行技术操作时，一定要小心、小心、再小心，再不要发生职业暴露这样的事了。

不让职业暴露再度发生，不是说说就可以的，而要从细微处入手。那么，杜丽群是怎样给护士们讲解的呢？

　　"把塑料包装袋里的针管拿出来的时候，针头必须朝下，不能朝上。拿出来以后，用右手的大拇指和食指捏住针头，先给它旋转一圈，才慢慢扎进病人的静脉血管。拔针时千万不要大意，一定要固定好你的手，以防病人不经意的一个动作，让针扎到你。针打完了，用过的针头必须及时处置，千万不要乱扔，免得污染环境。大家听清楚没有？"

　　护士们齐声回答："听清楚了。"

　　那天在主任办公室，黄绍标跟我说："阿宝职业暴露发生后，杜丽群便找到我，说可不可以向院领导提个建议，给科里的医护人员作定期的体检，让他们知道自己的身体状况和健康情况。体检采取不记名方式进行，编号也不公开，只由她一个人掌握。这样，医护人员的隐私便可以得到最大程度的保护。"

　　"医院同意了吗？"

　　"同意了，如今体检还在继续，已成为专门针对艾滋病科医护人员的一项福利。"

　　更大的福利由市委市政府制定。

　　南宁市卫生局副局长、市防治艾滋病办公室常务副主任杨晓钊说："从2005年到2008年，南宁市第四人民医院艾滋病科职业暴露时有发生，看到姐妹们的生命受到病毒威胁，杜丽群多次向上级提建议，并撰写汇报材料，希望建立一个职业保障工作机制，解除医护人员的后顾之忧。她的诉求代表了广大医护工作者的心

　　　　　　　　　　　　　　　　　做南丁格尔这样的人

声，得到了市领导的高度重视。2010年，南宁市在全国率先建立了每年50万元的职业暴露基金，对国家工作人员、企事业单位工作人员及社会各团体人员，在艾滋病防治工作中造成职业暴露的，给予适当的补助。"

这项基金的建立，对于长期从事艾滋病防治的人来说，是旱地里下了一场及时雨，小苗挂满了露水珠。

高高举起的带血针头

一天，艾滋病科的护士站忽然冲进一个狂徒，手里拿着带血的针头，冲着护士大声喊叫："马上给我做深静脉穿刺，往里面注射100毫升生理盐水，敢不做，我就用带血针头扎人了！"

他的老婆紧随其后。

他老婆对医护人员说，她老公姓王，吸毒成瘾，曾经在艾滋病科住过院，后来出院了。来这里住院的人多，你们不一定记得他，他可是记得你们。今天他毒瘾发作了，到这里找你们的目的，是让你们给他做深静脉穿刺，好往里面注射毒品。你们千万不要给他做啊。

那狂徒转而骂起了他的老婆："贱货，你胳膊肘往外面拐，不配做我的老婆，快滚回去！再不滚，看我不拿针头先扎死你！"

真是太可怕了。这种情况之前谁碰到过？没有。护士站里，如热汤浇了蚂蚁穴，乱作一团。所有人都吓得慌不择路，四处逃窜。

叫喊声、东西掉到地上的声音、慌乱的脚步声，充斥了整个楼道。办公室、楼梯间、卫生间，到处都是躲着藏着，大气不敢出的医护人员，场面十分尴尬狼狈。趋福避祸、趋利避害是动物的本能，人这种高级动物也不例外。说真的，杜丽群当时也很怕，她拔腿便跑，直到躲进卫生间，插上门，才哆哆嗦嗦掏出手机，打110报警。

报警后她才回过神来，不对呀，碰到这种情况，大家慌张情有可原，我不能慌呀，我都慌了，还算什么护士长？病人谁来管？不行，我得回去。

她拉开门，正要冲出卫生间，被同事一把拽住："你报警了，尽到义务了，其他的不归你管。这种突发事件我们没有能力处置，让警察来处置吧。"

"不行，我是护士长，我有责任。"

"病人已经丧失理智，万一狗急跳墙，扎你一针怎么办？"

"我有办法对付，让我回去。"

杜丽群挣脱了同事的拉拽。

她回到了护士站。

见杜丽群回来，患者似乎看到了希望，口气软了下来："杜大姐，我记得你。你回来就好，回来就好，快给我打针吧。"

杜丽群说："可惜我不是麻醉师，不会打呀。你等一下，我去喊麻醉师。"

患者复又举起带血的针头，向杜丽群示威："我等不了，等不了了，再不注射，我就会死，不注射，信不信我拿带血针头扎你？"

说着就要拿针扎杜丽群，被他老婆拉住了。

那时那刻，杜丽群委屈得只想哭。怎会不难受呢？她曾经为这个病人操心费神，不感谢就罢了，还要拿带血针头扎自己，差点让自己从艾滋病科的医护人员，变成艾滋病患者。她后悔极了，早知道要吃这么多苦，遭这么大的罪，当初说什么也不来艾滋病科。这样想着，眼泪止不住就掉了下来。

等她擦干眼泪，想法也随之改变。这也不能全怪病人啊，尤其是吸毒染上艾滋病的人，毒瘾发作时，他们全身关节都钻心地疼痛，有时还口吐白沫，抽搐，严重的窒息休克甚至死亡。他们生理上、心理上所承受的痛苦，正常人是无法体会的。前一阵，不是有个"瘾君子"患者毒瘾发作，把自己反锁在卫生间，往深静脉留置管注射毒品，倒在卫生间不省人事的恶性事件发生吗？可见不是受着难以忍受的折磨，没人去做这种事。作为医护人员，尤其作为一名护士长，更要设身处地，多为病人着想，关心他们的冷暖，解决他们现实存在的问题。

她睁大一双泪眼，定定看着病人说："把针头放下来吧，只要你放下针头，我就帮你做深静脉穿刺，不放下针头，我怎么帮你呀？不过帮是帮，也仅限于这一次，以后如果你毒瘾发作，我还是建议你去红十字会医院领美沙酮来吃，这是合法途径。"

高高举起的针头，终于放下了。

后来这位患者听从杜丽群的劝告，再也没来闹过事。

这件事对杜丽群影响很大，她想了很多，甚至想换一份工作，离开艾滋病科。有一天，她向院护理部主任韦彩云吐露心声："我受不了了，不想干了，真不想干了。"

"为什么？"

"压力太大。"

在卫校，韦彩云是她的好同学、好姐妹，而现在，韦彩云是她的顶头上司、直接领导。来四医院之前韦彩云心里有抵触，觉得四医院是传染病医院，在这里工作会被人瞧不起，不想来。杜丽群便好言相劝："哪份工不要有人做？如果我们挑三拣四，就白读几年卫校了，就违背南丁格尔誓言了。"韦彩云被她说动了，想通了，和她一块儿来到了四医院。如今杜丽群有烦心事，轮到韦彩云安慰她了："我知道你很辛苦，身子累，心更累。这样吧，你休息几天，在家好好调养，我帮你照看病房。"杜丽群说："好吧，那我休息了啊。"但她只休息了一天，缓过劲来，又带着她的"招牌式笑容"，出现在了艾滋病房。

那天在杜丽群家，农建华也在，我问起此事，杜丽群的态度已有所转变，目标也已相当明确："都说我们是天使，其实我们是战士，我们工作的地方就是战场，是没有硝烟的战场，它的冷酷和血腥，使我一度想过要退缩，再也不在艾滋病科干了，但我最终还是留了下来。我跟自己说，这份工这么重要，却没有人愿意做，所以我要坚持，无论多难都要咬紧牙关，坚持到底。就算患者的谩骂和威胁，病人家属的刁难和不理解，还有那一条条鲜活的生命在眼前突然逝去，让我感到心寒，让我感到心情无比沉重，也还是要坚持，直到我干不动为止。"

问："之前的负面情绪，积累多了总要消化呀，你怎么消化呢？"

杜："把它带回家，向家人发泄呗。"

问："怎么个发泄法？"

杜："有时回到家里，我会无缘无故向老农发火，唠唠叨叨，说他这也不好那也不好。有时又整天不和他说一句话，让他认为我在使用'冷暴力'。但他还是理解我，宽容我，体谅我。有时见我一个人躲在房间里面哭，知道我心里委屈，就会轻轻推门进来，递张纸巾给我，叫我不要哭坏了身子。我心情最差的时候，甚至要他陪我去看心理医生。"

听到这里农建华抢过了话头："委屈谁没有呢，我也同样。我和她是1987年结的婚，婚后那两年，因为两个人的单位离得比较远，我们是分开住的，每个星期团聚一次，是名副其实的'周末夫妻'。后来我搬到了四医院，住进眼前这间80多平方米的房子。严格说，我是'嫁'到这边来的。那时候，她上下班还算正常，待在家里的时间也比较多，家务事基本也是她来做，买菜啦做饭啦洗衣服啦，基本上都是她。可是自从到了艾滋病科，她花在病人身上的时间就多了去了，就把这个家一股脑儿扔给我了，大事小事全让我给承包了。我在城区教育局上班,招生的时候我也是一天忙到晚,平均几分钟就要接一个电话。上班忙得团团转,屁股都要冒出烟来;下班又像打冲锋,冲去菜市买菜。到家的时候天基本都黑了,已经是晚上7点多了,衣服来不及换,马上开始淘米做饭,洗菜炒菜。咱家有个习惯,人不齐不开饭。有时我做好饭菜,左等右等,等到晚上八九点还不见她的人影。男人嘛,总是有点儿脾气的,我实在忍不住了,就往艾滋病科打电话,催她回来。她在那边不是说又有病人住院了,就说正在住院的病人病情加重,急需护理,反正就是手头事多,一时半会儿脱不开身,让我们先吃。有时候人倒是回来了,刚端起碗拿起筷,电话一响,不管三七二十一,拔腿又往科里跑。面对这么个人,你说我能没有怨言?我能不抱怨?我肯定抱怨几句,她觉得愧对家里,也不反驳。都说夫妻没有隔夜仇,抱怨归抱怨,第二天我就原谅她了。毕竟她是护士长,要负起护士长的责任来,不能因为家务事,耽误科里的事。

"是啊,"杜丽群说,"如果没有老农的理解和体谅,没有他在背后默默支持我,就没有我在艾滋病科这么多年的坚守,也没有今天取得的这些成绩,所以'军功章'里有我的一半,也有他的一半。"

做南丁格尔这样的人

患者的刀，架上医生脖子

那是一个炎热周末的上午，连续多日的高温闷热天气，孕育了一场疾风暴雨。雷电交加，大雨伴随着大风倾盆而下，天都黑了，白昼仿如黑夜。

在四医院艾滋病科病房，另一场惊心动魄的疾风暴雨也突然袭来……

小龙一双眼睛血红，鼻子里喷出腾腾杀气："妈的，你们医生就是这样救死扶伤的吗？就是这样对待病人的吗？不让老子活了是不是？"

被骂的何医生，是个年轻的女医生，此时一脸惊恐，怔怔地望着小龙，不知如何是好。半天才挤出一句话："小龙，你这是第二次住进医院了，情况比上次重了，更不好治了。你不要这么急躁，急躁对治疗没有一点儿好处。"

小龙："我都要死了，能不急躁吗？看我这么难受你们高兴了？幸灾乐祸了？奶奶的！"

何医生："生病难免痛苦难受，当初如果好好生活，就不会这么痛苦难受了。"

小龙："找死是不是啊？我最怕揭的伤疤你居然敢揭开，今天你不给我说清楚，我跟你没完！反正我早晚是个死，你也要死！"

何医生："请你冷静一点，你还在输液。"

小龙："输什么鬼液！滚开！反正都要死人啦！还打什么鬼针！给我滚开！"

说着他忽然从床上一跃而下，从床头柜抽出一把一尺多长的尖刀，向何医生冲过去。何医生躲闪不及，瞬时间，这把刀就架上了她的脖子。

小龙歇斯底里的叫骂声，震得病房嗡嗡作响。他的动作太猛了，输液管被他扯得一阵乱晃，眼看就要和静脉血管分离，但是他不管，依然破口大骂："想找死？想找死就说！你说啊！说啊！哑巴了？"

何医生想哭不敢哭，想喊不敢喊，浑身筛糠似的直发抖，大口喘着粗气，人几乎都要崩溃了。

一旁的护士黄翠英，脑子像灌进了糨糊，愣了好一阵才回过神来，慌忙跑出门外，打电话求援。

第一个电话，她就打给了杜护长。她知道，紧要关头，杜护长会有办法的。

"杜护长，快……快来呀！小龙用刀架着何医生脖子，要杀人呢，快来……"黄翠英哭喊道。

正在家里休息的杜丽群，此时什么也不顾了，简短指示黄翠英"多跟小龙说话，和他周旋，我马上到"，说完拔腿就往艾滋病科跑。

杜丽群边跑边想，小龙不就是那个"二进宫"的愣小子吗？这小子整天阴着一张脸，像谁借了他的米还给他糠，看着都让人瘆得慌。

是的，就是这个人。此次住院，小龙服了抗病毒药口腔开始溃烂，张嘴都困难，更别说吃东西了。什么也吃不下，营养靠什么维持？只能靠输液了。分管小龙的何医生，年资较低，没有多少安抚病人的经验，但对小龙的治疗还是上心的，也按病情需要用了不少药，可就是不见什么效果。之前她也把真实情况给小龙说过："口腔溃烂是药物过敏所致，只要吃药就可能出现这种情况，作为医生我也没有什么办法。过一段时间再看吧，情况应该会好转的，你不用太担心。"

可是小龙并不这么想，认为是医生诊治不力才出现这种状况。他嘴上不说，暗地里却给何医生记着账。这些账就像火药库里堆放的炸药，随时可能引爆，就差一根导火索了。

遗憾的是，这些暗藏杀机的隐患，何医生甚至是杜丽群，都毫不知情。

每次看见何医生，小龙的眼神总是怪怪的，脸色也很难看，一阵黄一阵白一阵青。

小龙对何医生的怨恨一天天累积，蓄势待发。

这天何医生进病房，问正在输液的小龙："你的情况怎么样？嘴巴好点儿没？还痛不痛？"

小龙正没好气，听见问便两眼一翻，嘴巴张得老大，用手比画着对何医生说："你看看，看看吧，别说好了，还一天比一天严重，你这个医生到底会不会治病啊？不会就不要在这里耽误事，回家睡觉去！"

何医生过后承认，当时她错就错在说了句不该说的话："你这个人真是怪了，这病又不是一般的病，哪里好得这么快？医生又不是神仙！"

这话就像点燃了炸药的引线，就像往燃烧的干柴堆里泼了一桶汽油，小龙的肺"嘭"一下就炸了，于是便出现了之前骇人听闻的那一幕。

杜丽群赶来了。

院领导赶来了。

科里的其他医生、护士赶来了。

警察接到报案亦火速赶到。

现场气氛异常凝重。

"请大家镇定，不要大声呼叫，刺激病人的神经；医生护士随时做好抢救准备；警察已经有预案，万一病人失去理智，会果断采取紧急措施，大家各就各位。"吴锋耀院长果断下达了命令。

众人围在病房外面，没有一个人进去。不进去是对的，如果贸然闯入，小龙被激怒了，狗急跳墙，做出伤害何医生的事，那就坏了。

病房里，小龙精神失常，嘶声叫喊，手里的刀不但没放下，还低下头，用嘴把输液针头咬下来，让血管里的血汩汩地直往外涌。

做南丁格尔这样的人

人们失声叫了起来。

这真是一个万分恐怖的场景。更可怕的事情眼看就要发生。

按理说，这时最应该进去的是警察，毕竟他们学过擒拿格斗，穷凶极恶的悍匪都不在话下，更何况是身患重病、身体虚弱的病人？可问题在于眼前这个手持利刃、嗷嗷叫着要杀死医生的不是悍匪，而是情绪失控、处于癫狂状态的艾滋病患者！

悍匪可怕还是艾滋病患者可怕？当然是艾滋病患者可怕，就算他不杀你，用带血的针头扎你一下，或者狠狠咬你一口，也很可能让你染上可怕的艾滋病毒。

也许这不仅仅是警察的想法，也是很多人的想法。警察没有进去，这是可以理解的，因为他们所有的学习和训练，只是为了制服歹徒。即便是警官学校毕业的高才生，也不知道采用何种手段去对付丧失理智的艾滋病人，况且刀下还有一位年轻的女医生。即便是从警几十年的老警察，也从未遇到过这么狗血的案子。

最佳方案，应该由院方劝阻这个狂躁不安的艾滋病患者，让他放下手里的屠刀。

其实当时杜丽群也和大家一样，心里也紧张，也害怕，但护士长的职责使她很快冷静下来：当危机事件在眼前发生，护士长应该置自身安危于不顾，勇敢站出来，利用自己在患者和患者家属心目中的威信和地位，了解纠纷发生的起因和过程，并且拿出解决纠纷的方案，果断解决，以防事态往更坏的方向发展。

冷静下来的杜丽群，以最快速度换上护士服，一颗颗系好护士服的纽扣，戴好燕尾帽，拿起急救包，往病房走去。

此时，小龙依然声嘶力竭地叫喊着："以为叫警察来我就怕你们了？告诉你们，老子不怕！"

杜丽群继续往病房走，经过吴院长身边时，被院长一把拉住。

吴院长看看面目狰狞的小龙，又看看杜丽群，然后压低声音说："阿杜，即使病人对你熟悉，你也要小心，一切以安全为重，见机行事，尽量分散他的注意力，尽量劝他放下手里的凶器，记住了？"

杜丽群用力一点头："小龙的性格我清楚，院长放心。"

她迈着稳健的步子走了进去。

这小龙，可谓有"故事"之人，也是有"事故"之人。

平时，小龙见杜丽群总是态度和蔼，脸上带着友善的笑，静静地听病人讲那些或者不堪回首或者值得夸耀的过去，感觉这个人是可以信赖的。一次闲聊，就跟杜丽群讲起了自己的身世：

"杜大姐，这么多医护人员我最相信的就是你，跟你讲讲我的事吧。我做红木生意多年，是在越南那边做的。我不是亿万富翁，也差不多是了。却没料到做生意也有生命危险，一次因为经济纠纷，我让越南黑帮给抓走了，关进了一个又黑又臭的水牢。你想啊，那地方是那么好待的吗？我在水牢泡了一天一夜，泡得浑身上下像发面，所幸脑子还没有进水，我想此次必死无疑了。如果我死在水牢里，除了黑帮的人，也没有别人知道我是谁，不知道我从哪里来，到哪里去，这怎么行呢？就算是死，也要让人家知道我是中国人呀。于是，我就从内衣的口袋掏出一支钢笔，忍着剧痛，在手臂上刺了一行英文字：China（中国）。"

　　　　　　　　　　　　　　做南丁格尔这样的人

这时他挽起了袖子："杜大姐你看，这就是我刺的字，看见没有？"

后来他是怎样逃出来的，又是怎样染上艾滋病的，他双唇紧闭，再不透露半句。

现在回过头去想，小龙眼前的绝望悲观，是不是与他那段"另类"的身世有关？与他患病后身体的痛苦折磨、朋友和家人甚至整个社会对他的冷眉冷眼有关？

降服这类病人，杜丽群心里是有底的。

她径直向小龙走去。

小龙冷笑道："哈哈，来了，来了就好！不说我要死，你们都不理我！现在来了，进来啊！我让你们看看我是怎么死的，医生是怎么死的！"

杜丽群柔声说："小龙你不要冲动，不要冲动，大姐来了。你看你，又流血了，我先帮你止血，有什么委屈一会儿再给大姐说！"

或许被自己身体涌出来的血吓着了，小龙感到头晕，感到害怕；或许见到了可信赖的杜大姐，觉得很不好意思；或许他不是真的想杀何医生，只是教训教训她，现在杜大姐来了，可以借这个台阶下……总之，小龙的喊声渐渐小了，脸白得像纸，拿刀的手也从微微发抖，到剧烈颤抖。

他做出一副哭相，对杜丽群说："杜大姐，何医生真的不行，她太年轻了，她能有什么治病的经验？你们为什么不给我换个医生？我敢说，她治不好我的病。而且态度也很不好，尽说一些刺激人的话，否则我怎么会这样对她？"

杜丽群说："小龙，就算何医生怎么不好，你也不应该做出这种事啊，知不知道，你动了刀子，性质就不同了，就严重了，就不是医生和患者的矛盾了，就上升为敌我矛盾了。要是真的伤了人，就是故意伤害罪，这法律责任你是要负的，你的下半辈子就要在监狱里度过了。来，先把刀放下，我来帮你处理伤口，要不然感染了，后果你自己想。啧啧，看这血……"

话音未落，小龙手里的刀"当"的一声落地。

何医生得救了！

她冲出病房，冲进医生办公室，这才放开喉咙，大声哭了起来。

办公室外也是哭声一片。

再说病房这边，杜丽群边给小龙止血边跟他说："你的话我是不同意的，你刚才说什么？何医生年轻，她肯定治不好你的病？现在我要批评你了，医院不可能全是老医生吧，年轻医生也要有啊，不然怎么进行新老交替？如果何医生说话刺激到了你，那她的态度是有问题的。但你也有不对的地方，有什么事，完全可以找主任反映，不找主任找我也行啊，不能动不动就把刀亮出来。现在你看，事情闹得这么大，连公安都给你惊动了，你说怎么收场吧。"

小龙住院的时间也不算短，照他说的在四医院从来就没有服过谁，只服杜大姐。杜大姐说得有道理，这个他也知道，心里也服气，可是嘴上还是有点儿犟："何医生的态度确实很差，还说'医生又不是神仙'这样的话，不给她点儿颜色瞧瞧，不让她知道我的厉害，以后还会这样。"

　　　　　　　　　　　　　做南丁格尔这样的人

见小龙依然不认错，杜丽群拿出了护士长的威严，正色道："小龙，不是我说你，你真是聪明一世糊涂一时，竟然做出这么蠢的事情来。你想想，这么做对你有什么好处？充其量发泄一下怨气罢了。如果因为今天这件事，医生护士全都撒手不干了，没有了医护人员，其他病人没人医治，没人护理；你本人也没人给你医治、给你护理。其他病人好不了，你也好不了，这样岂不是害了别人，又害了自己？再犟嘴，再不改掉冲动的毛病，我就不管你啦。"

小龙这才垂下眼睛，不好意思地说："对不起呀，杜大姐，你说得对，但有时候我就是没办法控制自己，管不住自己，以后你还是要多看着我，多帮助我才行啊。"

"这就对了，不是有句老话'君子动口不动手'嘛，有什么好好说，再也不要做这种傻事了啊。"

第二天科里召开专门会议，杜丽群首先发言："小龙闹事是因为过去他有钱，亲戚朋友都众星捧月，走到哪里都以他为中心。现在没什么钱了，被他败光了，加上得了这种病，家人抛弃他，对他不闻不问；朋友也是树倒猢狲散，跑得一个也不剩；走在路上，人们也是对他指指点点。俗话说树活一层皮，人活一张脸，现在他的脸在哪里呢？他的脸没有了，没人关注他了，才用挑起事端的方式，引起人们对他的关注。大家知道的，其实还不只是他，很多艾滋病患者都是这样，都有和他类似的经历。所以他的难处，我们应当理解。"

黄绍标主任也强调说："我们医护人员，尤其是新来的医护人员，和病人沟通的时候尤其要注意自己说话的语气，话里不要带一些敏感的字眼，不要评论病人的行为。遇到病人发脾气的时候，能忍就忍，不要和他们争辩，不要和他们发生正面冲突，过后想办法解决，这才是我们应该做的。"

何医生也在会上做了深刻的检讨："我昨晚想了整整一个晚上，觉得这件事真的是我错了，病人心理本来就很脆弱，轻易触碰不得，我千不该万不该，不该说那些话来刺激他，往他的伤口上撒盐，让他再受一次痛苦。以后我要改，遇到这样的情况，我会耐心听取病人的意见，病人想说的话说出来了，心情舒畅了，才会配合医生的治疗。"

第七章

是患者，也是志愿者

敢上电视的小马

这位帅哥叫小马，是在深圳打工的时候，为冲业绩陪客户吸毒，与客户发生性关系，染上的艾滋病。拿到确诊结果他懵掉了，觉得玛雅人预言的世界末日马上就要到了。

从那天开始，与其说是他主动断绝了与朋友们的联系，莫如说是朋友们知道他得了艾滋病，唯恐避之不及，避瘟神一样避开了他。现实如此残酷，心境如此凄凉，他像幽灵般四处游荡，丧家犬般流浪在大街小巷。

不知不觉，他来到了邕江边。

这时有个声音对他说，跳下去吧，只有这样才能洗净身上的污垢，还你清白之身。而另一个声音又在他的耳边响起，不能跳啊，你真的不能跳，你还这么年轻，父母还等着你去养老送终，如果你死了，他们也会伤心死的，白发人送黑发人，是何等的苦痛残忍。

那段时间他的心里充满了自责，充满了矛盾，充满了悔恨，他恨自己一时糊涂做了错事，恨把艾滋病传给他的人（虽然不知道那个人是谁），恨歧视、遗弃他的朋友，甚至把整个世界都恨透了。他情绪低落，什么事都不想做。他辞去工作，回到了广西农村的家。

后来他高烧持续不退，体重下降20多斤，直至陷入昏迷，家人才把他送到了南宁市的一家医院。这家医院又叫120的救护车，把他送到了四医院。

在四医院的艾滋病房，他躺了七天七夜才醒过来。七天七夜，他就像是做了一场永远也醒不过来的噩梦，多么漫长的一场梦啊，他和恶魔相互纠缠，打得难解难分。恶魔说，你干脆别活了，眼睛一闭，不再睁开，对你来说未尝不是一件好事，甚至可以说是一种解脱。他膝盖一软，举起双手，缴械投降：好吧，就照你说的办。但现实与梦中的情景恰恰相反——他竟然醒过来了。他慢慢睁开了眼睛，第一眼，看到的不是至亲至爱的家人，不是要好的朋友，而是一位身穿洁白护士服，头戴护士燕尾帽，有着一张圆脸盘的和蔼可亲的护士大姐。

这位大姐俯下身，笑着对他说："小马，我是这里的护士长，我叫杜丽群，他们个个都叫我杜大姐，你也叫我杜大姐吧。现在你身上冷不冷？感觉好点了没？"又偏过头对护士说："这两天天气特别冷，护理的时候你们要多加小心，千万别让他着凉感冒。"

这个声音柔柔的，非常好听，听一次就忘不掉。但这时小马的心情糟透了，身上一点力气也没有，他想，哪怕有一点力气，不像现在这般虚弱，我也会去跳邕江的。杜大姐？杜大姐是谁？管你是谁，就算是亲娘老子，我也不想搭理。

第二天，杜丽群又伴着晨曦进病房，隔着老远就说："小马，你早餐吃了没？早餐一定要吃的哦，都说早吃好，中吃饱，晚吃少。早餐不但要吃，还要吃得好一点儿，才能保证足够的营养。身体好了，才能把病毒赶跑。"

小马还是不理她，把脸冲着墙。

看见小马这样她并没有生气，伸手探了探小马的额头："我看烧退没有？……哦，退了呢，好好休息吧，有事让护士叫我。"

接下来的每天，杜丽群都准时来病房看望小马，看他身体有什么变化没有，病情是不是减轻了。

治疗一段时间后，小马身上再也拿不出一分钱了。不仅没钱吃饭，还欠了一大笔治疗费和药费。

他又想到了常在梦里出现的邕江。他不是旱鸭子，他会水，他家门前就有一口水塘，小时候他就经常光着屁股在水塘里扑腾。他们村里没有不会水的小孩。不过会水的人从邕江桥上往下跳，也可能会死的，关键看你用哪种姿势，看你有没有必死的信念。他想好了，到了无路可走的地步，就坚定信念，跳进邕江，给生命打一个结，打个永远也解不开的死结。

杜丽群明察秋毫，把小马心情的沮丧、经济上极度的困顿，看在了眼里，急在心里，觉得无论如何，都要帮他一把，从深陷的泥潭里把他拔出来。她亲自从仓库搬来一铺陪人床，说小马啊，你睡这个吧，不收一分钱；又自掏腰包，买来香喷喷的饭菜，说小马你趁热吃，吃饱了才有力气跟疾病搏斗；又发动科里的医护人员，为小马捐款，解决他的实际困难。

　　　　　　　　　　　　　　做南丁格尔这样的人

科室动起来了，几天后，带着医护人员深情厚谊的1600多元钱就送到了小马这里。

看着这些钱，小马不敢伸手接，他不相信世上还有这么好的人，你是这里的病人，看见你有困难，医护人员会捐款给你，帮你渡过难关，真有这等好事？不会的，绝对不会的。

杜丽群说："小马，快拿着吧，这是大家关心你，爱护你，给你的救命钱。如果不接，你就对不起大家了。"

听了这话，小马相信是真的了。

那时天气已经转暖，乍暖还寒。一股暖流顿时传遍小马的全身，他不觉得冷了。

恨的坚冰开始融化。

他红着眼圈接过钱，入院以来从未说过话的他，这才开了口："杜大姐呀，在亲人和朋友远离我、抛弃我的时候，在我看不到一线希望、想结束自己生命的时候，是你，是和我无亲无故的你，还有艾滋病科的医护人员拉我一把，把我拉回到这个并不寒冷的世界。我是有父母的人，但我把你们当作我的再生父母。从今以后我一定要听你们的话，配合治疗，让自己尽快好起来，因为身边还有关心我、爱护我的你们。"

打那以后，小马乐观起来了，有了许多个第一次：第一次和病友一起看电视；第一次和病友开玩笑；第一次主动和医护人员打招呼……

小马配合治疗，三个月后他的病情好转，眼看就要出院了。收拾行李时杜丽群见他咬着下嘴唇，有话不好意思说的样子，就问他："你还有什么困难，你有困难对吗，小马？有困难就说出来，不要有顾虑。'能帮就帮'是南宁的城市精神，你知道的哦。"

小马闭着嘴，还是不好意思说出口。

杜丽群说："有什么你快说啊，说啊小马，是不是钱不够用？是不是？"

在杜丽群的一再逼问之下，小马终于开了口："是的杜大姐，我的钱全部用光了，现在连买车票的钱都没有了。"

"原来是这么回事呀，我还以为是什么事呢。"杜丽群拿出钱包，掏出了50元钱："喏，这钱给你买车票，你拿着，我马上叫'红丝带中心'的人送你去车站。"

小马回家了，可是山区条件差，不久他又再次犯病，回到了四医院。

这回小马病得更重了，他患上了巨细胞病毒性视网膜炎，先是视觉模糊，后来什么也看不见了。虽然眼前漆黑一片，看不见五彩缤纷的世界，但他的听觉触觉还很完好，每天，他的耳中照样传来杜大姐问候的话语，照样感觉有双温暖的手，拉拉他的被角，探探他的额头。

小马问杜丽群："杜大姐，请你如实告诉我，我的眼睛到底还能不能复明？还有没有看见东西的那一天？"

"只要你配合治疗，就有很大希望呀，现在只是疾病暂时影响你的视觉神经，导致视力下降罢了。你还这么年轻，身体素质还可以，通过治疗，慢慢会好的。"

药治配合心治，小马的视力逐渐得到一些恢复。

　　　　　　　　　　　　做南丁格尔这样的人

当小马病情再次好转，回家休养的时候，刚到村口，就被一张大字报拦住了去路。原来村里人知道他得了艾滋病，不但不让他进村，还要把他的家人也赶出村子。

大字报是这样写的——

> 我村的马××染上了艾滋病，他家里的人应该也挨传染了，要叫我们相信他的家人没有艾滋病，就必须到医院开没有艾滋病的证明给我们看，不然就赶他们全家出去，免得传染给我们村里的人……

也难怪村里的人绝情。乡村是熟人社会，信息闭塞，观念陈旧，一个人患了艾滋病，一家人都受到牵连，一村人都觉得丢脸。排斥艾滋病人，村里人比城里的人严重得多。

小马想，都怪自己糊涂啊，都怪当初没有管好自己，不但身染重病，还连累了父母和家人，现在没有别的办法了，只有带家人去做艾滋病病毒检测，证明他们没病，否则他们在村里就待不下去。

在村民的高压态势之下，小马带父母到四医院做了艾滋病检测。

走出医院，看着父母苍老的脸、佝偻的背，小马欲哭无泪。

结果出来了，父母是健康的，他们终于可以继续留在村里，待在自己家里了。

小马却再也回不了家。

由于受到强烈的刺激，他的病情再次复发，胃部痉挛，一阵阵翻搅，好像马上要死一样。走投无路之下，他又想起曾经给予自己关爱和帮助的杜大姐。

他返回四医院，找到了杜丽群。

杜丽群安排他住进了艾滋病房。

听了小马的经历，杜丽群心里很不是滋味："不怪村里人愚昧，其实很多人跟他们同样愚昧，放着艾滋病知识不去了解，却找各种各样的理由歧视和排斥艾滋病人。改变这种现状，首先要大力普及、广泛宣传防艾抗艾知识，越早普及效果越好。"

小马问："怎样普及呢？"

"除了上级领导重视、公众人物发挥他们的号召力、专业人士进行相关指导、社会各界积极参与，很多具体的工作需要志愿者去做，需要志愿者无条件地付出。"杜丽群轻抚小马的背，说道，"小马啊，等你身体恢复了，就来我们这里做志愿者吧，相信你会做得很好的。"

小马数次住院，总共在艾滋病科待了200多天。这200多天时间里，四医院资助他部分医药费，杜丽群和艾滋病科的医护人员给他捐款，给他无微不至的关心和照顾，他的性格比过去开朗了，心情好了，身体也一天天好起来。

2011年，小马在四医院的"红丝带中心"做了一名志愿者。

此时他的视力虽然还很微弱，几米开外视物不清，但是他说，国家抗病毒药免费发放解决了他的后顾之忧，做志愿者又有一定的生活补助，他终于可以回报社会，回报关心他、爱护他的人了。

他说"我知道我做不了多大的事情，帮病人打饭、打水、洗脸、洗脚，和他们聊聊天，纾解他们的情绪，我想还是可以的。"

出了院的小马，每天都准时返回四医院的艾滋病科报到，在各楼层、各病房来回穿梭，照顾病人，为病人做同伴教育，与病人沟通交流自己怎么患的病，患病后有怎样的心路历程，鼓励他们和他一样放下包袱，与艾滋病勇敢抗争。

上班忙得不亦乐乎，下班后的小马丝毫也不闲着，他联络昔日的病友，以及病友的病友，在"乘客群"里见面，扩大"业务"范围，帮助更多需要帮助的人。

所谓"乘客群"，就是一群艾滋病病毒感染者和患者自发建立的 QQ 群。群公告标明"非艾滋病病毒感染者和患者一概不准进入"。

"乘客群"这三个字有多重含义，其一，这趟车同样为生命列车，同样驶向人生的终点，与其他班次的区别是，搭上这趟车的乘客不是一般人，而是被烙上"HIV"印记的一群人；其二，途中设有许多站点，每个站点都有乘客下车，老乘客下车了，新乘客则排着队，一个个上到车上来；其三，在这趟生命专列上，你会遇到许多意想不到的事，会认识许多原本不认识的人。

在群里，小马会定期发布有关抗击艾滋病的知识，供群成员及时掌握。在"乘客群"的对话框，小马经常与群成员一对一地交流，提醒大家记得"吃糖"（暗语：吃抗病毒药）。有时也一对 N 与群成员对话。小马曾在群里说："我们这个群的群友不仅是群友，也是战友，在这里，我们要互相爱护，互相帮助，团结起来，一致对敌。这个敌人不是别的什么人，其实就是艾滋病。"有时聊着聊着，就有人提议，哪天我们像正常人那样去近郊游玩，或者到歌厅去 K 歌，或者上酒楼去 AA 聚餐，好不好？有人提议就有人附和：好啊好啊，去嘛去嘛。这些活动很对小马的胃口，所以每次他都积极参加。聚会多了，增进了互相之间的了解，也有人在群里物色到了自己的人生伴侣，结成夫妻后又在医护人员的帮助下，通过母婴阻断生下健康的宝宝，过上了幸福美好的生活。

"抱团是为了取暖"，这话是有一定道理的。这样的群，不敢说对所有艾滋病病毒感染者和患者都有很大的帮助，但至少在这里，他们是平等的，没有谁歧视谁，不厚此薄彼，大家一视同仁，这还不够吗？

群成员说了高水准的话，小马铁定会收藏。哪句话说到点子上，肯定被他转载，比如这段话他就认为说得很好："当一个举目无亲的人处在一间寒冷的陋室里，他该如何获得温暖呢？我想了很久，等待别人救援显然不是一个好主意，最好的办法是走出去，寻找一些干柴点燃，温暖自己。"有段话他觉得说得很中肯，也转载了："艾滋病真的没那么可怕，可怕的是我们因为艾滋病迷失了自己。自杀也绝对不是我们应对困境的唯一选择。我希望和我的病友们一起醒来，一起追逐梦想，而且让梦想更接近现实。"

艾滋病病毒感染者和患者，在属于自己的"专列"上才敢表露心迹，才敢暴露自己的隐私，而在与此无关的人面前，这些隐私是被深深埋在心底的。

不过隐私再暴露，也有一定的底线和尺度，真名实姓他们是无论如何不敢透露的。在群里，他们用的一律是化名。他们说，若是真实姓名暴露了，他们便无法在社会上生存。让我们理解他们，尊重他们，就用化名的方式，来述说他们的故事吧。

小马不仅通过这种方式与病友联系，还把他们的电话号码存进自己手机里。至今，他的手机已经存有数百名艾滋病病毒感染者和患者的联系方式。他们有问题，随时可以找他咨询。

小马获得了新生命。

他说，这新生命是杜大姐给的。

2013年11月16日，在中国医院协会传染病医院管理分会召开的第十一届年会上，放映的四医院自主拍摄、根据杜丽群与艾滋病患者小马的故事改编的微电影，获得了与会专家学者的高度关注和充分肯定。片中，小马由专业演员扮演；杜丽群由时任四医院办公室副主任吕春丽扮演；艾滋病科不少医护人员也在片中本色出演。影片再现了杜丽群帮助和救护小马的真实情形。

后来在电视台的一档节目中，小马被邀请到节目现场。灯光聚焦之下，主持人问小马，一般来说，艾滋病患者都不愿在公众场合露面，真实身份更是不敢在观众面前暴露，你今天为什么要来我们这里，为什么敢于面对观众？

小马说开了心里话——

"今天能来这里和大家交流，我内心可以说是百感交集。其实来这里之前我也在徘徊，在犹豫，因为在目前，社会上对艾滋病人还存在一定的歧视，或者说还不能正确、平等地看待艾滋病人。现在我以一名艾滋病患者的身份来到这里，面对许多异样目光的审视，对我来说，确实有很大的压力。说句实在话，我也曾有过临阵逃脱的念头，但我最后还是坚定了信念，还是来了。是谁给我这样的勇气，给我这个胆量？是尊敬的杜大姐，是艾滋病科全体医护人员的关心关怀，最终促成了这件事。不过在这个地方，我还是要向节目组提个请求，就是播出的时候给我做一些面部上的处理，不要让熟人很轻易地就认出我来。其实，我之所以决定来这里，主要是给青年朋友一个忠告，希望他们不要像我一样误入歧途，即便是犯了错误，迷途知返，还可以做回原来的自己。另外一个目的，也是最重要的一个目的是，我想在这里感谢救助我、关心我的所有的医护人员，尤其要感谢敬爱的杜大姐，是杜大姐给了我活下去的勇气！虽然我的视力不是很好，但我的心是看得见的。我书读得不多，文化水平不高，不会用太多太美的语言来赞美她，但在我的内心深处，她真的就像我的亲人一样，就像我的妈妈一样！我知道'谢谢'这两个字实在是太普通了，但真的就是今天我最想对她表达的。谢谢你呀，杜大姐！"

说完，小马站起来，向镜头外的杜丽群深深鞠了一躬。

　　　　　　　　　　　　　　做南丁格尔这样的人

浴火重生的小张

　　舅舅、小姨，我得了这个该死的病，再也没脸见家里面的人了，希望你们看在往日的情分上，照顾好我的爸爸妈妈。无论如何，都不能让他们知道我得了这种病……

这是一封遗书，是小张患病后写下的。

小张和小马一样，也是外出打工不小心染上的艾滋病，而且都想跳河自尽。所不同的是，小马打工的地点在深圳，小张在杭州；小马想跳邕江，小张想跳西湖。另一个不同之处是，小马有兄弟姐妹，小张没有，是家里的一根独苗。

确诊后小张不敢回家，毕竟父母年纪大了，又只有他这么一个宝贝儿子，知道他患了这种见不得人的病，他们会崩溃的。于是，他成了一个名义上有家、实际上又无家可归的人。如果人没有了栖身之地，该怎么活呢？干脆就不活了呗。当他万念俱灰时，一个要好的同学同情他，收留了他。他在同学家里住了很长一段时间，直到艾滋病合并肺结核，被送到了四医院。

当时他是这样想的，住院也有住院的好，至少不用连累亲戚朋友，不用在社会上游荡，遭人唾弃。如果哪天死了——这一天应该不会远吧？也有医院管，有人拉去火葬场。到那时，自己在尘世间所有的烦恼、痛苦、屈辱和悔恨……一切的一切，将由一缕青烟全部带走。

入院后没人陪护，他就整日紧锁双眉，懒得跟人说话，反正走到今天这一步，别人不待见你，你也没必要去讨好别人，也不必博取谁的同情。艾滋病患者在一些人看来，比黑死病、麻风病还要可怕，那就远离人群，孤身一人，活一天算一天吧。此刻，他的人虽然住进了医院，但心却在流浪，他想起了电影《流浪者》里的《拉兹之歌》："我和任何人都没来往，活在世上举目无亲，和任何人都没来往，好比星辰迷茫在黑暗当中，到处流浪。"

天天到病房查房的杜丽群，仿佛看透了小张的心事，她拉着小张的手说："小张你听我说哦，事情并不像你想象的那么糟糕，那么可怕，其实这个病是可以控制的。凡事想开一点儿，把心放宽，配合医生治疗，你的病才能好。"

小张不想理人，却喜欢与这个说话和气的杜大姐探讨问题，小张说："杜大姐，我看资料上面说，这个病通过治疗以后是可以过正常人的生活的，话虽这么说，但我还是不怎么相信。"

杜丽群说："这个确实是真的，我们这里的病人年龄最大的已经超过90岁了，通过治疗，回家照样儿孙绕膝，享受天伦之乐。"

小张又问："照你这么讲，我今生今世还走得出医院？还有可能见到我的父母？"

杜丽群回答："这就取决于你自己了，如果你一天到晚只知道唉声叹气，结果就是悲观的；如果乐观向上，也许会发生奇迹。有句话说得好哇：只要不放弃，没有什么不可以。"

小张想，资料上是这么说的，天天接触这个病，对这个病很有研究的杜大姐也这么说，应该是没有错的了。

从那天起小张的心态有了明显的变化，人一乐观，治疗起来就不难了。药治固然重要，心治更加重要。据说好些癌症病人不是病死的，是被吓死的，当他们知道自己患的是不治之症，整个人瞬间精神崩溃，人没有了精神，就跟死没什么两样了。

小张心里的病治好了，身体上的病症也日渐好转。

可是出院后去哪里呢？靠什么来养活自己？这又是一个不得不面对的问题。

因为患病，小张已经丢掉了工作，花光了打工挣来的钱，而且疏远了家人和朋友，下一步，他不知道靠什么来维持生活。继续做原来做的餐饮吗？那不行，餐饮从业人员每年需要健康体检，会被查出来的，会被别人发现的，这不是一件光彩的事，他不想搞得人尽皆知。他好不容易松开的双眉，此时重又紧锁。

关键时刻又是杜丽群出现在小张的面前："小张，你不必为工作上的事发愁，医院的"红丝带中心"最近要招募志愿者，你形象不错，口齿又伶俐，照我看啊，这份工作你完全可以胜任。你考虑一下吧，如果想去我就帮你推荐。"

他当然想去，当然想去了。

最终，他和小马相遇在"红丝带中心"，成了同事。

我见到的小张，有着一张国字脸，五官端正，气色还不错，头发也是梳得一丝不乱，说起话来更是不紧不慢，不像病人，倒像一个斯文有礼的小学老师。

小张说："在我人生的重要关口，都是杜大姐站出来给我指明方向，我不知道用什么来报答杜大姐，我认为做好眼前的这份工作，就是我最好的报答。"

住院的时间长了，小张跟这里的医护人员有了感情，他喜欢他们，他们也喜欢他。看见男医生他就喊他们一声"哥"，见了女医生或者护士，就喊一声"姐"。他觉得这里没有偏见，没人歧视他、看不起他。在这里，他找回了做人的尊严。

我问小张："你在'红丝带中心'工作，病人的心理疏导好不好做？怎么做才是最有效的？"

"开始不知道怎么做，问那些病人得病后有什么想法吗？这个问题真是太愚蠢了，其实他们的想法就是当初我自己的想法，问他们等于问我自己。后来杜大姐这样教我，一开始应该这样问病人，看得出我有艾滋病吗？这时病人肯定瞪大了眼睛，说你说什么？你不是在开玩笑吧，不是真的吧？怎么看你都不像有这种病的人呢？距离一下就拉近了。距离一近，就什么都可以聊了。"

说起自己的工作，小张兴致高涨："对于那些不按时吃抗病毒药，或者是吃了停，停了吃，我们把他称之为'漏药'的病人，我就耐心地跟他们解释，我说你这样做是非常不对的，你以为这是什么啊，这是药，吃吃停停会使机体产生耐药性，对病情好转很不利。那怎么样能使自己记得吃药呢？打个比方说，你每天早上醒来的时候总要睁开眼睛吧？把吃药当作早上醒来要睁开眼睛就对了。有一个来自武鸣的患者，50岁刚出头，说自己活过今天，明天活不活无所谓了。他觉得患了这种病，早晚是个死，花这么多钱来治病，就像把钱扔进水里一样，简直太亏了。他说了句很痞的话：'人死卵朝天，不死又过年。'他总是为'漏药'找很多的借口，比如家里甘蔗没人收割啦，今天刮风啦，明天下雨啦，总之就是没时间去医院取药。有时又说抗病毒药副作用大，吃了使他浑身不舒服，他打算不再吃了。我就耐心地劝他说，你想想看，是副作用难受，还是以后病情越来越重，花更多的钱治病难受？其实我了解他，归根结底他就是不舍得花那几个钱。经我这么一说，点到了他的痛处，他就不吭气了。"

"这个病人后来还'漏药'不？"

"不'漏'了。"小张说，"还有，艾滋病病毒从肾脏到肝脏到肺部的一步步感染，到了什么样的程度，肉眼你是看不出来的，必须借助医疗器械检测，定期抽血化验。有时我打电话通知病人回医院来抽血，他们不想回，我就反复跟他们讲，如果这些事不及时做，到病情严重的时候，花再多的钱挽救也来不及了。身体是'1'，'1'一旦倒下，后面有多少个零都是白搭。我把道理往桌面上这么一摆，他们就回来了。"

重获新生的小张，上班感觉时间过得飞快，忙碌而充实。下班回到家里，反而觉得孤独了，寂寞难耐。孤独和寂寞会给人带来寒意，穿多少件衣服还是觉得冷得不行，怎么办？他搓了搓冰凉的手，打开收音机，把音量调得很大，听听新闻，听听抒情歌曲，让身上暖和起来。

小张告诉我，这场病教给自己很多，杜大姐教给自己更多。经历过了，就什么都能应付了。

"再活一次，打算怎么活？"我问。

"好好活呗。"他坚定地回答。

小黄，你真的很能干！

天亮了。

地点是艾滋病科门诊。

离上班还有近一个小时，这里就已经有不少病人在排队候诊了。

对于小黄来说，这是忙碌一天的开始。

小黄也是四医院艾滋病科的志愿者，是三名志愿者中唯一的女性。具体岗位是艾滋病咨询员。

艾滋病防治的第一步，也是最重要的一步就是自愿咨询和检测 (VCT)。主要是鼓励有高危行为的人进行自愿的而不是强制性的 HIV 检测，尽早发现艾滋病病毒感染者和患者，减少新发病例的发生，为已感染人群提供有针对性的后续治疗和心理援助。

医护人员有能力做艾滋病咨询员的工作；普通志愿者经过学习培训也可以做这项工作；而艾滋病病毒感染者和患者做这项工作，效果会更好。

小黄正在看的一本书，是云南教育出版社出版的《艾滋病咨询员访谈录》，这本书的简介蛮长的，但她几乎能背下来——

本书让我们看到了现实世界人类灵魂深处的精神活动，反映了发展中多元化世界的不同侧面。艾滋病病毒感染人群的不断扩大也提醒我们，艾滋病病毒已不再局限在某种人群里传播，不论你采取什么生活方式，也不论你从事什么职业，只要你生活在当今的社会文化背景下，只要影响艾滋病病毒流行的政治、经济和社会文化因素没有得到改变，你都有可能感染艾滋病病毒。本书还让我们意识到，我们关注艾滋病，关注那些可能感染艾滋病病毒的人群，但我们忘记了那些为艾滋病防治工作辛勤工作的人们。我们以前很少知道，这群人在默默奉献的同时，还承受着巨大的心理压力，他们需要宣泄、需要放松、需要理解、需要支持、需要自我价值的体现，也需要平平常常的生活。

除了艾滋病咨询，小黄还有很多事情要做，所以你只要去到艾滋病科门诊，就总是看见她在忙。

一上班她就把盛放药品的盒子、分药的勺子和预约本摆上分诊台，然后亮开嗓门热情地招呼病人——

"来了？几个月不见，你的头发长长了，你留长发蛮好看哦。"

说话时她满脸是笑，腔调也是笑得颤颤的。

病人也像熟人见面与她拉起了家常："小黄，你也是啊，穿上绿色的工作服，显得皮肤更白了，更漂亮了。"

"还漂亮？都三十多了，老了。"话虽如此，脸上却笑成了一朵花。

我走近分诊台，翻开预约本，看见病人姓名、编号、治疗方案、上次体重、这次体重、取了多少天药、还剩多少天药、什么时候再来取药，写得一清二楚，即使我这个门外汉也是看得明明白白。

小黄说，她在这个岗位做了很长时间了，总共接待了多少求询者，她也记不得了。做的过程其实并不轻松，心情也很压抑，晚上总是睡不着觉，就算睡着也是噩梦连连。

我问："没做志愿者的时候，知不知道压力这么大？"

她答："不知道。当时杜护长和陈益芹护士找到我，说小黄你人长得标致，又有很好的沟通能力和语言表达能力，能不能来我们科做志愿者呀？我爽快地答应了她们。可是做了才知道，这份工不是那么好做的。"

"工资有吗？"

小黄笑了："她们找我的时候，我首先就问给不给开工资，她们说开工资啊，不过这是非政府组织，工资并不高，每月也就800元左右。"

小黄是个单亲妈妈，两个孩子还在上小学，就她家的情况来看，800元实在太少了，但她觉得自己向来节俭，一分钱能掰成两半花，省省应该勉强够用。再说自己生性好强，也想实现自己的人生价值，就说："好吧，我去试试。"

开始的时候小黄不在门诊，而是穿梭于艾滋病科病房，做艾滋病患者的心理疏导。前文所说艾滋病合并严重皮肤病的小友，总共在艾滋病科住了三次院，前两次，小黄几乎每天都去和他聊，聊家庭，聊人生的种种际遇。第三次住院，小友没看见小黄，就追着杜丽群问："杜大姐，小黄到哪里去了？怎么不见她了呢？我想再跟她聊聊。"

杜丽群说："小黄调到艾滋病科门诊了。哪天我叫她过来，继续跟你聊哦。"

小黄告诉我："艾滋病患者有很重的心理负担，这些负担有的来自病毒对身体的侵害，有的因为受到众人的歧视，有的因为精神上极度的压抑。书上不是说吗，艾滋病病毒有很强的亲神经性，所以几乎每个艾滋病患者都不可避免地存在心理上的问题，有的问题还相当严重。"

小黄直言，老颜就属于这类病人。

刚进来的时候，老颜情绪低落，谁也不想搭理，而且整天竖起两道浓重的关刀眉，凶神恶煞，谁见了都怕。

每次进病房，小黄都热情地和他打招呼，他却拧眉竖目，把脸别过一边，装作没看见。小黄也犟，认为世界上没有什么事是做不成的，就看你想不想做。她一屁股坐到老颜的床前，滔滔不绝跟他讲天气，讲什么颜色的大米有营养，讲今天要买什么菜回家煮……

三天后老颜终于缴械，仰头长叹："丫头，我真是服了你了。"

老颜有了倾诉的愿望："跟你说吧，丫头，我之所以得这个病，总结起来就是两个字：'命苦'。"

"我的命比你还要苦。"小黄说。

"怎么个苦法？看你整天笑盈盈的，一张脸总是那么阳光灿烂。"

"不笑又能怎样？日子总得往下过呀。你大概不知道吧，我丈夫也在这里住过院，而且是住了9次。"

老颜的眉毛竖起老高："难道也是艾滋病？"

"是的。不过2011年4月的一天，他去世了。"

"对不起啊，丫头。"

"没事没事，过去了，一切都过去了。如果你想听，我就把我家里的事给你讲讲。那是2008年发生的事情了，那时我丈夫发烧一个多月都不退，我把他送进了广西医科大学附属医院。这是他第一次住院。开始说是得了结核性脑膜炎（结脑），这是结核分枝杆菌侵入蛛网膜下腔，累及脑实质和脑血管造成的，是重症结核病（患艾滋病的人大约有1/3同时感染结核分枝杆菌）。后来才检测出 HIV 阳性。"

"都说'久病成良医'，你是因为老公生病，成半个医生了。"老颜说。

"难道你没看出来，我也是 HIV 感染者？"

"不会吧，你也是？"老颜的眉毛竖起更高了。

"我老公查出来后，叫我赶紧去查，结果也查出了HIV阳性。从那时起我就开始吃抗病毒药，齐多夫定片，早晚各一粒；奈韦拉平，早晚各一粒；拉米夫定片，晚上吃一粒，一直吃到现在。2009年，我还得过一次丙肝。"

老颜诧异地说："是吗？太让人难以置信了。"

"这是真的，我不骗你。那时，我老公腰椎穿刺，躺在病床上6个小时动弹不得，全靠我一个人侍候。别人看我可怜，我自己也觉得自己可怜得不得了，因为那时我们的一双儿女，大的4岁，小的才2岁。"

"孩子怎样？没染上吧？"老颜两手撑着，从床上坐了起来。

"带他们去检测，结果都是阴性。"

"万幸啊，真是万幸！"老颜拍起了手。

"我恨死他了。"

"恨谁？"老颜的眉毛又竖了起来。

"我老公啊。不过一个巴掌拍不响，我自己也有责任，如果当初不吃他的那顿饭，结果也不会是这样。那时我在饭店当服务员，他在饭店门口卖西瓜，经常进来洗个手、上个厕所什么的，很快我们就相熟了。那天他请我吃饭，还上了点酒，迷糊中我们就做了错事。谁知道他是'瘾君子'呢？等我知道的时候已经怀上了他的孩子，没了退路，只好奉子成婚。你说，我该不该恨他？"

"该恨。不过，这都是命啊。万般都是命，半点不由人。"

"好了，我的故事暂时讲到这里，该你了，老颜。"

老颜打开了话匣子："我是县里某局的一个局长，是个科级干部，这在市里面不算什么，扫帚可以扫出一大堆，可是在县里，科级干部就很牛了，算是一方诸侯。我的儿子也有一份相当不错的工作，还给我生了两个可爱的孙子，由我的老伴带着。我不仅仕途通达，暗地里还开了家旅馆，有百来个房间。我家境富裕，生活过得很滋润，这个我也承认。倒霉的是，那段时间我开始出现蛋白尿，尿液上面浮着一层泡泡，医生说是我的肾出现问题了。一年后肾炎发展成了肾衰竭，县里没办法治，让我到南宁的大医院治。就这样，我在南宁断断续续治了好些年。那天医生忽然通知我，说我的血样检出 HIV 阳性，疾控中心复查也是这个结果。医生给我下了判决书，说这是艾滋病合并肾衰竭无疑了。"

　　"我得了艾滋病？我怎么可能得艾滋病？我在哪里染上的艾滋病呢？肾衰竭，艾滋病，这两个东西怎么会搞在一堆？"老颜越说越激动，因为燥热猛地掀开了被子。

　　在哪儿染上的艾滋病，这个属于人家的隐私，除非当事人主动告知，否则咨询员是不能打听的，因此小黄只能这样开导老颜："在艾滋病病毒感染人群中，确实有5%~10%的人，在艾滋病的症状没有表现出来之前，肾脏就已经开始衰竭了。不过艾滋病既不是人们想象的那么可怕，也不是一些人说的，吃灯草打屁——松捞捞，没什么大不了。只要重视它，听医生的，配合医生治疗，也可以像我一样，活得很正常。"

　　其实小黄一边鼓励着老颜，一边在心里反驳自己，你活得真的很正常吗？每月工资不到1000元，两个孩子要读书、要交学费，还有房屋租金、水电费、伙食费和日常用品的开销等等，每分钱都几乎都被你攥出了水。因为情况特殊，所以你总是不忘告诉你的两个孩子，我们苦是苦一点儿，但千万不要把家里的事告诉别人啊，别人知道了会瞧不起我们的。以前我们在农村住，村里的人不是说"你们的爸爸有病，你们肯定也有病"，不让他们家的孩子跟你们玩吗？现在我们躲得远远的，在外面租房子住了，再也不要给别人知道家里面的事了，记住了吗？

那天，在艾滋病科门诊，小黄闪着泪花跟我说："我做这个艾滋病咨询员，一是给别人帮助，不想让更多的人上演我家那样的悲剧；二是帮自己，解救自己，我跟艾滋病毒感染者、患者和求询者闲聊的过程，也是发泄苦闷、释放自我的过程。在发泄的过程当中，我一般是不会哭的。有的艾滋病毒感染者和患者，很多还是长得五大三粗的大男人，聊着聊着，会忍不住哭起来，但是我都尽量克制，始终给他们展露一张笑脸。我想，他们可以哭，但我不能哭啊，如果我哭了，他们更会哭得一塌糊涂。泪水蒙住眼睛，还看得见希望吗？"

小黄给我透露说，有人在网上建了个艾滋病女子 QQ 群，叫"HIV 女子互助群"。这个群跟小马他们的"乘客群"一样，也是有"门槛"的，只有感染了艾滋病病毒和患了艾滋病的女性才能进入，其他人是进不去的。她也是这个群的成员之一。她说每当夜深人静，打发儿女睡下，忙碌一天的她这时候也闲了下来，这才进到群里，卸下一层层的伪装，和群友伤心在一起，哭泣在一起。

记得杜丽群跟我说过这么一个故事：有一男一女两个病人，

住在艾滋病科病房的同一层楼，俩人原本互不相识，男的老婆患艾滋病去世了，女的老公也因为艾滋病去世了。每天抬头不见低头见，先是同病相怜，而后互生情愫，病情好转出院之后，便登记结婚了。

于是我就问小黄："想不想再爱一次？想不想找个人来疼自己？"小黄爽朗地说："想啊，怎么不想？这个问题当初杜大姐也关心过，也过问过，但身边两个'拖油瓶'，你说怎么办？谁这么傻，谁愿意要我呀？"

小黄收起洪亮的声音，哼起了一首歌——

> 听不见　敲门声
> 困坐在黑暗的人
> 全世界的关心
> 都被你拒绝
> 别想了　出门吧
> 阳光和煦的季节
> 透透气　散散心
> ……

　　　　　　　　　　　　做南丁格尔这样的人

第八章

一条战壕的战友

从死神手里夺人

后来，艾滋病合并结核病（内科）及艾滋病合并外科疾病患者越来越多，内、外科患者混合住在艾滋病科二病区，给病人的治疗、护理带来极大的不便。成立艾滋病科三病区，将艾滋病合并外科疾病患者单独分出来，迫在眉睫。

2012年8月6日，艾滋病科三病区成立。

三病区设在艾滋病科大楼的二楼。

三病区成立以后，对艾滋病合并外科疾病患者开展了普通外科、骨伤科、普胸科等治疗。主要术式有：颈部淋巴结病灶清除，甲状腺腺瘤摘除，甲状腺次全切除，腹股沟疝无张力修补，胃癌根治，胃大部分切除，脾切除，门奇断流，胆囊切除，胆总管切开取石，T管引流或胆肠吻合，肝叶或肝肿瘤切除，结直肠癌根治，各种消化道穿孔或腹腔脓疡或结核病灶清创，各种骨折切开整复钢板内固定，胸腰椎结核病灶清除＋植骨融合钢板内固定，剖胸探查胸膜剥离或肺叶病灶清除，乳腺癌根治，膀胱切开取石及体表肿瘤、软组织感染、脓疡清除等。

艾滋病科三病区的成立，使艾滋病合并外科疾病患者的住院难题得到缓解，也使建设中的广西艾滋病临床治疗中心（南宁）一变而为拥有艾滋病内科、艾滋病外科、艾滋病妇产科、艾滋病中医科、传染病重症医学科、血液净化科、预防保健科、检验科及其他临床医技科室的学科齐全、规模较大、实力雄厚的自治区级艾滋病临床治疗中心。

邓建宁被任命为艾滋病科三病区的副主任。

邓建宁原在四医院外科任职，接到任命，二话不说就来了。

此时的邓建宁，40岁出头，中等身材，一笑脸上现出一个酒窝。他长相嫩，乍一看见，还以为他不到30岁呢。如果没有手术（这种机会很少很少），他会把头发梳得纹丝不乱，还抹上一点发蜡。一有手术，就什么也顾不上了。

这天，我与邓建宁相对而坐，问他："最近忙不忙?"

"忙。最忙的时候几乎每天都有手术，且是连台手术，每天站在手术台前基本都达到18个小时，站得腰酸背痛，腿和脚发麻发胀。"

他说，接触艾滋病外科手术，还是他在四医院外科任职的时候。到2013年，这类手术他已经做了不下800例了。

我问他："给艾滋病患者做手术，与给普通患者做手术，二者有什么不同?"

"只要把艾滋病患者当普通患者看待，只要做好职业暴露防护，其实都差不多。"想想，他又说："但严格说还是有区别的。给艾滋病患者做手术起码要戴两层手套、两层口罩，还有帽子和一次性防护眼镜，这样才不会被病人的体液和血液溅到。尤其重要的是，手术时须小心小心再小心，绝对不能让医疗器械伤到自己。如果不幸伤到的话，要及时找评审专家评估风险等级，如果风险等级二级以上，必须立即服用抗病毒药物，进行病毒阻断治疗。"

"你被伤到过吗？"

"伤过。那次手术缝合，我的手指就被尖锐的三角针刺伤了，风险评估就是二级以上。黄绍标主任跟我说：'感染的风险还是蛮大的，必须24小时内吃抗病毒药，一天两次，每隔12小时吃一次，而且要连续吃30天。'抗病毒药有很大的副作用，吃了口干、头晕、想吐、全身乏力，还可能出现消化道症状、肝功能损害、血糖升高，甚至严重的骨髓抑制，等等，当时心理压力确实很大。"

受伤后邓建宁不能回家，因为需要隔离。说实话你让他回他也不敢回，万一自己感染了，又传染给在大学任教的妻子和刚满两岁的女儿，便罪孽深重了。有家不能回，不敢回，再见到她们，还要等很久，要经过3个月、6个月的系列检查，结果全是阴性，才可以回家。不能回到家里与妻女团聚，对一个丈夫、一个父亲而言，是多么痛苦的一件事情。

住在医院的一个个不眠之夜，邓建宁躺在沙发上，孤独、悲伤、无助，一股脑儿涌上心头，他的呼吸越来越沉重，他扬起了拳头，狠命地捶向自己的脑袋。如果自己真的感染了，妻子、女儿怎么办？没有他，她们怎么生活呢？他不敢再想下去了。往常剖开患者的胸腹，手从来没有抖过的铮铮铁汉，此时忍不住淌下了眼泪。

"我一直瞒着家里，直到瞒不下去了，才打电话把这事告诉妻子……"他顿了顿，又接着说，"她在那边先是不说话，始终沉默，过了不知多久，才爆发似的哭出来。"

"经过那次事件，我更理解患者了，对他们的心理反应更感同身受了。"邓建宁补充道。

邓建宁的敬业，对生活的严格自律，进入工作状态时那股喷涌而出的热情，在艾滋病科三病区，甚至在整个四医院，无人不知无人不晓。即便不隔离，他也很少回家与妻女团聚，一周起码有四至五天，是住在他那间又窄又小的办公室里。办公室成了他的另一个家。那里有张沙发，不长，也不宽，却是他的床铺，忙起来用床单一铺，便躺下了。

要做的事情很多，害怕忘记了，他就把它们写在纸条上，一张张地往墙上贴，很快，一面墙便成了"纸条墙"，想忘也忘不了。每晚睡觉之前，他首先是把闹钟调好，早上5：30，闹钟一响便跳下他的那张"床"，烧水冲咖啡，浓香的咖啡味道瞬间充溢了整个办公室。他边喝咖啡边看书，再看一会儿业务幻灯片，然后换上白大褂，开始一天忙碌的工作。

邓建宁说，外科医生不仅要会做手术，还要有一颗善于思考的大脑。他爱学习，书架上的书五花八门，《外科学》《外科手术学》《腹部外科手术学》《实用外科药物治病学》……干这行的，这类书肯定少不了。除了这些书，还有似乎与这个行当无关，事实上息息相关的《哲学》《经济学》《管理学》等。他说书是知识的源泉，一个人不看书，就像身体缺少养分，那怎么行呢？在这个知识爆炸的时代，不学习就会落伍，就会被淘汰，所以他不敢懈怠，无论多忙都要抽时间看书。不仅看，还要把学到的知识融会贯通，运用到临床实践上来。

艾滋病科三病区成立时，来了位病人，70多岁，是艾滋病合并消化道感染，而且肺部感染也很严重，一天都不能耽误，邓建宁马上给他做了手术。谁想到术后的某个晚上，他躺在床上叫唤起来："医生快来，我的伤口崩开了！"接报，邓建宁立即从家里赶了过来，拿了手术用的器械，站在病人的病床边上从容不迫、沉着冷静地给他做了崩口缝合。李雪琴也是艾滋病科三病区的副主任，她过后说："能这么做而且敢于这么做的人，内心不是一般强大，而是相当强大了，就因为这个，我们大家都很佩服他。"

有个"瘾君子"患者，30多岁，见自己的毒瘾总也戒不掉，后来又查出HIV阳性，他抑郁苦闷，到了无法排解的地步，便趁家人不备，往自己的腹腔和胸腔各捅了一刀。送到四医院后，邓建宁不慌不乱，干净利落地把腹腔、胸腔的手术一块儿给他做了。术后又让李雪琴副主任去做患者的工作，李副主任规劝那位病人："其实这个病是可以控制的，控制好了还可以继续工作，继续过正常人的生活，与普通人没多大的区别，只是多了吃药这一项而已。跟癌症病人比，那就幸运多了，起码可以活命呀。"三病区的护士长黄秀金也来到患者的床前，苦口相劝，一劝半个小时，终于化解了患者心中的郁结。后来患者遵从医护人员的叮嘱，坚持服药，病情一天天好转。

2013年3月21日，三病区来了位超级小患者，她叫燕燕。之所以叫"超级小患者"，是因为这女娃出生才20多天。

燕燕是奶奶带来的，她的父母没来。

父母为什么没来？为什么这么狠心，扔下襁褓中的孩子不管？

燕燕的奶奶说，燕燕的母亲因为吸毒染上了艾滋病，怀孕的时候大家都劝她，得了这个病就不要要孩子了，会毁了孩子一生的，可她就是不听劝，非要要。把先天不足的燕燕生下来后，她便不辞而别，没了影。

真被大家说着了，出生不久燕燕便得了败血症，引发严重的多发性脓肿。先是在别的医院住院治疗，因为那边不具备进一步治疗的条件，便转到了四医院。

艾滋病科三病区的医护人员，尤其是副主任邓建宁，为弱小的燕燕感到痛心，专门为她制定了一套治疗方案，并且亲自给她做手术，通过耐心细致的护理，终于把一条生命从死神手里夺了回来。

"抱来的时候，她哭得像猫叫似的，嗷啊嗷啊，听了让人心碎。现在你看，她哭声响亮，离病房很远都能听到。"黄秀金护士长说。

见燕燕的病情有了起色，她的奶奶高兴呀，曾在幼儿园工作的她手握一支铅笔头，趴在病房的床头柜上，写了长达几页纸的一封感谢信——

南宁市第四人民医院的书记、院长、专家、医生、护士和全体工作人员：

你们好！你们辛苦啦！

我是艾滋病科三病区患儿的奶奶。我的孙女叫燕燕，2013年3月21日下午，因为全身多发性脓肿，并伴有发热症状，从其他医院转到四医院治疗。

转到四医院时，燕燕身体非常瘦弱，生命垂危，她生下来的时候四斤，这时只剩下三斤多了。我抱着她，就像抱一只瘦丁丁的小猫。起初她在广西妇幼保健院监护三天，做了多发性脓胞疮切除，当时无论是医生、护士还是同病房的病友，看到燕燕的情况都不由自主地往坏处想，有人还劝我干脆放弃算了，不然孩子遭罪，大人也跟着遭罪。但我是燕燕的亲奶奶，我不想放弃，毕竟这是一条生命啊，是我家的骨血啊。我今年差不多70岁了，我曾经在幼儿园上班，教的是小班，我的积蓄不是很多，但我决定用微薄的积蓄，为我的孙女燕燕赌一把。

让我万万没想到的是，虽然四医院不是幼儿专科医院，但在患儿治疗、护理方面并不比专科医院差。经过医生的治疗和护士的精心护理，我家燕燕终于绝处逢生，捡回了一条小命。在这里，要感谢的人太多了，最要感谢的是副主任邓建宁，如果没有他，我的孙女很可能已经不在人世了。孩子又瘦又小，手臂溃烂严重，发出刺鼻的臭味，可是邓主任一点儿也不嫌弃，手术、包扎伤口、换药，他都不让别人插手，全是他自己亲自干。他说，本来想给孩子正常输液的，但孩子年龄太小了，很难找得到血管，只好做深静脉注射。可是注射到第三天的时候，邓主任跟我说："还是不要输液了，孩子太辛苦了，吃一点这个年龄的婴儿吃的药，加上营养搭配，病情应该也会好转的。不过，这种药目前我们医院没有。"我说："你们医院没有，那怎么办呢?"他说："我帮你去外面找。"我说："好啊，找来我再给你钱，或者写在药费单上也是可以的。"

很快，就在第二天的中午，李雪琴副主任和另一名男医生就送了几盒药过来，还送来一罐900克的进口奶粉。他们说，这些都是邓主任委托他们送给燕燕的，不要我们钱。听他们这么一说，我马上把脸扭过一边，不让他们看见我哗哗流下的眼泪。我活了大半辈子，见过的事很多，但有着这样高尚医德医风的医生，我还是头一回碰到。

我还要感谢李雪琴副主任、黄秀金护士长、阮黄芳护士等，她们对燕燕真是太好了，不但每天到病房问寒问暖，还教我怎样科学喂养小孩，给燕燕吃些什么东西。

我还要特别感谢"杜丽群志愿者服务队"，4月9日那天，杜大姐带着她的爱心团队来看燕燕，还送来500块钱慰问金和几罐奶粉。杜大姐还拿起暖壶，亲自冲了一瓶奶，摇摇匀，然后抱起燕燕，喂给燕燕喝。看着慈爱的杜大姐，我的眼泪又止不住地往外流。杜大姐是广西创先争优十大先锋人物，这是我在电视上看到的，可我只是很普通很普通的一个人，不但见到了她，还得到她的爱心团队的无私帮助，可以说是我一生当中的荣幸。

我要感谢的人还有很多，不能一一在这里谢了，总而言之，好心的人们，我永远也忘不了你们的恩情。你们对燕燕的关心和爱护，我将永远铭记在我的心里。谢谢了。

燕燕奶奶

2013 年 4 月 12 日

　　"燕燕的手术在哪里做呢？不会像一些患者那样，在床边做吧？"我问邓建宁。

　　邓建宁告诉我，艾滋病科三病区有个小手术间，绝大多数手术（包括燕燕的手术），都由他在这个小手术间里完成。如果碰到特别重大、特别复杂的手术，便送去外科手术室交给李主任，或者请李主任到艾滋病科三病区来，李主任主刀，他协助，两人一块儿完成。

　　我问："李主任叫什么名字？他这么厉害，我在医院转了近一个月，很多科室的骨干都见了，怎么没见到他呢？"

　　邓建宁介绍起了他的这位老上级："他叫李志强，是四医院外科的当家人，也是四医院最忙的一个人，他除了全面负责四医院外科的各种事务，还有做不完的手术、看不完的资料、写不完的论文。除此以外，他还要忙教学。你没见他是正常的。"

　　我想，这人我一定要见。

　　那天，我在四医院食堂吃饭时，终于见到了他。

　　当时吴锋耀院长也在场，他向我介绍说："我们李主任擅长心胸外科、普通外科、烧伤科的诊断和治疗。在临床，神经外科被称为外科的'医学之花',心胸外科因为手术风险和技术上的高难度,被称为'花中之花'。心胸外科医生要有鹰隼的眼睛、雄狮的心脏和妇人的一双巧手,而这些极其宝贵的特质,李主任全都具备。"

李志强,外科主任医师。1983年7月毕业于中国人民解放军第一军医大学临床医疗系,是中华医学会普外学会会员、广西心胸外科医师协会委员。曾在中国人民解放军303医院胸外、普外和烧伤科任职,长达16年。

1999年8月,他从303医院转业,到四医院工作。

后来四医院派他到广西医科大学心胸外科进修深造,学成归来,他的肺叶和全肺切除,纵膈肿瘤切除,肝胆、胃肠腺体、肛肠手术愈加娴熟。

结核治疗一般以抗结核药为主,但肺结核、淋巴结核、泌尿生殖系统结核、皮肤结核、骨关节结核等,还是手术治疗最有效果。肺结核经内科抗结核治疗半年以上,空洞还是不能闭合、痰结核菌持续阳性、咯血等患者,手术是他们的首选。艾滋病合并脊柱结核,开刀彻底清除病灶是关键中的关键。

这些年,艾滋病科三病区在李志强主任的指导之下,对结核症状范围大、椎体塌陷严重、后凸畸形的艾滋病患者,在彻底清除病灶的前提下进行椎骨内固定,收到很好的效果。

有位艾滋病患者,若不是李志强采用高、精、尖的外科技术及时施救,他的左腿就没了。

这位患者因为斗殴致左小腿刀伤,血流被截断后,肌肉组织缺血受损，肌肉肿胀，腔隙内的压力上升，压迫血管，形成恶性循环。送来的时候，他的小腿肿得硬邦邦的，呈铅灰的颜色。刀切下去，也不见有血流出来。

手术室里，弥散着一股腐烂的海产品的腥臭，难闻至极。

李主任为患者切开胫前筋膜间室和外侧筋膜间室，做负压封闭引流（VSD）。原先患者的足背动脉微弱甚至不能触及，皮温已经降到很低，经过负压封闭引流，患者的足背和脚趾渐渐温暖起来了。3天后，触到了足背动脉的跳动，李主任开心地笑了，他对患者说："好了，你的腿保住了。放心吧，你没有截肢危险了。"

一天下午，艾滋病科三病区的卫生间里满地是血，墙上、门上、天花板上也是血迹斑斑……

这是患者股动脉假性动脉瘤破裂出血所致。

"27床腹股沟喷血！请李主任马上到艾滋病科三病区来，快！"电话里是杜丽群急促的、略带嘶哑的声音："快呀！不然就来不及了！"

那边，李志强的语气也很匆促："压住出血点、快速静脉补液，我马上到！"他挂断了电话。

到了出事地点，李志强怔住了——杜丽群和另一名年轻的医生，此时全身已被汗水、血水浸透，正一边一个跪在地上，用尽全身力气压住患者大腿的根部。

患者是一名长期吸毒的中年男子，是上厕所时用力过猛，造成股动脉假性动脉瘤破裂出血。他脸色苍白，四肢冰冷，躺在地上活像一个死人。

"瘾君子"为了追求快感，常常不消毒便往股动脉注射海洛因或冰毒，导致股动脉感染，形成假性股动脉瘤。瘤体一旦破裂，便血流如注，很难止住。股动脉血流量每分钟是400 ml左右，而人体的总血量也就5升。

"如果不是杜护长和那位年轻医生合力压住出血点，我敢说，患者的血早就流完了。"李志强说。

修复受损血管，重建血流，对患者的安危、受伤肢体的存活及功能恢复起着至关重要的作用。李志强立即将患者患病一侧臀部垫高，大腿根部扎上橡皮止血带，然后左右手开弓，灵活切除瘤体、修复血管，最后缝合、包扎，一气呵成，让你不佩服都不行。

手术完成，再看主刀者和协助者，一个个都成了"血人"。

邓建宁说："从医30多年，李主任经手的手术不计其数，从来没有出现一例医疗事故。他不仅是四医院外科的顶梁柱，也是艾滋病科三病区的主心骨。"

救护，急如星火

杜丽群说，如果艾滋病科是艾滋病治疗和护理的大本营，那么司机组就是前哨部队，是"敢死队"，没有他们，谁把急需救助的急危重症患者接回医院呢？

所以，司机组我不能不去。

这个组一共有六名成员，全是男的，他们是陆小炎、农日庚、蓝兴腾、潘思深、郭庆和杨善佳。

而且这六个人里面，有五个是退伍军人。

陆小炎就是部队退伍后到四医院工作的。采访时，他刚从司机组组长的岗位退下，把接力棒交给了同是退伍军人的蓝兴腾。

陆小炎说，虽然他们脱下军装，走上了新的工作岗位，但雷厉风行的作风还在，不怕苦不怕累的钢铁意志没有变，困难面前不低头的战斗精神依然不改。

艾滋病科开科时，怎样接送艾滋病患者，在接送的过程中如何进行自我防护，他们是完全没有经验的。后来经过杜丽群系统完整的艾滋病知识培训，才知道艾滋病既可怕，又不是传说中那么可怕，只要按规则行事，严格做好自我防护，是不容易被传染的。

他们用平常心态，开始了接送艾滋病患者的艰辛历程。

相比之下，有的家属因为不知道艾滋病到底是怎么一回事，不了解艾滋病的传播途径，所以不能用平常心态对待患了艾滋病的亲人，他们的所作所为是违背人伦的，有的做法甚至让人齿冷。

据陆小炎说，有个男性艾滋病患者，六七十岁的样子，刚从广西医科大一附院转到四医院不久。过来之前，他刚刚做了HIV检测，结果没有出来，病危通知书就先下来了。患者一个学医的亲属跟医生讲，根据种种迹象表明，他是得了艾滋病了，不要给他治了，再治也是浪费时间、浪费钱，让他回家等死吧。他的家在石埠镇一个极其偏僻的小村子。那天晚上，陆小炎开车送他回家，9点多的时候汽车已驶到了村口，眼看离患者的家只有一步之遥，都能看见他家那间低矮破旧的房子了。陆小炎踩了脚油门，正要进村，却被患者亲属挡住了去路，他们放出话来："车子暂不进村，停在原地待命。"陆小炎很是纳闷，明明到家门口了嘛，为何不让进呢？一问才知道，原来一众亲属正在家里激烈讨论，吵得不可开交。这个说，还是让他住老屋吧，不管怎么说，都是自己的亲人；那个说，给他住到家里很危险，这个病是一种很厉害的传染病，传染给我们家里的人怎么办，我看还是让他住后山上的草棚好些。争来吵去，近两个小时后，家人才最终作出决定：把他抬上山，送进草棚，才安全，才不至于危及家里面的人。

家属出来了，跟陆小炎说，帮我们把人抬去草棚吧，快去。

当时陆小炎的心情很不爽，近距离接触艾滋病人倒没什么，按照杜护长说的，做好自身防护就行了。让人难以忍受的是，那是一年最冷的时候啊，救护车先是停在村口那棵榕树下，旁边就是水塘，四处黑乎乎的，只有塘水反射一丝惨白的亮光。时间真难熬，他冷得头皮发麻，突然就很想吃一碗面。他想，如果这时有碗热腾腾的面条吃进肚子，身上就不会那么冷了吧。可是当患者亲属作出那个混账的决定，当他应他们的要求抬着大小便失禁快要死掉的病人，沿陡峭的山路往草棚里送，这时屎尿的臭味直往他的鼻子里冲，想象中的那碗面又让他反胃了。

司机组的另一名成员叫农日庚，他面色红润，说起话来中气十足，行动很敏捷，一看就是部队锻炼出来的人。我坐在救护车的副驾驶，和他聊了起来。

"农师傅，你妻子是做什么工作的呀？在哪里上班？"

农日庚亮开了他的大嗓门："也在四医院啊，是艾滋病科二病区的主管护师。"

"你们原来是双职工呀，她叫什么名字？"

"陆怡辛。"

"陆怡辛就是你的妻子么？杜护长不止一次在我面前提起她呢，杜护长说，这小陆话特别特别少，但手脚非常非常勤快，给病人喂饭、刮胡子、倒开水、接大小便，样样抢着干，从来不说一个'不'字。有时科里事情多，过了下班时间还不能回家，她也没有任何怨言。轮休的时候她也不肯休息，总是跑到科室来，写上班时没有写完的病历，或者到病房看望新入院的患者。因为态

　　　　　　　　　　　做南丁格尔这样的人

度特别和善，服务病人特别到位，2011年第四季度，她还摘得一颗'服务之星'呢。"

"她的话岂止是少？简直就是个'闷葫芦'，整天闷头闷脑的，让她说话像要她的命。回家也跟上班一个样，该干嘛干嘛，很少与我交流，也没时间照顾儿子。我工作不是也忙嘛，遇到晚上出急诊，8岁的儿子没人看管，我就求她，带儿子去病房吧，好让我安安心心出车。她说不能带，医院早就立下了规矩，不准带小孩上班的。你看你看，这说的是哪门子话？难道我就不是医院的职工？她不能带小孩上班，我就能带小孩上班？最后，实在没办法可想了，我只好违反规定，偷偷把儿子带到车上，让他坐在副驾驶的位置，拉响警报，穿街走巷，去接那些急危重症患者回医院，当然也包括艾滋病患者。你说说，作为一个男人，我容易吗？不容易啊，更何况我们的儿子还这么小，没多少抵抗力，经常跟我去接送传染病人，如果被传染上，那就糟了，想想都让人后怕。有次吃晚饭，我实在憋不住了，就事论事，埋怨她几句，谁知往常一言不发的她，那次竟然跟我吵了起来。我说话声音本来就大，没想到这个'闷葫芦'，吵起来声音竟然比我还大。那天我们吵得很凶，是结婚以来吵得最凶的一次。正巧杜护长饭后散步，听见吵，就来我们家调解。杜护长首先做我的思想工作：'小陆每天面对的不是一般的病人，是一个特殊的群体，工作量大就不说了，心理上的压力也是特别的大，作为丈夫，你要多理解、多体谅她，支持她的工作，她没了后顾之忧，情绪就不会产生波动，职业暴露的风险就不会那么大，这样一来对她、对你们的家庭只有好处，没有一点儿坏处。至于你们的儿子，以后你们俩都上班，没有人带，找我好了，我尽量帮你们协调解决，你看这样成不成？'看看，杜护长说话就是不一样，循循善诱，听着心里就是舒服。"

"想没想过劝妻子转科？"

"怎么没想过？想过啊，可是最后还是打消了这个念头。"

"为什么呢？"

"因为任何工作都得有人去做，艾滋病科同样。"

"这么说，你已经理解妻子了？"

"怎么说呢……算理解了吧。"

稍后他又补了句："不理解又能怎样？只好理解。"说完他就呵呵笑了。

前面提到的司机蓝兴腾，是个80后，时年33岁。由于脏活累活抢着干，被评为"南宁市卫生系统2010—2011年度优秀共产党员""2011年南宁市卫生系统优秀示范岗"。

采访时，小蓝说他2004年退伍，2006年到四医院司机组报到。到2013年，他的院龄已有7年了。在不长不短的7年时间里，他开着救护车，把多少急危重症患者拉回四医院。如果哪个患者不想住院了，想回家了，他又跳上救护车，把他们安全送回家。

我问他："来传染病医院工作，后不后悔？"

他将将剪得很短的当兵时代早已习惯的发型，很肯定地说："从不后悔。"

"听说北京救护车被堵，导致伤者不治事件了吗？"

"曾经的部队生活使我养成了关注新闻的习惯，这事我早就知道了，是北京一位中年妇女被油罐车碾压，受伤程度为重伤，北京市急救中心西区分中心接到报案马上派救护车赶到，拉上伤者就往最近的医院跑。一路上，看着救护车'呜呜'鸣笛开过来，许多车都不给'生命车辆'让开一条道，或者想让却没地方让。当救护车改走应急车道和慢车道时，又被违规停放在那里的私家车挡住了去路。其实从车祸现场到医院，并不是很远，还不到3公里，但救护车足足走了40多分钟才到达。因为错过了最佳救治时机，那名妇女最后还是死了。"

"这种事情你是否也遇到过？"

"遇到过啊。有一次，一个住院的艾滋病女患者，她已经住了很长时间的院，说是住得腻烦了，再也不想住了，要我们派车送她回家。当时是我开的车。车上只有我、她和她的干妈三个人。她住在新阳路一个加油站附近。那一带多是小街小巷，曲里拐弯，纵横交错，加上路上停了不少的私家车，救护车根本就进不去。如果不是送病人回家，而是接急危重症患者到医院抢救，说不定生命就在这里终结了，当时我就是这么想的。救护车进不去，我只好把车停下来，和患者的干妈一起，搀着病人往她的家里走。走了一段路，患者说她双腿发软，实在走不动了，叫她的干妈背她。她的干妈不是已经上了岁数吗，哪里背得动？这副担子只好由我来挑了。我原地蹲下，把她背在了背上。"

"把病人背在身上？你真了不起。"

小蓝不好意思地笑了："应该的，应该的，在那种情况下，我不背她谁来背她？还有一次，正好轮到我值班，急诊科打电话来说，在和平商场附近的一幢居民楼里，有个吸毒的艾滋病患者需要接回医院。放下电话不到五分钟我就赶到了急诊科，跳上了门前停着的救护车。急诊科的一名女医生、一名女护士（急诊科也有男护士）也跟我上了车。我一踩油门就往接人地点赶。往常去接病人，急诊科如果去的是女医生和女护士，司机都会搭把手，帮忙抬担架、提急救箱什么的，这回也同样。病人住在居民楼的四楼，我们气喘吁吁，提着大件小件的医疗器械上了楼。没想到刚进门，扑面而来的是病人的一顿骂。病人已被疾病折磨得没了人样，太阳穴青筋突起，看见来的是穿白大褂的人，就拍着床板大骂：'我有病是我的事，不关你们事！全都给我滚出去！我宁愿死在家里，也绝对不会跟你们去医院的！看见你们我就烦，快滚啊！'叫救护车的人，是病人的朋友。那人见病人情绪失控，觉得很不好意思，连忙鞠躬弯腰，向我们连连道歉，又扭过头去，叨叨地劝说病人。我和医生护士也跟着一块儿劝。病人却不领情，被劝急了，突然抓起身边一个喝水的搪瓷杯，朝我砸了过来。我当过兵，反应快，把头一偏，及时躲过了这一砸。我们没有气馁，接着又劝。劝了差不多一个小时，病人这才妥协，同意跟我们走。出外诊挨骂是'小儿科'了，严重的，甚至还有医生把命丢在了病人的家里。"

我明白，小蓝所说，是不久前包钢医院的医生出外诊遇害之事。

2013年1月19日凌晨，包钢医院急诊科接到包头市120指挥中心的电话，称昆都仑区友谊19街坊五区22栋90号有一名女性患者突发抽搐，指派包钢医院出诊急救。随后，神经内科主治医师朱玉飞带领急救小队，乘救护车火速赶到了现场。朱玉飞领头，提着急救箱爬上了六楼，一名护士、两名担架工在她的身后跟着。患者丈夫打开房门，谎称患者在阳台休息，让朱玉飞到阳台去。望着朱玉飞的背影，患者丈夫露出了恶魔的嘴脸，他一个箭步冲出门外，用菜刀将护士和担架工砍伤，随后将房门反锁，残忍杀害了毫无戒备、一心想着救人的朱玉飞。

我问小蓝："听到这件事以后，再去接病人会不会害怕？"

小蓝挺了挺胸："我当过兵，而且又是党员，不怕！"

我由衷赞叹起来，小蓝，好样的！你担起了一个退伍军人的责任，守住了共产党员的初心。

我要去的下一站，是四医院的急诊科。

杜丽群提前通知他们说，有位作家要和他们聊聊医院里的事，以及急诊科的近况。于是，急诊科的医生护士们，便上街买了葡萄、橘子和青枣，洗干净了，装在两个饭盒里，摆在科室的茶几上。

我们边吃边聊。

"听说急诊科的医生是院里最好的医生，护士也是经过严格挑选的、技术最过硬的护士，因为这是一个突发事件集中的科室，没有上好的心理素质，没有优秀的医疗护理技术，是不能从容应对的。我还听说这里的医护人员很辛苦，医疗风险也比其他科室大很多，比如那些酗酒闹事的病人，比如狂躁不安的狂犬病患者，比如拿着带血针头喊着要扎人的艾滋病患者，经常会在你们科出现。不过事物总有两个方面，病员病情简单、业务量少的企事业单位医务室，医护人员进步就慢；正规医院急症科情况复杂、业务量爆棚、危险性大，却很能锻炼人。"

我的一番开场白，说得她们都笑了。是一种充满自豪的笑。

罗美清是急诊科的代理护士长，她说我们这个科很特殊，上、下午不是很忙，最忙是傍晚6点到晚上11点这个时间段。这段时间病人特别多，弄得我们都忙不过来。

"你们每周有没有休息日？能正常休息吗？"我关切地问道。

罗美清说："休息日不是每周都有，经常是24小时随时应诊。值班的时候，我们一般是在门诊接待病人，如果接到120急救中心的电话，就要像战士接到冲锋令，带上早已准备好的急救药品和急救器械，跳上救护车，按照120急救中心提供的地址去接病人。"

罗美清给我讲了这么一个故事："那天我和一名医生上了救护车，拉响警笛，去接一个戒断综合征患者。所谓'戒断综合征'，就是停用或者减少使用精神活性物质，比如大麻、烟、酒后产生的综合征。见我们来，患者哆哆嗦嗦，从贴身的口袋里面掏出一张HIV检测报告，上面写着'HIV检测阳性'。病人说，他之所以把这份报告随身带着，是为了随时把它拿出来，吓唬那些想惹他的人：告诉你们，千万别惹我，我是一个艾滋病患者。"深吸了一口气，罗美清接着又说："为了抬他上车，我们把吃奶的力气都用上了，因为他死命挣扎，还用手扒着门框，不想跟我们走。我们刚把他抬上车，正要歇一会儿，就有几口浓痰猛地吐到我们脸上。谁干的？患者干的。嘴里还恶狠狠地吐出'去死吧'几个字。本想躲他远点儿，但车上的空间那么小，转身都难，哪有地方给我们躲？虽然我们都是戴了口罩的，但额头、脖子、眼睛这些地方都暴露在外，都粘上了带有病菌的浓痰，让人恶心，更让人担心。我们心里恼火，很想教训一下这个可恨的病人，说我们是来救你的，但你竟然恩将仇报，竟敢这样无理，你还是不是人呀？但我们没时间教训他，因为我们要抓紧时间给他做颈静脉穿刺，挽救他的生命。因为他长期注射毒品，四肢浅表的静脉已经硬化、闭塞了，只能选择股静脉穿刺或者颈静脉穿刺。我们刚把针头扎进他的颈静脉，回手他就拔了出来。我们又扎，他又拔。我们扎了三次，他拔了三次。因为用力过猛，那血就随着针头满车飞溅，那情景就像在车的内壁喷洒红油漆。见他这样我们就知道他不想活了。他的家属也跟我们说，到了这一步，让他活着也没什么意思，求求你们，不要再救他了。我们对家属说，治病救人是医生的天职，即便他真的想死，即便我们有被传染的危险，也要救他。他得了这个病，有着血缘关系的你们都嫌弃他，我们再嫌弃，这个世界就没什么人道可言了。"

护士甘丽抢过了话头："其实也不能把账全部算在家属的头上。很多病人就是因为吸毒，导致家徒四壁、妻离子散，家属怨恨，自己过得也很窝囊，就见不得别人好，进而仇视他人，甚至仇视整个社会。吸毒的人，可恶就可恶在这里。我们管辖的这片范围，吃白粉的'粉仔'就很多，也可以说，他们就是艾滋病的'候选人'。2001年，南宁市城市应急联动系统正式投入运行，通过采用统一的接、处警平台，向公众提供紧急救助服务。医院与急救中心联动制度出台后，从民主路铁道口到宾阳一带，包括东沟岭和燕子岭棚户区，急诊统统归四医院管了。这一区域闲杂人员比较多，这些人素质比较低，有的人品行还很恶劣，当地居民常常受到他们的骚扰。有个阿婆跟我们说，这里的很多'粉仔'天天在街上游荡，他们'吃粉'吃到口袋里没钱了，就去偷，就去抢。他们真是太疯狂了，除了安全套不偷，香火不偷，什么都偷。不仅抢女人的财物，男的也敢抢。有个壮年男子，生得牛高马大，脖子上还挂了条又粗又亮的金项链，因为太过于'露富'，被几个十几岁的'粉仔'盯上了。光天化日之下，几个'粉仔'把他团团围住，一顿拳脚之后，硬是扯下了他的金项链。听说这里的'粉仔'很猖狂，银行都不敢把自动取款机设在这里，不怕别的，就怕这些狂徒砸烂机器，把里面的钱给卷走。"

甘丽快人快语，一说起就停不下来："说到接病人回医院，我再讲一件事给你听哦，谭老师。来过这边的人都知道，这里的建筑大多是违章建筑，为了节省材料，都把楼梯建得又窄又小。上下楼可就麻烦了，即使你两手空空没拿什么东西，也要侧着身子才能走，而担架、急救箱和其他医疗设施就更没法上楼下楼了。要把病人抬下楼，担架又上不去，怎么办？我们只好用床单裹着病人，从窗口吊下去。一次，一个病人往自己的股动脉注射毒品，引起大动脉破裂出血，家人拨打了120的急救电话。我们赶到后发现，纵使家人给他死命压着，鲜红的动脉血还是止不住地往外涌。身边又没有急救箱，情急之下我顺手捞了一卷卫生纸，堵在血糊糊的伤口上。把病人拉回医院，送进手术室，我们就回急诊科了。谁知刚坐下，手术室的电话就急火火地追过来了：'甘丽，病人身上那一大坨红红的东西，是个什么东西？'唉，都是违章建筑惹的祸啊。"

说到这里，甘丽提了个建议："邓上勤是我们科室的副主任，工作上有很多感人的事迹，你不要放过她哦。"又转过头对邓上勤说："邓主任，快说说你给患者人工呼吸那件事啊，说啊。"

邓上勤一直不声不响地坐在那里，专心听大家发言，本想让大家多说点儿，自己少说点儿，既然甘丽催促了，那就说说吧："那晚正好轮到我值班，天快黑的时候，家属送一个病人来到我们急诊科，这病人是艾滋病合并晚期肾衰竭病人。只见他脸面浮肿，双下肢也是肿得厉害，送来的时候呼吸都没有了，家属仍然不肯作罢，双膝一弯跪在了我们面前，声泪俱下地说，医生大姐、护士大姐呀，无论如何你们都要把他救过来呀，我们很多亲戚都在外地，一定要让他们见上最后一面呀。见家属这样我的心就软了，我把家属扶了起来，说那好吧，我试试看，但我不敢保证一定能成功。说完我就俯下身去，松开病人的衣扣，托起他的下颌，捏住他的鼻子，嘴对着嘴，缓缓地往嘴里面吹气。吹了有七八下，又按压他的胸部。你猜怎么着，几分钟后这个病人居然活了过来。围观的人个个都说，这个医生真了不起，就算没有艾滋病，是个普通的病人，愿意给他做人工呼吸，也是十分不易呢。"

对艾滋病人进行人工呼吸抢救，是有生命危险的，如果施救者口腔溃疡或有伤口，就很可能会被传染。染上了艾滋病，那就糟了。换句话说，这么做，邓上勤是违反规定的，是抱着慷慨赴死决心的。

邓上勤继续说："这个患者家境非常差，还有很小的孩子需要抚养，家里没有余钱剩米，再也拿不出钱来给他治病了，这可怎么办呢？我们知道做任何事情都不能半途而废的道理，何况是救人这种天大的事？医院不是设有先检查、先用药，然后再补交费用的'绿色通道'吗？于是我们向上级部门请示，给他争取到了这个福利，让他住进了艾滋病房。"

　　"后来病人怎样了？"我忙问。

　　"他最终没能熬过去，几天后就去世了，但他的亲属尤其是远道而来的亲属还是很感激我们，亲属说，如果不是医护人员想尽办法延长病人的生命，他们就见不上最后一面了。"

　　邓上勤又说："还有件事我想在这里说说。有一天，监狱的警察猛打我们电话，说快来呀，我们这边出大事情了。我们赶到现场一看，原来是一个正在服刑的艾滋病患者威胁警察，要吞铁钉自杀。警察对此束手无策，想来想去才想起南宁市第四人民医院不是有个艾滋病科？对呀，找四医院的医护人员试试。任务落到了我们急诊科的身上，我们很快赶到，采取措施控制住了这名患者。可是一些警察都没有胆量上前一步。我们知道，这是'恐艾'心理在作怪，'恐艾'心理不仅平头百姓有，英勇无畏的警察也有。"

　　最后是主治医师韦晓宏发言，话语间，满含着对大学生艾滋病患者的同情与惋惜："广西某大学有个研究生，一个24岁长得很帅的小伙子，当120把他送到医院时，他已陷入深度昏迷。他的身边没有亲人，也没有朋友，我们想翻看他的手机，找到他的亲朋好友，为抢救他的生命签署意见，想想又不敢这么做，怕被投诉侵犯他人隐私。"

"结果怎样？"这帅小伙的命运挺让人揪心。

"结果在没人签字的情况下，我们把他送进了抢救室。抢救过来后，又把他送进了艾滋病房。"韦医生说。

"小伙子还在吗？"

"不在了，不久他就离开了人世。直到他死，他的亲戚朋友没一个现身，是他不愿意告知，还是他们不愿来医院看他，我们就不知道了。"

甘丽总结道："真是太可惜了，小伙子那么年轻，长得又那么帅，又有这么高的学历，如果不得这个病，前途光明着呢。"说着她从纸巾盒里扯了张纸巾，擦起了眼泪。

不一样的成就感

自从接到任务，进入四医院采访，自从接触艾滋病科护士长杜丽群和她带领的团队，我的心情再也不能平静。在波涛汹涌的经济大潮中，在纷争不断的医疗大背景之下，在医患矛盾日益激化的严峻形势下，还有一个以治病救人为天职，有一个关爱病人、怜惜病人、同情病人的群体在坚守，是我们这个社会的福祉，也是患者的福祉。

为造福更多传染病尤其是艾滋病患者，2011年6月，四医院成立了血液净化科。

> 血液净化是指利用特定的仪器和设备，将患者的血液引出体外，经过一定程序，清除体内某些代谢废物或有毒物质，再将血液引回体内的过程。血液净化包括血液透析、血液滤过、血液灌流、血浆置换、免疫吸附等。

我国的血液净化治疗是从20世纪80年代开始的，其后的20多年间，由于各地"专机专用"条件并不完备，或者是监管不到位，造成多起血透丙肝群体感染事件的发生——

2009年2月，山西太原血透患者42.6%感染丙肝；

2009年12月，安徽霍山血透患者32.8%感染丙肝；

2010年1月，安徽安庆血透患者50.6%感染丙肝；

也是2010年1月，甘肃白银血透患者41.1%感染丙肝。

血透丙肝群体感染重大事件的频繁发生，惊动了国务院和国家卫生部门，2010年底，卫生部明文规定，血液净化治疗必须"专机专用"，也就是说，传染病患者和普通患者必须分开使用血液净化机，违者从严查处。

我要到四医院的血液净化科采访，得有人给我引路，杜丽群说，我给你引路吧。到了那里，杜丽群说还有别的事，忙去了。我便待在血液净化科，跟这个科的主任兰玲鲜聊了起来。

兰主任说："我们科成立时，医院就花巨额资金引进了十台血液净化仪，其中的三台，一台用于抢救急危重症患者；两台专门给艾滋病患者使用。陆先生幸运地成为南宁市第一个在本土医院做血液透析的艾滋病人。"

陆先生是艾滋病合并肾功能衰竭，由于肾功能低下，致使体内毒素无法正常排出，遇到这种情况，最有效的方法就是做血透。正常人血肌酐是44~133微毫摩尔/升，陆先生的血肌酐竟高达1500微毫摩尔/升！经过血透，效果出现了，每做完一次，他的血肌酐就降下一半。通过治疗，陆先生的病情明显好转。

"与我们相邻的云南以及全国许多省市的医院，一直没有专门为艾滋病患者做血透这项服务，而北京的佑安医院，人家早就有了，现在我们四医院也有了。过去广西周边省市的艾滋病患者需要做血透，都是跋山涉水，到北京佑安医院去做，现在不用，来我们医院就可以了。"兰主任说。

血透是一项繁杂、细致、技术含量非常高的工作，不但要求医护人员有高度的责任心、耐心和工作热情，还要有精湛的技术水平，才能保证这项工作的圆满完成。

四医院的血液净化科有两名医生、三名护士。除兰玲鲜主任之外，另有一名医生陈秋霞。护士是苏春雄、何洁和黄瑞芬，苏春雄是护士长。与司机组恰恰相反，司机组个个都是热血男儿，而血液净化科没有一名男士，全是女将，但她们巾帼不让须眉，撑起了血液净化的一片天。

　　医护人员少、病患多、上班时间长、中午没办法休息是血液净化科的四大特点。

　　四医院血液净化科的治疗区域分得很细，分为五个区：A区（阴性区）、B区（乙肝区）、C区（丙肝区）、D区（艾滋病区）、E区（梅毒区）。

　　我在这里采访时，看见每台机器都未空置，都有病人在做治疗。苏春雄护士长和黄瑞芬护士，一刻不停地在一台台机器之间巡回查看，监测机器的温度控制系统、容量系统、空气报警系统和动静脉压等各项指标。

　　因这项工作需要长时间站立，科里的每位医护人员基本都有腰部的疾患。兰玲鲜主任病得最重，她有严重的腰椎间盘突出症。她说她的腰一直痛，并且伴有坐骨神经痛、大小腿麻木等症状，平时走路都弯着腰。穿裤子、系鞋带也很费劲。去看骨科，医生让她做手术，她说工作太忙了，没时间做，手术的事便一直拖着。后来病情越来越严重，骨科医生对她提出忠告，你不能再拖了，再拖下去就有瘫痪危险了，她才放下手里的工作，做了腰椎间盘摘除术。

　　可是术后还没拆线，苏春雄护士长就打电话过来催了："快回来呀，兰主任，科里已经忙得不行了。"

　　原来这时血液净化科就只剩下陈秋霞一名医生了。陈秋霞医生尚未进入正式编制，31岁，此时正在边工作边复习，准备参加四医院的公开招聘考试。就是这样一位没有编制的医生，既要应付到血液净化科治疗的患者，又要应付使用床边持续徐缓式血液净化机（可推到病房给病人做血液净化治疗的机器）的住院患者，忙得晕头转向，才把苏春雄护士长急成那样的。

救场如救火。

兰玲鲜此时还在住院，身体还很虚弱，甚至可以说是"弱不禁风"，但骨子里的倔强使她忍着痛，两手在后腰上撑着，一脚高一脚低，回到了血液净化科。

见她回来，科里的姐妹们高兴呀，科里终于又有了主心骨了。姐妹们高兴，她的老公却很有意见，嗔怪妻子道："老兰，你都病成这样了还回去上班，不要命了是不是？"

与兰主任一样，苏春雄护士长也患有严重的腰椎间盘突出症，那天她就是搓着被神经压得麻木的大腿，领我去看那些血液透析机、血液透析滤过机、血液灌流机、床边持续徐缓式血液净化机和水处理净化设备的。

在繁忙运转的机器旁，我见到了护士黄瑞芬。黄瑞芬有个3岁的孩子，最忙的时候，24小时都在科里加班，孩子见不到妈妈，整天哭着喊着要妈妈。

黄瑞芬告诉我，现在她正在给患者老颜做血液透析。黄瑞芬说的老颜，这时正躺在床上，身上盖了床薄被，睡得正香。

这位老颜，是不是艾滋病咨询员小黄给我说的那个老颜呢？我压低声音问黄瑞芬。黄瑞芬说：正是。这老颜不但患艾滋病，同时还患有严重的肾功能衰竭，后来又发展成心衰。肾衰和心衰引起的恶心、尿频、咳嗽和呼吸困难，让他整夜整夜睡不好觉。

睡不好，心情肯定不好。到血液净化科治疗时，他的脾气已经很大了，常常是边治疗边骂医生、骂护士，说你们这里什么都不行，医疗器械不行，服务态度不行，简直让人活受罪！医生护士都不作声，由他骂去。等他骂够了，这才好言相问，现在你感觉是不是好点了？排出体内毒素和多余的水分，舒服点了是不是？听见问，他便试着活动了一下身体，确实感觉舒服多了，这才不好意思地闭了嘴。接下来，他就打着呼噜睡着了。从那以后他再没骂过人，不但不骂人，还和医护人员成了无话不谈的朋友。

一次做完血透，黄瑞芬正给老颜摘管，他突然口吐鲜血，在黄瑞芬的白大褂上染出了朵朵盛开的红梅。这事如果在过去老颜是绝对不会道歉的，这回不同，他一连声地给黄瑞芬说对不起，还说要赔她衣服。

黄瑞芬说："在这里，无论患者态度多么恶劣，多不讲道理，我们都要忍着，不和他顶撞，因为他太痛苦了，医护人员再刺激他，他就没法活了。被人骂，心里总是不舒服的，那怎么办？回家少不了拿家里的人出气呀。以兰主任为例，有时无缘无故被病人骂了，回家就把气撒在女儿身上，骂得女儿一愣一愣的，不明就里。"

黄瑞芬跟我说，做这份工是累一点儿，也受过不少的委屈，但她从没想过要转科。

她又给我讲了一个故事，说有次她给艾滋病患者老邓做血透，老邓盖着被子，舒舒服服地躺在那里。她背对着老邓，在摆弄着那些血透的器械。他俩有一搭没一搭地闲聊，忽然就听不见老邓的声音了，她回头一看，原来聊着聊着，老邓就晕了过去，血压也测不到了。当时她并没有慌乱，因为这种事过去也曾经发生，她有的是办法处理。她立即停止超滤，减慢血流量，并迅速给老邓静脉推注生理盐水，推注高渗葡萄糖。事实证明她的处理是果断的、正确的，因为也就两三分钟时间，老邓又醒了过来，还接上刚才的话题，和她聊了起来。

黄瑞芬说："谭老师你猜，那一刻我的脑海忽然冒出三个什么字来？"

"什么字？"我很好奇。

"成——就——感。"

说到成就感，我马上想起在四医院采访过的两位医生，一位是擅长超声诊疗的农恒荣；一位是艾滋病科一病区的住院医师彭认平。

农恒荣，广西德保县人，中国医学影像学会介入超声专业委员会委员，广东省超声医学工程学会原常务理事、广东省医疗事故技术鉴定专家。他说这些都不重要，重要的是他是杜丽群卫校的校友。当他了解到杜丽群真情服务艾滋病患者的事迹后，就想从广东调回广西，加入杜丽群的团队，为防艾抗艾出一份力。求贤若渴的吴锋耀院长获知消息后，亲率医院人事科长等人远赴广东东莞，与东莞市中医院展开三年拉锯战，终于把农恒荣"挖"了回来。

调到四医院不久，农恒荣便创办了南宁市第一个"介入超声诊疗室"，在超声监视引导下，对肝、胰、脾、肾、肺、甲状腺、乳腺、前列腺等器官病变进行穿刺活检；对心包积液、胸腹腔多房性积液、关节积液、肝脓肿、肝胰肾囊肿等实施穿刺抽液或置管注药等微创治疗。

在他的病人里，60% 以上是艾滋病患者。

农恒荣坦言，如果一定要拿广东和广西比，那根本就没法比，广东是经济发达地区，各方面条件都更胜广西一筹，那是有目共睹的。那他为何放着好日子不过，调回广西，调回四医院呢？他说古希腊一座神庙的门柱上写着这么一句警示名言："发现你自己。"那是历史的回答，也是他的回答。他不想虚度此生，他要在人生最好的年华，取得成就，实现自我价值。

29 岁的彭认平，2009 年毕业于山东大学医学院临床医学六年制医学专业（英语医学）。毕业时他在网上应聘，桂林的多所医院和南宁市第四人民医院都向他伸橄榄枝。他喜欢有挑战性的工作，认为四医院是传染病医院，极具挑战性，便毫不犹豫地选择了四医院。

彭认平跟我说："在艾滋病科工作，最大的好处就是可以'自我实现'。马洛斯需要层次理论的要义，首先就是尊重的需要。尊重的需要又分为两种，一种是内部的需要，比如自尊、自主和取得成就；另一种是外部的需要，比如地位的认可以及受到别人的关注。尊重的需要一旦得到满足，人们就开始追求一种更高层次的需要了，那就是自我实现。"这是多么有哲理的一段话啊。

2010 年，彭医生差点考研究生走掉，离开四医院的艾滋病科。后来阴差阳错，没走成。他告诉我，现如今患艾滋病的人越来多，大学生感染者也是越来越多，同样是年轻人，他特别同情这些大学生艾滋病患者。所以现在什么都不想，就想做个好医生，做好分内的事，能救一个是一个。让病人好好地走出医院，自己就满足了。

彭医生做的是怎样一份工作？所在的岗位是不是很重要？能否满足他追求的"自我实现"的愿望？经介绍我才知道，他的工作是专门为病人做无痛电子胃肠镜。在四医院，他被誉为"第一个为病人做无痛胃肠镜的临床医生"。他的病人对他更是感激不尽："无痛胃肠镜以前我们想在别的医院做，由于我们是传染病患者，人家死活不让做，说是怕传染。现在四医院给我们做了，我们万分感激，感谢四医院，感谢彭医生。"

有个住院的艾滋病合并消化道疾病的阿公，原来脾气很差，逮谁骂谁。彭认平给他做无痛胃肠镜时，发现他是消化道疾病引起胃底出血，便把情况向医生做了汇报。医生对症下药，将病情控制住了。他不那么难受了，脾气好多了，目光也柔和多了，也不整天黑着个脸，像是跟谁都有仇了，并且诚恳地对彭认平说了声"谢谢"。

"于是我就有了成就感。毕竟我们这代人，讲的就是自我实现，就是做完一件事情之后心里感觉到愉悦，有那种成功的感觉。"彭认平说。

"成就感"，多么神圣的字眼，它的神圣只有创造成就的人才能体会。

收回思绪，我才猛然想起，自己在血液净化科转了半天，见了四位医护人员，还有一位没见着。"那是护士何洁。"兰主任说，"何洁的腰椎也有毛病，也是用手撑在腰的后面才能走路。"

"她现在哪里呢？"我问。

"在妇产科住院呢。她和陈秋霞一样，也是31岁。先后怀过两次孕，第一次怀孕时，因为工作劳累导致先兆性早产。现在是第二次怀孕了，本来应该好好休息的，但科里严重缺人，没办法给她调休，只好硬撑着。她每天早上7：30就到科室了，做好准备马上安排患者上机。直到下午6：00才拖着笨重的身子回家。怀孕7个月时，也就是快要临盆的时候，她才住进我们医院的妇产科待产。"无法给怀孕的下属适当照顾，兰主任觉得很惭愧。

这么聊着，下班时间就到了，我问兰主任："中午饭你们怎么吃呢？能不能按时吃？"

兰主任说："照理说中午饭应该去食堂吃的，我们食堂搞得不错，就餐环境和饭菜味道也都可以。餐费个人出一部分，医院补贴一部分。我们院长曾经这样说，如果一个医院连食堂都办不好，还指望办好其他事情么？食堂虽好，但我们常常抽不出时间去食堂吃饭，因为病人太多了，机器一刻也停不下来，只好叫师傅把饭送到科室，我们边工作边吃。整个四医院，只有我们科室需要师傅天天送饭。有时饭送过来了，我们也没有时间吃，忙到下午三四点吃午饭，是常有的事。正因为这样，我们科的医护人员不但腰不好，胃同样不好。"

正说着，门外进来一个人，两只手都提了盒饭。兰玲鲜哈哈一笑："说曹操曹操到，介绍一下，这是谭老师，这是我们食堂的管理员李安立。今天，管理员亲自给我们送饭来了。"

李安立笑着与我打了声招呼，放下盒饭走了。

陪患者一起走钢丝

重新评定三级医院的一项重要指标，就是这个医院有没有独立的重症医学科（ICU）。

重症医学科的治疗范畴包括急危重症患者的抢救和延续性生命支持；发生多器官功能障碍患者的治疗和器官功能支持；防治多脏器功能障碍综合征。

对于那些被推进重症医学科的病人，有人打了这么个比方，说他们病情危重，就像在一条细细的钢丝绳上行走，下面是一眼看不到底的万丈深渊，一旦平衡掌握不好，就可能从高处坠落，万劫不复；如果有人陪伴他们，给他们提供帮助，对他们的处境作出综合性分析和判断，比如那些脑水肿患者，是否给他们使用可能伤害到肾脏的药物，比如呼吸衰竭和肾脏衰竭这两个问题同时出现，先处置哪个，分析判断完成后，再按计划予以实施，患者的生命就可能得到延长。

而危难时刻陪伴患者，给患者希望的人，就是重症医学科的医护人员。

我国的重症医学历史，是从20世纪80年代初，北京协和医院在全国率先创建相对独立的重症监护病房开始的。星星之火可以燎原，到20世纪90年代，重症监护病房开始在全国各大医院铺开。2001年之后更是遍地开花，形成普及的态势。在这同时，问题也出现了，重症监护病房的医生，有的来自内科，有的来自外科，有的来自呼吸科，有的来自麻醉科，有的来自急诊科，却始终挂着原来各科的执业资质，处于"有名无分"的状态。直至2009年1月19日，卫生部发出在《医疗机构诊疗科目名录》中，增加一级诊疗科目"重症医学科"的通知，这种状态才有所改变。

2010年9月，四医院顺势而为，成立了广西唯一一个传染病的重症医学科，设有编制床位5张，实际开放床位7张。这些床位按传播途径和病人病种，划分为一个普通病房、一个结核病房、一个艾滋病房。每个病房由重症医学科的医师主管，传染病的专科医师协管。利用电子纤支镜、除颤仪、呼吸机（迈柯唯、BP760、BP840）、吸氧仪、床边血气分析仪、心电图机、振动排痰仪、电动翻身床、移动X光机、迈瑞中央监控系统等大型仪器设备，为患者实施床旁纤支镜技术、血液透析滤过、血浆置换及微创经皮扩张气管插管技术、深静脉穿刺置管术、动脉穿刺置管持续血压监测治疗。对重症肝炎、结核病急危重症并发症、艾滋病急危重症、普通法定传染病急危重症、传染病突发公共卫生急危重症（如甲型H1N1流感、重症手足口病、传染性非典型肺炎等）

患者进行有效救治。

四医院重症医学科硬实力给力，软实力同样给力，截至2013年，有主任医师1名、副主任医师1名、主治医师2名、住院医师4名、医学研究生2名、在读研究生2名、主管护师1名、护师9名、护士6名，组成一个集教学、科研、急危重症救治的优秀的医疗护理团队。在林艳荣主任的率领之下，开展传染病急危重症科研工作，课题"南宁市传染病急危重症救治中心建设"获南宁市重大科技专项立项。除此以外，在2012年3月南宁市召开的科学技术表彰大会暨2012年科学技术工作会议上，林艳荣负责的"HIV/TB双重感染结核分枝杆菌耐多药现状研究"课题，获南宁市科学技术进步三等奖。

就是这样一个软、硬实力兼备的科室，成立时同样遇到不少的困难。

首先是人员问题。

院领导三番五次动员，都因为急危重症患者极易伴发多脏器衰竭，许多人怕承担责任，不愿到重症医学科工作。

有人不愿意来，不等于没人来。

第一个要求到重症医学科的，是结核科三病区的副主任林艳荣。她到重症医学科的理由是：我年纪轻，身子骨硬朗，能挑重担，我去。

结核科二病区护士龚贝贝，曾到北京胸科医院进修过结核病重症护理，随后也来到了重症医学科。

随后陆陆续续，又从别科来了几个医护人员。人手还是不够，怎么办？院医务科和护理部只好硬性指派，从各科抽调人员。

相比一般患者，重症医学科的患者精神上更焦虑，心情更烦躁，从各科汇聚而来的并没有任何重症医护经验的医护人员受到影响，不免也跟着焦虑和烦躁。

在重症医学科，抢救是工作中的常态，几乎每天都有急危重症患者需要抢救。抢救的时候，深静脉穿刺是少不了的。一开始，医生即便给焦躁不安的患者注射了镇静剂和肌松剂，即便在原来的科室也做过深静脉穿刺，但那双手就是不听使唤，不能顺利完成此项工作。那时，但凡有患者需要抢救，都请麻醉科的医生过来做深静脉穿刺，本科的医生做不了。后来心情渐渐平静下来了，经验也有了，给急危重症患者做深静脉穿刺对于重症医学科的医生便不算什么了。如果不是特别复杂的病例，都不需要麻醉科的医生过来了。

我第一次见重症医学科的主任林艳荣，是在正午的阳光下，她白白的皮肤被阳光一照，好看极了。林艳荣却说，在重症医学科，成千上万的致病菌悬浮于空气当中，上班就要把口罩戴上，一张脸捂得严严实实的，再怎么好看也看不到了。说到深静脉穿刺，林主任告诉我，深静脉穿刺难度确实很大，光有胆量还不够，还需要冷静、耐心和细心，需要丰富的临床经验。由于这项工作要在局部麻醉之下进行，又属于深入、侵入性操作，弄不好会引发其他并发症，引起医患之间的纠纷和矛盾，因此在过去，这项工作一般由训练有素的麻醉师来做。现在重症医学科的医生也做得很好了，真是一件值得骄傲的事。而艾滋病科更是了不得，在杜丽群护士长的率先垂范之下，那里的许多护士竟也攻克了心理和技术上的一道道难关，熟练掌握了这门技术。

"杜丽群和她的护理团队真是太伟大了。"林艳荣赞叹道。

曾几何时，在互联网上引发过一场"护士可不可以做深静脉穿刺"的大讨论，有人说："做深静脉穿刺还是医生做比较好，要不然搞出个气胸叫你吃不了兜着走，连经验丰富的医生有时候都穿成气胸，何况你个小护士？病人好了就好，如果不好，出了事，才不管你是不是好心救他呢，到时候被投诉，赔钱的还不是你？我们护士在做护理的时候还是要合法合规，不该做的事情不要做，不要给自己找麻烦。人家国外连打静脉针都要考个证，有资格才能打呢。"有人对此予以有力反驳："怎么不可以？又没有明文规定护士不能做深静脉穿刺，关键是经验和感觉，找准具体位置摸着进针，抽到暗红色静脉血出来就OK，后面的操作对护士来说更不是问题了。"

"互联网的讨论此起彼伏，莫衷一是，其实也没必要过多关注，做好自己的事比什么都重要。"林艳荣说。

重症医学科对护理人员的要求很高，对护士长的要求更高。开科时，林艳荣觉得26岁的龚贝贝综合素质不错，提议让龚贝贝担任重症医学科的副护士长（护士长缺）。提议呈上护理部，很快获得批准。

让林艳荣感到欣慰的是，龚贝贝并未让她失望，经过这些年的磨炼和锻炼，已成长为急危重症护理方面的骨干力量。

当我全副武装进入重症医学科的艾滋病房，就看见一个中等个头，身穿隔离服，脚蹬隔离鞋，头戴护士帽，手戴乳胶手套，脸上蒙着口罩，只露出一双大眼睛的青年女子在忙活。

此人正是龚贝贝。

病床上生命垂危的老年男性，是艾滋病合并肺孢子虫肺炎和肺结核患者。对艾滋病患者而言，威胁最大、死亡率最高的就是机会性感染。有的国家和地区，艾滋病机会性感染以卡氏肺孢子虫和巨细胞病毒感染为多见，其次是非典型分枝杆菌感染。而在发展中国家，则以肺结核多发。只见这位患者双拳紧握，面色发绀，呼噜噜的痰音从肺部深处传出，那恐怖的声音似乎要把人吓跑。床头上方，一个十孔排插插满了插头，插头连接着导管，导管连接着病人的身体。龚贝贝弯下腰，凑在病人的耳边说："阿公，你很难受是不是？不要紧张，越紧张，呼吸就越困难。呼吸越困难，就越是让人受不了。试试半躺半坐的姿势吧，可能会舒服一点儿。来，我们试试。"说完揽起病人，帮他调整到他感觉到舒服的姿势。

接下来的气管插管排痰，真可以用惊心动魄来形容。

患者体质差，肺功能低下，呼吸道黏膜纤毛运动变弱，无法自主将痰液排出体外。要排痰，必须进行气管插管。此次排痰并不顺利，龚贝贝刚把导管插进去，就被浓稠的痰液堵住了。导管被堵，管内压力不断增大，承受不住的时候接口处便瞬间爆裂，痰液飞溅而出，溅了龚贝贝一身。我们知道，肺结核的主要传播途径是呼吸道，往常即便是在室外，正在排菌的结核病人咳嗽、打喷嚏或大声说话，结核菌都会随着痰沫微粒散布于空气中，即使你是一个健康人，如果靠得太近，吸入这种微粒，也可能被传染；要是在室内，通风不良的情况之下，病菌可在空气中悬浮5个小时之久，健康人与病人同处一室，被传染的系数更是十倍百倍地增加，更何况该患者患艾滋病合并肺孢子虫肺炎及肺结核的同时，还伴有多系统功能衰竭，凝血功能又不好，剧烈咳痰时，血从他的口鼻涌出来，确实把龚贝贝吓得不轻。

此时，是擦拭自己身上的致病痰液要紧还是救人要紧？当然是救人要紧！龚贝贝稳了稳神，忙给患者连接呼吸机，做常规性给氧抢救，挽救患者的生命。

龚贝贝说，来四医院之前，她查阅了不少有关传染病护理方面的资料，做好了应对各种疑难病例的准备，没想到进入重症医学科，还是有意料之外的情况发生。

龚贝贝对护理行业情有独钟，源于小时候发生的一件事。

那次父亲生病，到四医院看病，她也跟着父亲去了。当她看见那些身穿白色护士服、头戴燕尾帽的护士正在给病人打针、换药，女孩子与生俱来对美的追求左右了她的思维——护士姐姐的那身装束太漂亮了，像天使一样好看，于是她对自己说，我长大也要当一名护士，穿上这套漂亮的服装。

龚贝贝说，少年时代的梦想复杂吗？不复杂，应该说很简单。

十九岁那年，她的梦想实现了。她怀揣着卫生学校的毕业证书，到四医院报到来了。

岗前培训后，她被分到了结核科二病区。

次年突发非典（SARS）疫情，医院住进来不少非典及疑似非典患者。院领导说，龚贝贝虽然还没领到护士执业证，但工作中一名优秀护士的素质已展露无遗，就让她到非典病区锻炼锻炼吧。

于是她就到非典病房接受锻炼去了。每天，她都跟着那些被她称为"老师"的人，穿几层隔离服，戴几层口罩、几层手套和护目镜，给发热病人量体温、输液、注射、采血，从早上八点一直忙到深夜两三点，直到下一班的护士来接班，才浑身像散了架似的回宿舍休息。让她至今难忘的是，下班时，当她脱下厚厚的隔离服，才发现打底的衣服全湿透了，轻轻一拧便拧出了一摊水。照镜子时更让她吃惊了，镜子里的这张脸难道是自己的脸？怎么这么难看？怎么憋成了酱紫的颜色？还印着一道道陷进肉里的勒痕？

同样，2008年龚贝贝被医院指派，参加了禽流感患者的护理。

2009年9月，广西首例甲流急危重症患者被送进了四医院。此时，龚贝贝刚从北京胸科医院进修结核病重症护理回来，闻讯主动提出申请，说让我去护理这位患者吧，我有理论知识，也有实践经验，我会把这项工作做好的。

过后吴锋耀院长跟我说："这些员工平时不显山不露水，关键时刻能冲上去，作为一院之长，我常常被这些员工所感动。"

再说那位甲流急危重症患者，不是一位老者，而是一个十七八岁的大男孩。入院时他已出现急性呼吸衰竭、感染性休克等症状，病情危重。经专家会诊、医生抢救，他终于活了过来。龚贝贝要做的是给他进行呼吸机鼻面罩无创通气、升压、抗休克、补液、扩容、抗感染等。此时患者身体仍十分虚弱，龚贝贝便告诫自己，一定要使出浑身解数，护理到位，让他尽快好起来。在专家、医生及龚贝贝等护理人员的共同努力之下，那男孩病情终于好转，一个月后，他出院了。

入院时，那个戴着面罩像缺水的鱼儿那样大口大口喘气的男孩，难道就是眼前这个绯红着脸、生龙活虎向大家挥手告别的男孩吗？龚贝贝简直不敢相信自己的眼睛。从那以后她更爱自己的工作了，觉得自己付出的一切都是值得的。

"没有重症医学科的时候，医院把急危重症患者送去哪里呢？"我问龚贝贝。

"能去哪里？有的留在各科继续治疗，有的回家等死。自从有了我们重症医学科，就全部送到我们这里来了。"龚贝贝答。

到了重症医学科，急危重症患者的护理和日常生活，家属再也不能插手，全都交给这里的护士了。一天24小时，护士必须守在患者身边，除了观察病情，打针上药，还要给患者接大小便、记尿量、洗头、擦身子、剪指甲等。那些病情特别严重、抢救无望的病人，有的来了不到半天就去世了；那些同样病得很重、通过抢救活过来的，就在这里住上半个月、一个月甚至更久。

来这里的急危重症患者，行为多乖张。

曾经有个来自桂平的患者，让龚贝贝无论怎样也忘不了。这是一个艾滋病合并肺结核病人，当时快不行了，经全力抢救，病情逐渐好转。后来他能吃饭了，但吃进嘴里的东西都被他吐了出来，他瞪大眼珠子说，这是人吃的吗？怎么这么难吃。又说这里没有电视看，要回家去看电视。护士给他打针，他就用脚踢护士；

护士走远了，他就把痰吐进小纸盒，砸向护士。如果哪天他的心情特别差，就自己动手，把连接在身上的导管全部拔掉。护士问他的兄弟，他是什么人，怎么脾气这么大，搞得人见人怕，鬼见鬼发愁。他的兄弟这才透露，他原来不是一般人，而是一个单位里的一把手。

有个患者，同样是艾滋病合并肺结核，本人倒不乖张，是他的老婆让人受不了。患者原本住在艾滋病科二病区，之所以转到重症医学科，是和其他转到重症医学科的患者一样，由于病情恶化。病房就是病房，怎么能跟星级宾馆比呢？他的老婆偏要拿病房跟星级宾馆比，说人家宾馆有这个有那个，你们没有，条件如此之差，还好意思收病人？一天，这老婆端来一锅骨头汤，交代护士趁热喂给她老公喝。放下汤她就出去了。过了一会儿进来，见汤一口没动，便大发雷霆，说你看你看，汤都冷了，你们明明知道病人吃冷食不好，却明知故犯，是不是想害死我老公啊？是不是啊？护士被骂得狗血喷头，委屈得眼泪都快掉下来了，却没回一句嘴。那老婆觉得不好意思，便不再骂了。

一艾滋高龄产妇，是她的丈夫不讲道理。这是他们的第二段婚姻。妻子怀孕后，被疾控中心确诊为 HIV 阳性，此时是她怀孕的第 6 个月。丈夫不查则已，一查也查出了 HIV 阳性。那丈夫绝望至极，从此以后脸上晴转阴。

腹中的孩子要还是不要，医生征求他们的意见。医生说，根据世界卫生组织统计的数据，几乎所有 HIV 感染的儿童，均为母婴传播。艾滋病母婴传播的自然发生率如此之高，而且有 30% 感

　　　　　　　　　　　　做南丁格尔这样的人

染艾滋病病毒的孩子会在他们1岁生日之前死去，而10个月之内孩子的死亡率最高。要不要，你们自己决定。如果要，我们会把艾滋病专家请过来会诊，为你们提供包括抗病毒治疗、安全接产、婴儿喂养、产后随访等终身免费服务；如果不要，希望尽早引产。

丈夫阴着脸说："那就不要。"

妻子却反驳道："我想要。"

丈夫拍起了桌子："要就要，以后我不管。"

妻子梗起了脖子："孩子是我的命，不让要，我就死给你看！"

送到重症医学科时，这位产妇快要临盆了。高龄产妇生孩子风险本来就大，加上患有艾滋病，风险更是大得无法言说。专家会诊后，为她制定了详尽的抗病毒阻断方案。重症医学科为她申请了免费的母婴阻断抗病毒药物，给她定期服用。当有临产征兆时，护士又把她抱上车，转送妇产科。经过近三个小时的手术，一个健康的男婴来到了这个世界。

生过孩子的母亲，还回重症医学科继续治疗。因为那里病菌比较多，孩子不便与母亲同住，便留在了妇产科。孩子生下来的一个星期，喝的奶粉、垫的尿布，都由医院免费提供。婴儿的照顾，也由重症医学科的护士代劳。

当母子要出院时，龚贝贝把新任父亲叫到了一旁："请你到收费处结下账吧。"

那父亲把脸一偏："我没有钱。"

龚贝贝动动嘴，刚想说点儿什么，那父亲竟暴躁得跳起了脚："再说，信不信我把孩子从楼上扔下去？！"

龚贝贝吐吐舌头，不敢说了。

患者没钱结账，这笔钱只能由医院来承担。

根据《中华人民共和国母婴保键法》和急危重症孕产妇抢救制度，孕产妇要重点保护，因护理不当导致孕产妇死亡的，需将死亡过程报自治区医疗卫生系统讨论研究。

"好在这些年，凡是到重症医学科就诊的急危重症孕产妇，全都躺着进来，走着出去了。"说完这句话，龚贝贝长出了一口气。

龚贝贝29岁，结婚多年，却没要孩子。不是不想要，是没时间要。"重症医学科随时都有急危重症患者住进来，一年忙到头，哪有时间要孩子呀？"龚贝贝说。

这位一心扑在工作上，多次被评为医院先进个人、十佳护士和南宁市护士技术能手的年轻护士长，在日记中这样写道：

> 每当值夜班的时候，我都会悄悄对自己说，黑夜是可怕的，病魔是可怕的，但黑夜总会过去，明天，我们还有希望。

主角与配角

有人认为，相比于医生护士，保洁员就是病房里跑龙套的角色，是配角，发挥不了多大作用。这是低看她们了。我们看相声就知道，有逗哏就要有捧哏，没有捧哏的配合，如何发挥逗哏的作用？换言之，作为配角的保洁员，在防艾抗艾战斗中也是起着举足轻重作用的。

每天，天刚蒙蒙亮，保洁员游阿姨和陆姐就走进了艾滋病科大门，穿好防护衣，戴上防护帽、口罩、手套，穿过"半污染区"，出现在艾滋病房。

游阿姨、陆姐谁也不说话，只是默默地、手脚麻利地给病人打开水，换床单，换被套、枕套。又按一定比例兑好消毒液，用来拖地、冲洗厕所、擦拭桌椅。

游阿姨长相蛮好看，鼻梁挺直，皮肤白里透着红。她跟我说："表面上看起来，我们干的是粗活，其实这份工也有着很高的技术含量，而且特别需要细心和耐心。哪条毛巾在哪里用过，我们都要记清楚，擦完一个床头柜就另外换上一条。虽说换床单、被套、枕套是护士的事，但我们经常协助护士做这些事。换床单看似简单，其实并不简单。刚到艾滋病科的时候，我见一位病人病得很重，床单永远都是湿漉漉的，开始我还以为是谁泼翻了一盆水，后来得知患了艾滋病的人容易发高烧，会出很多的汗，床单一天要换两三次。来这里时间长了，有经验了，看到这种情况我就拿条厚厚的毛巾被，小心地给病人垫上，以便给他吸汗水。"

杜丽群介绍游阿姨的时候说，这个游阿姨呀，1997年就开始在四医院从事保洁工作了，什么事该做，怎么做，可以说是经验丰富。2003年的非典，护理一线需要保洁员，通过层层选拔，游阿姨脱颖而出，从肝科抽到四医院的非典病房。那时的游阿姨，每天都要穿3层隔离服、戴3个口罩进病房搞卫生，一身身的汗，全都闷在了隔离服里，闷得她差点晕死过去，但她从没叫过一声苦，喊过一声累，出色完成了上级交给的任务。打那以后，每当发生重大传染病疫情，无论是H1N1禽流感，还是甲型流感等，游阿姨都是医院派往特殊病房的第一人选。

杜护长又说，艾滋病科开科时，无论怎么动员，都没有保洁员愿来这里工作，只有游阿姨主动申请来。

肝科的护士长也告诉我，游阿姨在肝科工作时任劳任怨，踏实肯干，做工让人很放心，这样的她完全可以继续留在肝科，不用面对被艾滋病人感染的危险，也不用那么累，那么受气，但是当她看到艾滋病科的卫生没人搞，就主动找到杜护长，说她愿去艾滋病科，给艾滋病人搞卫生。

"你知道艾滋病科的病人是怎样的吗？知不知道他们的病有多

重？知不知道这种病有多危险？"当初杜丽群曾试探性地问游阿姨。

"当然知道。"游阿姨笑着回答，"虽然这病是可怕了点儿，危险了点儿，但哪份工不得有人做？哪个病房的卫生不得有人来搞？"

去艾滋病科的事，最开始游阿姨并没有给丈夫讲，既成事实之后，才让丈夫知道的。

游阿姨跟我说："并不是我故作神秘，故意隐瞒事实真相，我做事一贯谨慎小心，这个他很清楚。知道我从肝科调来艾滋病科，生米煮成了熟饭，他也就认了。他说，去哪个病房不是做？只要注意安全就行了，在哪儿都一样。"

艾滋病科的保洁员，还有我们前面提到的陆姐。

陆姐参加工作稍晚一些，她是2004年到四医院内儿科做保洁员的。后来到艾滋病科工作，同样出于自觉自愿。

陆姐说话声音柔柔的、细细的："到了艾滋病科，看见家属不敢靠近自己的亲人，站在很远的地方跟自己的亲人说话，我的心就慌了。那年冬天很冷，有个病人躲在厕所里面割脉自尽，流出来的血都结成了块。第二天早上上班，我和游阿姨用水龙头冲了很久，才把地上的血冲洗干净。还不放心，又拿消毒水反复消毒，生怕留有致命病菌。做完工，我的两条腿软得不得了，差不多都走不动路了。最好笑是有一次，我刷卫生间的洗手池，戴的手套破了一个洞，我赶忙跑去问杜丽群护士长，接着又问'红丝带'的志愿者，我会不会被传染呀？我会不会得艾滋病呀？那时候不知道是怎么一回事，怕艾滋病怕得要命。如果现在你问我怕不怕，我会告诉你，已经不像以前那么怕了，习惯了，帮病人热饭菜，都懒得戴手套了。"

　　陆姐有点儿黑眼圈，就是别人说的"熊猫眼"。这也难怪，晚上她要照顾小孩到很晚，早上鸡叫又要爬起床，骑车送完小孩去学校，马上到医院上班。保洁员上班要比医生护士去得早，必须在医护人员上班之前赶到科室，做好严密的自身防护之后，开始打扫办公室、护士站、走廊、厕所、病房。

　　陆姐说："做这份工我感觉很累，也知道这里很危险，也打过退堂鼓，不想干了。但我爱人年纪比我大很多，要大个十几二十岁，经济条件也很差，每月才领1200块的退休金。加上我家孩子小，为了这个家，为了孩子，我只得硬撑着。你不知道哦，在艾滋病房做工，谁话多谁倒霉。所以我和游阿姨都不敢多说话，我们知道得了艾滋病的人心情不好，脾气很急，一点儿小事就要跟你吵翻，所以在这些人面前，还是少开口为妙，不然会自讨没趣。除非他们喜欢你，主动跟你搭讪，那就另当别论。即使你有时一声也不吭，在那里埋头做工，也会无缘无故遭到他们的一顿骂，让你很伤心。就比如那次，39床用块布帘围在床面前，谁知道他在里面搞什么名堂嘛，拖地的时候我把布帘拉开了一点，就被病人骂了一个狗血淋头：'妈的！你不懂事啊，人家在里面屙屎，你把布帘拉开干什么？！'受到病人的辱骂，我心里虽然很委屈，很难受，但艾滋病科是有纪律的，病人骂我们，我们就算怎么有理，也是不能回骂的，所以只好一个劲地向病人赔礼道歉：'对不起对不起，我不知道你在里面屙屎，我不是故意的，下次一定注意，一定注意哦。'遇到这种情况和他们顶撞是不明智的，惹急了他们，他们一时气不过，可能会拿带血的针头扎你，那就危险了，最好的办法是识趣走开。"

我问陆姐："除了以上说的，在这里做工还有没有别的什么危险？"

陆姐说："有啊，还要懂得怎样防止职业暴露，怎样对病房进行规范的消毒。上岗之前，杜护长已多次给我们做过这方面的培训，比如收拾和打包那些艾滋病人用过的针头，那可得加倍小心，如果被扎到，对自己的危害就大了。比如清理护士用过的锐器盒，你首先得观察盒子四周有没有异常的突起，旁边有没有散落的针头，确定没有了，才万分小心地把它拿起来，免得手被划伤，被艾滋病的病毒感染。比如清理病人呕吐出来的东西，如果里面带有血迹，那也是很危险的。你不能像清理一般呕吐物那样直接清理，那怎么样清理呢？一定要先拿消毒毛巾把它盖住，再用火钳夹起毛巾，小心地放进清洁袋，最后用消毒水把地拖干净。最忌讳直接拖地，那样会使污染面进一步扩大，危险系数大大增加。再比如倾倒污水、病人的尿液和病人吐出来的血液，性子不能太急，动作也不能太大，必须小心翼翼，轻拿轻倒，以免溅到脸上。最可怕是溅到眼睛，眼睛是精密的器官，里面有黏膜和很多的毛细血管，病毒进入最容易感染。"

"你们的工作太累、太危险了。"

"累和危险不算什么，被人歧视最让我们受不了。"游阿姨气愤地说。

歧视是存在的。艾滋病科开科时，科室要安装病床，这是力气活，不是壮劳力搞不定。负责此事的杜丽群去外面请壮劳力帮忙搬床，工人们一听她是艾滋病科的，就如同见到了艾滋病人和带血的针头，呼啦一下全跑光了，边跑边说，我们不要钱了，只要命，再多的钱，买得来命吗？

杜丽群喊他们回来，有个工人跑了一半折回来，杜丽群正高兴，不料他却调侃说："做这些事，你们不是有劳动力吗，不是有专门人才吗？"

杜丽群听不懂，就问："什么专门人才？搬床不找你们找谁？"

"你们那些搞卫生的人啊，她们干这个最合适了。"

游阿姨和陆姐一听就哭了，她们不是怕搬那些床，而是觉得被人瞧不起了。

擦干眼泪，她们的生活还得继续，工作还要继续做。在艾滋病科做保洁员，她们学会了沉默寡言，学会了细致耐心，更重要的是，她们学会了隐忍。这是悲悯之心的体现，不留痕迹，润物无声。尽管在一些人眼里，她们只是在防艾抗艾的剧目里饰演配角，但她们是伟大的。平凡孕育伟大，伟大来自平凡。

她们深深知道，艾滋病科需要她们，艾滋病患者需要她们，这就够了。

阻断病毒，看见明天的太阳

艾滋病母婴阻断，是人类防艾抗艾过程中取得的重大成果之一。

2010年，世界卫生组织（WHA）公开宣布，在全世界范围，每年大约有40万婴儿因为母婴传播感染人类免疫缺陷病毒（HIV），即艾滋病病毒。清华大学艾滋病综合研究中心在云南省开展的母婴阻断项目结果显示，经人为干预，母婴传播的概率仅为1%～2%；不干预的情况下，母婴传播的概率是33%，也就是说，有约1／3的孩子被感染。

何为母婴阻断？

孕妇在怀孕早期发现感染艾滋病病毒，经过充分的咨询，可自愿选择是否继续怀孕。如继续怀孕，应到当地承担艾滋病抗病毒治疗任务的医院或妇幼保健机构，在医生指导下采取服用抗病毒药物、安全助产服务及产后避免母乳喂养等预防艾滋病传播的措施.这个过程就叫母婴阻断。

艾滋病母婴传播同样有三个途径：一是由宫内胎盘血传染给孩子；二是生产时产道创伤传染给孩子；三是出生后母乳喂养传染给孩子。

在母婴阻断的诸多措施当中，抗病毒药物干预是至关重要的一环。已感染 HIV 的妇女，最好在怀孕之前服用抗病毒药物，当血液中查不到艾滋病病毒时再考虑怀孕生孩子。而那些已怀孕的 HIV 感染者，无论 CD4 + T 淋巴细胞水平及临床分期如何，都要从怀孕第 14 周开始，及早进行抗病毒药物治疗。产后母亲和新出生的孩子仍须继续用药，通过药物治疗把母婴传播的概率降到最低。对于那些临产时才检查出 HIV 感染的孕妇，可采取"紧急方案"进行抗病毒治疗，但效果肯定不如怀孕早期治疗好。

在广西，艾滋病母婴阻断的权威首推庞俊。四医院的网页对她做了如下推介：庞俊，女，1983 年开始从事妇产科临床医疗工作，是四医院妇产科的创始人之一，曾被派往北京协和医疗中心、广西医科大学附属肿瘤医院进修培训。从事艾滋病母婴传播预防工作多年，是四医院实施此项技术的负责人，也是自治区级艾滋病母婴传播预防的权威指导。2012 年，她研究的课题"三联抗病毒药物预防艾滋病母婴传播效果研究"获广西医药卫生适宜技术推广奖二等奖，为广西预防 HIV 母婴传播工作走在全国前列作出了应有的贡献。

我找到了四医院原妇产科副主任、后担任艾滋病专项管理办公室主任的庞俊。

据庞俊介绍，四医院是艾滋病抗病毒治疗的定点机构，从

2006年起，院妇产科就依托此机构雄厚的技术力量，开展艾滋病母婴传播预防，已探索出由艾滋病科负责孕妇的抗病毒治疗、保健科负责孕期检查、产科负责安全分娩和母婴保健及回访的既分工负责、又密切合作的一站式服务模式，使HIV阳性孕产妇得到了最好的管理，新生儿感染预防取得了最佳的效果。后来四医院又率先采用孕期高效抗反转录病毒治疗（HAART，俗称鸡尾酒疗法）来预防艾滋病母婴传播，获得了国内领先的、经高效抗反转录病毒治疗实施后母婴传播率为零的阻断成果。如今四医院正在以开讲座、办学习班等方式，将此经验向全区各地的医疗机构推广。

　　庞俊的同事告诉我，生活中的庞俊非常有女人味，爱穿红衣服，搭配黑裙子，爱涂口红，爱描眉，如果不说，你不会想到她是一个技术精湛的妇产科医生，不仅给患传染病的孕妇带来最好的诊疗技术，还把那些十分复杂的产科手术做到万无一失，开创了四医院的多个第一——第一个自然分娩的孩子由她接生；第一例子宫肌瘤手术由她来做；第一例HIV感染孕妇剖宫产也是她做。

　　与庞俊聊开了我才知道，早年，即使在四医院这样的传染病医院，看见患艾滋病的孕妇，也足以让人连声惊叹："2004年，四医院接到第一例艾滋孕妇的时候，没有一个人不感到惊奇的，因为许久以来，大家都只听说'艾滋孕妇'这个词，却没有亲眼看见，'只听楼梯响，不见人下来'，如今响了很久的楼梯，终于见到有人下来了，所以都在重复着一句话：'来了！来了！终于来了！'想想那时我们真的不够淡定，少见，所以多怪。后来艾滋孕妇越来越多，艾滋病科成立的2005年，艾滋孕妇增加到十几例，2011

年更是蹿到了上百例。随着病例的逐年增多，大家也就见怪不怪了。"

2011年10月，为了使艾滋病防治目标和国家"四免一关怀"政策落实到位、责任落实到位，四医院成立了艾滋病专项管理办公室，把庞俊从妇产科调到艾滋病专项管理办公室，任办公室主任。

四免——

一、居民和城镇未参加基本医疗保险等医疗保障制度的经济困难人员中的艾滋病病人，可到当地卫生部门指定的传染病医院或设有传染病区（科）的综合医院服用免费的抗病毒药物，接受抗病毒治疗；

二、所有自愿接受艾滋病咨询和病毒检测的人员，都可以在各级疾病预防控制中心和各级卫生行政部门指定的医疗等机构，得到免费咨询和艾滋病病毒抗体初筛检测；

三、对已感染艾滋病病毒的孕妇，由当地承担艾滋病抗病毒治疗任务的医院提供健康咨询、产前指导和分娩服务，及时免费提供母婴阻断药物和婴儿检测试剂；

四、地方各级人民政府要通过多种途径筹集经费，开展艾滋病遗孤的心理康复教育，为其提供免费义务教育。

一关怀——

国家对艾滋病病毒感染者和患者提供救治关怀。各级政府将经济困难的艾滋病患者及其家属，纳入政府补助范围，按有关社会救济政策的规定给予生活补助；扶助有生产能力的艾滋病病毒感染者和患者从事力所能及的生产活动，增加其收入。

庞俊强调，"四免一关怀"是当前和今后相当长一个时期，我国艾滋病防治最有力的措施之一。

庞俊所在的办公室，设在四医院行政大楼的最顶层，平时没有什么人打扰，显得有点儿"冷清"，但桌上那台电话却很"热"，隔一会儿就响一次。也不怪她忙，艾滋病母婴传播国培班（针对广西甚至全国妇产科医生的培训班）、南培班（针对南宁市妇产科医生的培训班）学员的组织和培训，都由她负责。还有四医院艾滋病感染人数的汇总、预防艾滋病母婴传播数据的核对等，这么多事白天忙不完，晚饭后还要到办公室加班，忙到深夜。

庞俊怀念在妇产科与艾滋孕产妇共同度过的那段日子："当年病人少，病人长相如何，从哪里来，生男孩还是生女孩，孩子情况怎样，都记得清清楚楚。后来病人多了，在 HIV 感染孕妇中，约有85% 选择生孩子，这时想记也没办法记了。"

"妊娠合并 HIV 感染者，是选择自然分娩好，还是剖宫产好？"我问庞主任。

"这个要根据 HIV 感染孕产妇情况而定，经过规范的抗病毒治疗，孕晚期病毒载量检测小于1000cp/ml，甚至在检测线（50 cp/ml）以下，同时无其他产科指征者，可选择阴道分娩。不具备阴道分娩条件的，那就只有剖宫产了。剖宫产的时机一般选择在妊娠的第38周。临产后、胎膜早破后或者孕妇病毒载量小于1000cp/ml的剖宫产，对预防艾滋病母婴传播没有明显作用。"

话音刚落桌上那台电话响了，庞俊刚抓起听筒，包里手机又响了起来。此时虽然天气不热，但由于不停接电话，庞俊的鼻头上还是冒出了不少汗珠。她转过身对我说："对不起，这里事情实在太多，不能给你详细介绍了。更多情况，你可以找艾滋病科门诊部主任刘燕芬，我们医院第一例HIV感染孕妇剖宫产，她也参与了。妇产科主治医生刘冬梅，你也可以找她聊聊，她总共在妇产科待了13年，这方面情况她了解。"

在艾滋病科门诊，我见到了刘燕芬。

"那是2005年，我们医院来了个怀孕38周的孕妇，一看病历我就惊呆了，她感染了艾滋病病毒！那时我还年轻，在妇产科待了几年，给普通孕妇接产，我做过，但是给HIV感染孕妇接产，不仅是我，在四医院的妇产科，甚至在整个四医院，还是'大姑娘上轿，头一回'。根据这名孕妇的情况，我们决定给她行剖宫产。手术由庞俊主任主刀，我做她的助手。当时防护那个严啊，非典全套防护都用上了：一层洗手衣、一层密不透风防护服、外加一套防水手术服，还有水鞋、脚套、口罩、帽子、护目镜和双层手套，几乎武装到了牙齿。"

我说："这不奇怪呀，我曾经听过一个故事，2003年以前，非典全套防护还没有面世之前，四医院还没有成立艾滋病科之前，一些医院的医生给HIV感染孕妇接产是戴着摩托车头盔，戴潜水镜，身穿塑料雨衣，脚蹬高筒雨靴，全副武装走进产房或者手术室的。等到孩子生下来，医生的衣服已经全部被汗水湿透，人几乎都要虚脱了。"

刘燕芬又说："产前两个小时，我们采取紧急补救措施，给这名孕妇服了一次抗病毒药物奈韦拉平。尽管这例手术是我们医院的第一例HIV感染孕妇剖宫产手术，但好像命中注定要给我们开个好头似的，手术非常顺利，母婴平安，职业暴露也没有发生。孩子生下来3公斤多，按1公斤体重服用20毫克奈韦拉平算，我们给他取成人药量的五分之一，研碎喂给他吃。产妇产后的愈合观察、伤口护理，科里信任我，交给我来负责。"刘燕芬是新手，得到科里的信任，觉得自己很荣幸，提起这件事，自豪之情溢于言表。

下午5点，妇产科门诊的患者渐渐少了，我想，可以找刘冬梅聊聊了。

刚坐下，刘冬梅就开始给我普及有关母婴感染的知识："母婴感染最容易发生在即将分娩到正式分娩这一时间段。越接近分娩，危险性越大。如果提前用抗病毒药降低母亲体内的病毒载量，孩子感染的概率会大大降低。有那么些孕妇，在当地医疗机构初筛时是HIV阳性，吃了抗病毒药，来到四医院时，宫口已经开大，这部分人是可以自然分娩的。我们就让她们上专门给HIV感染孕妇准备的产床，让她们自然分娩。当然了，接产的时候也丝毫不能够大意，要把产程尽量缩短，并且要防止会阴部撕裂。当胎头娩出的那一刻，要用右手保护孕妇的会阴，左手顺着婴儿的鼻根，往下颌的方向挤出鼻内的黏液和羊水，减少婴儿感染的机会。产后两个小时，如果没有什么特殊的情况，就送她们回专门给她们准备的病房，交给专人护理。接产时最怕什么？最怕破羊水，羊水破了，而且医护人员防范又不到位，被羊水溅到，就可能造成职业暴露。以上说的是顺产出现的情况，剖宫产比这个危险百倍、千倍甚至上万倍。"

"给我说说，怎么个危险法？"

"记得有个武鸣来的孕妇，她家境贫寒，怀孕后拿不出钱来进行例行的孕期检查，临产的时候才查出 HIV 阳性，还兼有胎位不正、子宫收缩乏力等难产指征。到这时已没有别的路可走，只有产前给她服用抗病毒药物奈韦拉平，再行剖宫产了。我立即将这名孕妇的情况向我们医院的医务科汇报，院医务科又向主管副院长汇报，主管副院长又向南宁市危重孕产妇救治中心做了详细的汇报。层层汇报的结果是，为这名孕妇拿到了一笔救助款，血站也批了2000多毫升血，以备手术大出血使用。"

"手术顺不顺利？发没发生什么危险？"我的心一下提了起来。

"不顺利，术中果然出现了大出血。在剖宫产手术中，宫缩乏力往往会造成大出血，而这正是导致产妇死亡的最主要的原因。当时我们马上采取使用宫缩剂、按摩子宫、缝合出血点、输血等措施，才把她从死亡线上拽了回来。"

"那2000多毫升血，真可以说是救命血呀。还有，一般剖宫产需要多长时间？这例手术用了多长时间？"

"一般剖宫产只要一个小时左右就能完成，这例手术我们一共花了三个多小时，是一般手术的两倍还多。"

"孩子没事吧？"

"没事，HIV检测为阴性。"

"是母婴阻断带来的效果吗？"

"是的。不过相比之下，这例手术难度还不算大，HIV感染合并尖锐湿疣手术，那才叫难度大呢。我给你说，有个孕早期的孕妇，HIV感染的同时还患有外阴巨大尖锐湿疣，疣体大得像足球，看着都吓人。受着巨大疣体的影响，她的两条腿必须分得很开才走得动路。她经过哪里，哪里就散发一股尸体腐败一样的臭味，人们都捏着鼻子，不敢靠近。为确保手术成功，我们把广西医科大肿瘤医院的两位专家请了过来，两位专家是手术的一、二把手，我和蒙春莲等四名医生、三四名护士协助手术。在给HIV感染者专门设置的手术室，我们提前把手术器械、一次性敷料和耗材备齐，手术床也用一次性床单把它完全遮盖。踏脚凳这些东西，我们也用一次性塑料薄膜包裹严实，防止术中血液和体液喷溅、污染。手术室里的污物桶，我们也给它套上了双层防渗漏医用塑料袋。最后，我们在手术室的门把挂上隔离手术标识。接着是麻醉、摆体位、铺无菌布等，一切准备停当，手术开始。主刀医生屏住了呼吸，采用腰麻下高频电离子联合微波，以精湛纯熟的手法，一点点地灼除那个巨大的疣体。你想啊，足球那么大的一个疣，要花费多长时间、多大精力才能把它灼掉啊。好不容易灼掉了，又要在创口上给它植上新皮。因此手术从上午9点开始，一直持续到下午3点，总共进行了6个小时才结束。下了手术台，专家、医生和护士，一个个累得几乎都要瘫倒在地。那两个有着数十年手术经验的专家也不由得感叹：'我们见的世面也不算少了，老实说这么大的尖锐湿疣我们还是头一回见到，而且是长在一名 HIV 感染孕妇身上，真是让我们大开眼界，增长知识了。'"

关于艾滋病母婴阻断，我还见了一个人，她叫秦英梅。

这秦英梅，工作过的科室真不少，艾滋病科门诊、艾滋病科二病区、艾滋病科三病区，她都待过。见她时，她又调到了艾滋病科一病区，是一病区的副主任。她说，各个病区都工作一遍，病人病种不同，医疗技术不同，管理方式不同，接触的主任、医生、护士不同，你会从中学到很多东西，得到很大的锻炼。

秦英梅的艾滋病母婴阻断知识颇为丰富："艾滋病科开科之前，我曾到广西卫生厅举办的艾滋病母婴阻断培训班学习，在那里，我对母婴阻断有了比较系统的了解。开始的时候，我们都劝那些已经感染艾滋病病毒的人，最好不要孩子，否则生下有病的宝宝，问题就严重了。可是到了 2006 年，我们不但转变了观念，技术方面也有了很大的进步，此时如果患者想要孩子，我们就不劝他们了，并且采取母婴阻断措施，帮助她们把孩子安全地生下来。根据我的了解，艾滋病病毒感染者的家庭，大多是单阳家庭，也就是说，夫妻俩只有一个是 HIV 阳性，另一个为阴性。而且大多数是女方感染，男方没有感染。"

问："为什么女方容易感染，男方不容易？"

秦："打仗有突破口，艾滋病病毒也要寻找突破口。女性容易染上，和她们的身体构造有很大关系。当然了，夫妻俩都感染的也不是没有。有个案例，一个女的很年轻，长得也很漂亮，却嫁给了一个老男人。女的贪图什么？图他的钱，可是他有艾滋病。后来女的也被传染了。女的想要孩子，便找到我，问我怎么做生下的孩子才没有艾滋病。我说，适合你的抗病毒治疗药物有司他夫定胶囊，它对免疫缺陷病毒的复制有很好的抑制作用，不过这种药有毒性，吃了会出现外周神经病变，手脚麻木刺痛，脸颊也可能会向下凹陷，变得不那么好看。那女的被吓着了，连连摆手，说这个药我不能吃，我不想因为吃药让自己变得难看。她又想要孩子，又希望面容不受影响，天底下哪有这等好事？在生还是不生这个问题上，她矛盾了很久，纠结了很久，最后做母亲的愿望战胜了爱美之心，她怀孕了。遵照医嘱，她定时定量服用抗病毒药物，不久便生下了一对龙凤胎。男孩保住了，是个健康的孩子。女孩没保住。"

问："到2013年，四医院共有多少母婴阻断的成功案例？"

秦："100多例吧。我们正在加大力度，尽快实现'消除艾滋病母婴传播'这个重要目标。"

问："现在这些孩子怎么样了？"

秦："他们都长大了，在善良人们的呵护下，正在健康茁壮地成长。"

说这话时，秦英梅笑了。

她的笑容暖暖的，就像冬日里的太阳。

结尾还有故事

（之一）获得"白求恩奖章"

行文至此，本书的写作已进入结尾阶段。

在这一刻，我的脑海忽然闪现四医院吴锋耀院长说过的一段话："杜丽群及她的团队在与艾滋病这一'世纪瘟疫'的搏斗中，在与各色世俗眼光的抗衡当中，把患者一个个背过河，给身处绝望与黑暗之境的他们带去温暖与生的希望。"我认为这段话用在这里最合适不过，这段简短的发言，道出了主人公所在医院一院之长的肺腑之声。

一个词瞬间落在我正在敲打的键盘上：水到渠成。意思是水流到的地方，很自然便形成了一条渠，也就是说条件成熟了，事情自然会成功。

2012年12月24日，杜丽群被授予"白求恩奖章"，不就是"水到渠成"这四个字的最好诠释？

"白求恩奖章"于1991年设立，是国家卫生系统授予具有高尚医德医风、精湛医疗技术，并且在工作中作出卓越贡献的模范个人的最高行政奖励。"白求恩奖章"设立21年来，全国仅有48位医务工作者获得此项奖励，而杜丽群不仅是广西首个获此殊荣者，也是全国第三位获此殊荣的护士。

在杜丽群的颁奖词里，我看到这么几个关键词：具有较高的思想政治觉悟和良好的医德医风；敢为人先，模范带头；爱岗敬业，开拓创新；坚守岗位，率先垂范；任劳任怨，勇于担当；医者仁心，关爱生命。这比吴锋耀院长的赞许更进一步，已上升至国家层面的肯定了。

对杜丽群本人而言，获得这一荣誉，便享受省部级劳动模范待遇了。

2013年1月7日，杜丽群身穿大红色壮族服装，到北京领取"白求恩奖章"。

当得知杜丽群是一名来自广西的壮族护士，组委会特意安排卫生部部长陈竺为她颁奖，合影时，也让她站在获奖者的最中间。杜丽群说："那一刻，在我的心里，一种民族自豪感油然而生。"

为鼓励更多医务工作者向模范人物学习，1月30日上午，中共南宁市委、市政府，自治区卫生厅在南宁市人民大会堂举行"扎根基层，爱的奉献"杜丽群、李前锋（中国最美乡村医生）先进事迹情景报告会。杜丽群发表获奖感言："这枚沉甸甸的奖章不仅属于我个人，也是四医院全体医务工作者的荣誉，更是南宁市乃至广西医疗卫生战线所有医务工作者共同的荣誉。没有大家同舟共济，执着坚守，没有各级领导的重视和关怀，没有全社会的鼎力相助，就没有我今天的这点成绩，所以这枚奖章是属于我们大家的！"

诗人张耀民为其写下动人的诗句：

……

啊，杜丽群

你是坚强的抗艾战士

坚守在抗艾一线的前沿阵地上

这里虽然没有枪林弹雨

但你整日守在艾滋病人身旁

冒着感染病毒的危险

与病魔零距离较量救死扶伤

你的奉献是白求恩精神

你日夜战斗在没有硝烟的战场

你视病魔如敌人，对病魔抵抗顽强

你视病人如战友，对病人能帮就帮

病人围绕你，对你满怀殷切的希望

人们注视你，对你充满敬佩的目光

共和国奖励你，授予你金灿灿的白求恩奖章

5月8日，人民日报社广西分社、新华社广西分社、经济日报广西记者站、中央人民广播电台广西记者站、广西电视台、《广西日报》等中央驻桂媒体及自治区级媒体又掀宣传报道新高潮——

《广西日报》头版头条，以《用大爱撑起生命禁区的一片蓝天》

做南丁格尔这样的人

为题，讲述她及其团队冒着被感染的风险，坚守艾滋病临床护理一线，给艾滋病患者传递温暖，使他们重拾生命尊严的艰辛历程。并通过患者真情讲述、护理团队心灵对话等形式，再现她用爱心帮助患者、用信念凝聚团队的感人故事。同时配发短评《这是什么样的大爱》，高度评价、充分肯定她及其团队的工作态度和骄人业绩，号召更多党员干部向她学习，用大爱为广大民众撑起一片蓝天。紧接着《当代生活报》刊登了《风风雨雨，她和艾滋病患者共同走过》，广西新闻网刊登了《不惧艾滋的女人》等，大范围、多角度报道了杜丽群及其团队的事迹，读者的热情再度被她点燃。

9月14日，自治区党委下发《中共广西壮族自治区委员会关于开展向杜丽群同志学习活动的决定》(桂委〔2013〕446号)。

10月18日，学习宣传杜丽群同志先进事迹座谈会在南宁举行，与会的一名年轻护士认为，杜丽群在平凡的工作岗位上默默奉献，不图名、不图利、不谋私，守得住清贫，耐得住寂寞。从1984年到2013年，从事护理工作已逾28年，到艾滋病科工作也有8年时间了，在这漫长的时间长河里，她始终把党的事业和人民群众放在心中最高的位置，以满腔的热情、强烈的责任意识、精湛的专业技能服务广大群众。我们要以她为榜样，不断加强党性修养，树立正确的世界观、人生观、价值观，永葆共产党人的浩然正气。

11月15日上午，自治区党委组织部、宣传部、党的群众路线教育实践活动领导小组、卫生厅、中共南宁市委等部门，在自治区党校礼堂举行杜丽群先进事迹首场报告会，自治区、南宁市的领导和首府各界群众800多人参加。报告团的5名成员依次走上讲台，从不同角度、不同侧面，讲述杜丽群及其团队用真情护理艾滋病患者，从而赢得社会尊重，赢得患者称赞，赢得家人理解的故事。当报告会主角杜丽群走上讲台，全场爆发雷鸣般的掌声。她的故事娓娓道出——当她讲到瞒着丈夫去艾滋病科，引起丈夫不快，甚至提出要和她分床睡；讲到艾滋病患者拿带血的针头威胁她，要她满足他的无理要求；讲到那个情人节，她因为护理艾滋病人未能按时下班，女儿多次打电话问她什么时候才下班，她很纳闷，回家后问女儿，干吗这么急着催她回来？女儿把手藏在后面说："老妈，你想想，今天是什么日子？"她一时想不起来，便摇摇头，女儿忽然从身后拿出一盒包装精美的巧克力，对她说："这是老爸送给你的礼物。"她才猛然想起这天是情人节。讲到这里她的声音哽咽了，眼泪急流般奔涌而下。是欣慰的泪水，感激的泪水，幸福的泪水。听众受到感染，许多人的眼里也噙满了泪水。过了好一会儿，她才用一句话结束自己的讲述：

"我觉得那一刻，我是世界上最幸福、最最幸福的女人。"

掌声再次响起。

做南丁格尔这样的人

（之二）妈妈，拿个"南丁格尔奖"回来好吗？

"白求恩奖章"属于杜丽群，也属于她的家庭。

看到妈妈获奖，杜丽群的女儿晓珍简直高兴坏了，她拿起奖章，正面反面，一遍遍地摸，一遍遍地看，最后对妈妈说："妈妈，我们还有一个愿景没有实现。"

愿景，就是愿望中描绘的未来图景。

晓珍的愿景就是有朝一日，妈妈拿个"南丁格尔奖"回来。

"南丁格尔奖"是红十字国际委员会表彰在护理事业中作出卓越贡献人员的最高荣誉。1907年国际红十字组织在第八届国际红十字大会上，决定设立"南丁格尔奖"。1912年，当第九届国际红十字大会在华盛顿召开时，代表们一致通过设立"南丁格尔奖"，经费由各国红十字会资助，由国际红十字会颁发。该奖每两年颁发一次，每次最多有50名护理工作者获奖。第九届国际红十字大会首次向获奖者颁发这一奖项。

结尾还有故事

晓珍有这个想法，是小时候的事情了。

那是第37届"南丁格尔奖"颁奖礼，中国的曾熙媛（中华护理学会理事长）、王桂英（天津市护理学会原理事长）、秦力君（中国人民解放军总医院护理部原主任）荣获此项奖项。这三位杰出的中国女性，为中国乃至世界护理事业作出了巨大贡献，由此获奖。那时晓珍刚10岁，在电视上看到国家主席江泽民为获奖者颁发"南丁格尔奖"，兴奋得小脸红彤彤的。她鼓动妈妈说："那些阿姨多光荣啊，还是江泽民主席给她们颁奖呢。妈妈，你也努力工作，拿个'南丁格尔奖'回来好不好？"

现在晓珍又重提此事，让杜丽群觉得惭愧，就对晓珍说："'南丁格尔奖'是全球护理工作者的顶级大奖，每一届中国才有几个护士阿姨获得这个荣誉，妈妈离这个荣誉还很远。再说了，妈妈做这份工，只是做自己分内的事，不为拿什么奖。"

女儿不服气："妈妈做的事，难道还不够？"

杜丽群笑了，抚摸着女儿的头说："晓珍啊，懂得什么叫够？"

接着，她给女儿讲了一个故事——

一天，一位学僧跟无德禅师说："禅师，在您这里参学我觉得已经够用了，我想和您告别，去四海云游。"

无德禅师问道："什么是够了呢？"

学僧说："够了就是满了，装不下去了呀。"

无德禅师说："那好。你走之前，去装一盆满满的石子过来给我吧。"

学僧按照无德禅师的话，装了满满一盆石子过来，交给禅师。

　　　　　　　　　　　　　做南丁格尔这样的人

禅师问："这盆石子满了吗?"

学僧回答："满了。"

禅师随手抓起几把沙子,掺进盆里,沙子并没有溢出来。

禅师问："满了吗?"

"满了。"

禅师抓起一把石灰,掺进盆子里,还是没溢出。

禅师问："满了吗?"

"满了。"

禅师又倒一杯水进盆子,仍旧没有溢出。

"满了吗?"禅师又问。

学僧如醍醐灌顶,顿时彻悟。

听罢这个故事,晓珍低下头,不说话了。

杜丽群想,这个故事女儿应该是听懂了。按照她的性格,如果没听懂,她一定要再说点儿什么的。

(之三)五十知天命:终于捧回"南丁格尔奖"

因获"白求恩奖章",在四医院艾滋病科埋头工作近3000个日日夜夜的杜丽群，一举成名天下知。在许多场合，人们都在热烈谈论杜丽群这个名字，说起她，就会联想到艾滋病患者，接着又想到自己，千万千万，千万不要染上艾滋病啊，那是不治之症，得了会死人的，趁早了解这个病的传播途径，防患于未然，才是正理。此外人们还在想，换位思考，如果自己是杜丽群，是否也能像她那样，视艾滋病人为亲人，用职业道德，用朴素感情和人类最宝贵的悲悯情怀，精心护理他们，耐心开导他们，鼓励他们战胜病魔，勇敢活下去？也许很多人会说，这太难了，我是一个平凡的人，我做不到。

是的，这很难做到，但别人做不到的事，杜丽群做到了，而且把它做到了极致。她谱写了属于这个时代的英雄史诗，她无愧于她所从事的这个职业，无愧于胸前这枚"白求恩奖章"！

不过以往的一切都只是一种铺垫，一种积累，只是漫长而艰苦的一个积累过程，对于她来说，生命中的"高光"时刻马上就要降临。

2015年5月，经各个国家郑重举荐、申报、筛选、评定、公告，一项全球性的护理工作者大奖——第45届"南丁格尔奖"揭晓。

1912年举行的第九届国际红十字大会设立了"南丁格尔奖"。该奖是红十字国际委员会奖励在护理学和护理工作中作出卓越贡献的人士（包括以身殉职的护士），表彰他们在战时或和平年代为伤、病、残疾人士的忘我服务、献身精神，是国际医学护理界的最高荣誉。"南丁格尔奖"每两年颁发一次，每次最多颁发50枚奖章。

本届"南丁格尔奖"共有18个国家的36名护理工作者获得奖励,中国有5名护理工作者获奖,居各国之首("南丁格尔奖"设立至今,中国已累计有74人获奖)。其中南宁市第四人民医院艾滋病科护士长杜丽群榜上有名,另4名获奖者是河南省柘城县人民医院护理部主任宋静、中国人民解放军第302医院护士长王新华、内蒙古人民医院护理部副主任邢彩霞、重庆医科大学附属第一医院护理部副主任赵庆华。

按照国际红十字会的要求,9月15日上午,第45届"南丁格尔奖"颁奖大会在北京人民大会堂举行。当天晚上,已了却心愿的杜丽群的女儿晓珍早早就坐到了电视机前,全神贯注,等着看中央电视台的新闻联播。

看到了,看到了,晓珍终于看到了,主持大会的是全国人大常委会副委员长、中国红十字会会长陈竺。到北京参会的红十字国际委员会代表宣读了彼得·莫雷尔主席的致辞。接下来的颁奖环节,她看见她的妈妈和另外4名阿姨从中共中央政治局委员、国家副主席、中国红十字会名誉会长李源潮的手里接过了获奖证书,接过了那枚刻有南丁格尔肖像的金光闪闪的奖章。

在女儿眼里,在过往琐碎庸常的生活中,自己的妈妈就是一个普通得不能再普通的人,就像千万个女儿的妈妈一样,混在人堆里也找不出来,丝毫不引人注意。而此刻,她觉得妈妈是世界上最伟大的妈妈,你看她身穿宝蓝色壮族服装,代表获奖者上台发言的模样,你看她戴上南丁格尔奖章的那一刻,那充满自豪、自信的样子，像不像在战场上英勇战斗被授予一等功的战士？像不像刚从前线凯旋的英雄？像，像极了。

晓珍不由张嘴笑了，心里甜丝丝的，像喝了一勺蜜那么甜。

而接着走上讲台表决心的那位叫刘颖的阿姨，那位穿着洁白护士服、头戴燕尾帽的年轻护士，晓珍觉得，她多像年轻时候的妈妈啊！对，妈妈年轻时就是这个样子的。

做南丁格尔这样的人

作者附记

写一个人是要有冲动的。

第一次听到杜丽群的事迹，我就有写她的冲动。

那是2013年春南宁市作协的一次会议，时任市委宣传部副部长、南宁市文联党组书记张耀民说，南宁市第四人民医院艾滋病科的护士长杜丽群，在艾滋病日益猖獗，洪水猛兽一般逼近高危人群，甚至向着普通人群发起致命攻击时；在艾滋病患者遭受病痛折磨，同时被社会孤立歧视，甚至被至爱亲朋无情抛弃，需要得到关爱和护理时，她没有嫌弃，没有退缩，带领一支优秀的医疗护理团队，八年如一日，在艾滋病科这个高危领地坚守。"八年啊，不是一天两天，她每天都担惊受怕，不知道身边那些绝望烦躁的病人下一秒会做出什么伤害自己、伤害他人的事情，但无论怎么害怕，她都选择了坚守。"
张副部长说，刚刚过去的2012年，杜丽群的所作所为得到了国家
的肯定，获得一枚"白求恩奖章"。现在各媒体记者都动起来了，
哪天我们的作家也发挥发挥作用，好好写写她。

　　会后我就想，艾滋病这一群体隐秘性极强，在公共场合他们
肯定不会暴露自己，即使上电视，他们脸上也会打上马赛克，接
受采访用的也是化名。人民群众对他们以及治疗护理他们的医护
人员不甚了解，越不了解就越想了解，如此吸引人的题材，哪个
作者不想写呢？

　　幸运的是，2013年的秋天，四医院的院长吴锋耀拿着一沓关
于杜丽群的材料辗转找到我，问我抽不抽得出时间，给他们写一
本反映杜丽群及其团队救治和护理艾滋病患者的长篇报告文学。
我内心一阵狂喜，赶紧表明态度："可以可以。"

　　愿望实现，我成了广西第一个深入艾滋病科，与艾滋病科的
患者和医护人员零距离接触的女作家。

　　都说报告文学是七分采访三分写，采访比写还要辛苦，还要
累人。那段时间，我一大早就从家里出发，到了医院便抓紧时间
采访，中午饭就在医院食堂吃，吃完在护士休息室小憩一会儿，
下午又接着采访。二三十天的时间里，医院的医生、护士、保洁
员、志愿者我见了不少，从他们嘴里我"挖"到了许多第一手素

材。这还不够，我还换上白大褂和软底鞋，戴上医生的帽子、手套、口罩，假扮医生跟着杜丽群进病房，问候艾滋病人，和他们聊家常。当然，在这之前我必须做一些案头工作，如此，聊到专业话题的时候才不至于"露馅"。经过近一个月的蹲点采访，我对杜丽群和她所处的环境、接触的人有了更深的了解，有了毛主席说的"你要知道梨子的滋味，你就得变革梨子，亲口吃一吃"的感性认识。后来又经过九个月的伏案写作，2014年10月，由广西师范大学出版社出版的长篇报告文学《绝地阳光——杜丽群和艾滋病患者的故事》和读者见面了。

2015年，杜丽群获得全世界护理工作者的最高荣誉"南丁格尔奖"。她发表获奖感言说："作为一名普通的护士，获得如此高的荣誉，确实很激动。这是对我们艾滋病科整个护理团队的褒奖，也是对我们广西护理队伍的褒奖。"

那些日子杜丽群几乎成了"获奖专业户"，除了"白求恩奖章"和"南丁格尔奖"，她还先后把"全国医药卫生系统创先争优活动先进个人""全国五一劳动奖章""全国医德楷模""全国三八红旗手""全国民族团结进步模范个人""全国先进工作者""全国最美医生""全国优秀共产党员""全国三八红旗手标兵"等国家级、自治区级荣誉收入囊中。

不仅获奖，她的政治生活也发生了很大改变，先后当选中国共产党第十九次全国代表大会代表、主席团成员；全国第十三届政协委员；中国妇女第十一、十二次全国代表大会代表；中国红十字会第十一次全国会员代表大会代表、理事；中华护理学会第二十七届理事会常务理事；广西壮族自治区第十二届人民代表大会代表；中国共产党广西壮族自治区第十一次代表大会代表；中国共产党南宁市第十二次代表大会代表；广西壮族自治区妇女第十三次代表大会代表、妇联执委；广西红十字会第九次全区会员代表、第九届理事会理事；南宁市妇女第十四次代表大会代表、妇联兼职副主席。

作为已进入全国、全球视野的典型人物，她还多次得到习近平总书记的接见，2015年中华人民共和国成立66周年之际，作为民族团结的基层优秀代表，她近距离地见到了总书记。2017年4月那个春光明媚的日子，总书记到广西南宁视察，因此召开的基层党员座谈会她也受邀参加。会上，她向总书记汇报了广西和南宁艾滋病防治方面的情况。总书记认真听取了她的汇报后，充分肯定了广西和南宁艾滋病防治取得的成绩，并鼓励医务工作者再接再厉，进一步做好艾滋病的防治和宣传。

2019年，总书记作出褒扬一代又一代奋斗者顽强拼搏、不懈奋斗，用智慧和汗水甚至鲜血和生命，为国家富强、民族振兴、人民幸福书写可歌可泣的壮丽篇章的重要指示。同年，中共中央宣传部、组织部等九部委联合发出表彰"最美奋斗者"的通知。最后通过层层筛选，全国共有278名个人、22个集体被授予"最美奋斗者"称号，来自广西的黄文秀、黄大年、凌尚前、韩素云、杜丽群光荣入选。

杜丽群是这个时代的平民英雄，而平民英雄是最值得宣传的，对民众进行英雄主义教育是最有效果的。2020年的一天，我接到广西师范大学出版社打来的电话，通知我从"最美奋斗者"角度，创作一部反映优秀共产党员杜丽群不忘初心，始终坚守，为防艾抗艾事业不懈奋斗的长篇报告文学，把总书记强调的要广泛宣传"最美奋斗者"的事迹，传承弘扬爱国奋斗精神，奏响新中国奋斗交响曲，高唱新时代奋斗者之歌，用英雄模范的感人故事激励全党全国各族人民坚守爱国情怀、坚定奋斗意志、凝聚强大精神力量的指示落到实处，向中国共产党的百年华诞献礼。

此时距离《绝地阳光》出版已过去了5个年头。这些年，为了出版合著和专著，我又采访了一些人，但杜丽群的那张笑脸不时会浮现在我的脑海，她的人格魅力从未离我远去。

接到这个任务我别提多高兴了，又产生了采写杜丽群的冲动。至于怎么写我考虑了一下，决定从她的祖、父辈下笔，挖掘这个家庭的基因传承，我认为这才是她执着于艾滋病护理事业，用一颗仁爱悲悯之心去善待艾滋病患者的最原始的一个动力。有了这个动力，才有十几年艾滋病科的顽强坚守，才有"南丁格尔奖"的获得。

这么写，现有的材料是远远不够的，必须补充采访。可是大家知道的，2020年是怎样一个令人揪心、令人心碎的年份啊，新冠疫情在全球范围疯狂肆虐，没有一个国家被放过。中国人民众志成城，团结一心抗击疫情。中国的医务工作者纷纷请战，奔赴疫情重地，为那里的人民群众提供医疗救助，四医院的医护人员也参与其中。作为传染病医院的四医院，当时也收治了数十名新冠肺炎患者，医护人员与时间赛跑，与生命赛跑，为治疗和护理这些命悬一线的患者日夜奔忙。没办法，此书的采访只有通过电话和微信进行了。杜护长异常配合，我什么时候打过去电话，她都接。我要的资料，她也马上从收藏夹里找出来，发给我。有些事不方便电话聊，我们就在微信里聊。

7月里的一天，室内、室外热浪滚滚，我终于把采访本、录音笔摆到桌上，打开空调，打开电脑，开始进入本书的写作……

谭小萍

做南丁格尔这样的人

—